루

루

용킴 장편소설

루 루

초판 인쇄 2016년 3월 21일
초판 발행 2016년 3월 25일
지은이 용킴
펴낸이 정봉선
펴낸곳 정인출판사
주소 서울시 동대문구 천호대로 16가길 4
전화 02-922-1334
팩스 02-925-1334
홈페이지 www.junginbook.com
이메일 pijbook@naver.com
등록 제303-1999-000058호

ISBN 978-89-94273-98-3 03810

*책값은 뒤표지에 있습니다.

루루

용 킴 장편소설

나는 아빠를 엄마라 불렀다…

涙
涙

정인

차례

涙　涙

1

1992년 4월

이런 시골이라니.

민식은 기분이 울적했다. 마치 귀양을 온 것 같았다. 상투 틀던 시절 귀양은 왕의 뜻이었다. 누군가 모함을 했던 자신의 잘못이든.

그러나 그의 귀양은 어떤 모함도 작용하지 않았다.

순전히 왕의 뜻이었다.

그에게 왕은 아버지였다.

아버지는 왕이 되기 위해 천도를 결심했다. 서울에서 목포로.

비린내가 풍겼다. 실제로 비린내가 풍기는지 어떤지는 몰라도 그의 코에 매달린 냄새는 비린내였다.

바닷가. 그것도 남쪽 끝. 아버지는 고향에서 국회의원 배지를 달고 싶어 했다. 그깟 국회의원이 뭐라고.

"내 인생도 그렇지만 네 인생도 달라질 거다."

걸핏하면 아버지는 이 소리였다.

사람의 인생은 자신의 노력만으로 되지 않는다는 걸 알고 있다. 아버지의 영향이다. 그렇다. 사람의 인생은 아버지에 따라 달라질 수 있다. 그것이 적어도 민식 자신에게는 결코 마이너스가 아니라는 것도 알고 있다.

그렇지만…… 그래도 그것을 온전히 받아들이고 싶은 마음은 아직 아니었다.

판단 이전의 기분 문제였다.

하루아침에 모든 것이 바뀌는 걸 어떻게 이해해야 하는가.

더욱이 민식은 고등학교 3학년이었다.

기분과 상관없이 날씨는 화창했다. 차창 밖으로 보이는 하늘은 서울의 하늘과는 여실히 달랐다. 하늘이 저토록 말갛다는 걸 생전 처음으로 안 것 같은 사람처럼 한참을 하늘만 보았다.

그래도 기분은 아니야.

민식의 중얼거림을 채씨 아저씨가 들었다.

"기분이 영 아니신가 보네요. 왜 안 그렇겠어요. 서울과는 영 딴판인데……."

운전기사 채씨는 그를 도련님이라고 불렀다. 그렇게 부르지 말라고 해도 고쳐지지 않았다. 부모님이 계신 자리에서 일부러 화를 내보기도 했지만 그에 대한 채씨의 호칭은 처음 그대로였다.

한번은 도련님이라고 하지 말고 정 부르고 싶으면 아가씨라고 부르라고 했다. 채씨는 그의 말뜻을 얼른 이해하지 못했다. 멍한 표정으로 그를 보다가 사람 좋은 미소로 히죽 웃으며 "도련님도 참 별나시네요."라고 말했다.

별나다.

적어도 학교에서 그는 별난 존재였다. 아이들은 그를 부를 때 민식이가 아닌 '민숙'이라고 불렀다. 여자처럼 얌전하고 여자처럼 예쁘장하다는 게 이유다. 그에 대해 민식은 하나는 맞고 하나는 틀렸다고 생각했다.

여자는 결코 얌전하지 않다. 그가 알고 있는 여자애들은 얌전한 아이들이 아니었다. 겉과 속이 전혀 다른 아이들이었다. 부모님 앞에서는 얌전하지만 친구들 앞에서는 사내들보다 드세고 거칠고 사나웠다.

예쁘장하다는 건 맞다.

거울 앞에 설 때면 매번 그런 생각을 가졌다. 집안일을 도와주는 도우미 아주머니도 가끔 그런 소리를 했다. 여자보다 더 예쁘다고. 여자 옷을 입혀 놓으면 남자인 줄 모를 거라고.

한번은 학교에서 운동회 겸 축제로 가장무도회를 한 적이 있다. 반대표를 뽑는데 한 사람도 예외 없이 시선이 민식에게 모아졌다.

　민식은 고개를 저었다. 반대표를 하지 않겠다며 꿋꿋하게 버텼지만 소용 없는 짓이었다. 아이들은 그를 그냥 내버려두지 않았다. 강제로 데려다 의자에 앉혔고, 서툰 솜씨로나마 그의 얼굴에 화장품을 바르기 시작했다. 그야말로 대충 바른 화장이었다.

　그런데도 아이들의 표정이 묘하게 바뀌었다. 낄낄거리며 웃어대던 놈들의 얼굴에서 점점 웃음기가 사라졌다. 그리고 어느 한순간 서로의 얼굴을 보며 고개를 갸웃했다.

　한 녀석이 거울을 그의 얼굴 앞에 대주었다.

　민식은 가슴이 철렁 내려앉을 정도로 놀랐다.

　거울 속 얼굴은 여자였다. 분명 남자가 아닌 여자였다.

　겉으로는 애써 무덤덤해했지만 결코 오래 감출 수 있는 표정이 아니었다.

　그는 자리를 박차고 일어나 화를 냈다. 거울을 빼앗아 바닥에 내던지며 일부러 굵은 목소리로 버럭 소리를 질렀다.

　"이게 뭐야! 나쁜 새끼들."

　산산이 부서진 거울을 밟고 밖으로 뛰쳐나갔다. 등 뒤로 한 녀석의 빈정거림이 따라왔다.

　"화내는 것도 여자 같지 않냐? 씨팔년."

　그 말에 반 아이들의 웃음소리가 와자하게 터졌다.

　모멸감과 치욕.

그때는 이 둘의 기분을 동시에 느꼈다고 생각했다. 그러나 겉으로 그러했을 뿐이다. 솔직히 그는 전혀 다른 감정을 느꼈다. 여자 같지 않냐? 그 말이 그의 가슴을 널뛰게 했다.

집으로 돌아와 엄마의 방으로 들어갔다.

엄마는 외출 중이었고, 도우미 아주머니는 시장에 갔다.

화장대 앞에 앉아 화장을 시작했다. 처음 하는 것인데도 어렵지가 않았다. 마스카라, 립스틱, 파운데이션. 그는 순서에 상관없이 얼굴을 조금씩 조금씩 바꿔갔다.

화장이 끝나고 엄마 옷 중 마음에 드는 옷을 골라 입었다. 그리고 전신거울 앞에 섰다.

영락없이 여자였다. 중년 여자의 옷인데도 그가 입으니까 품격 있는 젊은 여자처럼 보였다.

엄마의 목소리를 흉내 내어 보기도 했다.

변성기가 지났는데도 신기하게도 여자 목소리가 나왔다. 그것도 거의 완벽한 젊은 여자의 목소리.

외서에서 그런 책을 접한 적이 있다. 남자와 여자의 목소리를 낼 수 있는 사람이 있다고. 그들은 남자인데 여장하기를 즐기며, 실제로 여자처럼 살아가기도 한다고.

혹시 그런 사람이 나 아닐까?

당시에 그런 생각을 했었다. 하지만 그때 잠깐뿐이었다. 그는 고등학생이었고, 오로지 명문대학이라는 목표를 향해 하루 종일 책과 씨름했다.

그리고 지금 그는 고3이었다.

토요일까지 학교 수업을 마치고 몇몇 친구들과 간단한 송별식도 치렀다. 다른 식구들은 이미 목포로 떠나고 없었다. 그 큰 집에서 민식은 뜬눈으로 밤을 새웠다. 잠을 자려고 침대에 누웠지만 잠이 오지 않았다. 거실에 나와 소파에 앉은 채 꼬박 밤을 보냈다.

처음에는 우겨볼까도 생각했었다. 그러나 이내 생각을 포기했다.

아버지.

그에게 아버지는 벽이라는 글자와 같은 의미였다.

고등학교 3학년. 어차피 졸업만 하면 다시 서울이었다. 지금 이대로라면 그는 서울의 명문대로 진학할 것이고, 아버지가 원하든 원치 않든 그는 서울에서 독립된 생활을 보장받을 터였다.

그동안만 참으면 된다, 그동안만…….

아침이 되자 채씨 아저씨가 왔다. 목포에서 밤새워 차를 몰아왔다고 했다.

채씨 아저씨가 운전하는 로열살롱은 또다시 서울에서 목포로 1번 국도를 내달렸다. 이윽고 차는 국도 1, 2호선 분기점을 지나 청호시장 쪽으로 들어섰다. 새로 출시된 신형 고급차가 목포 시내에 나타나는 일은 드문 일인 듯했다. 차가 좁은 도로를 지날 때면 여지없이 사람들의 시선이 따가웠다.

혼잡한 시장통에서 잠시 신호대기에 걸렸다. 사람들이 염치 불구하고 차 안을 기웃거렸다.

"아휴, 촌사람 티내내."

채씨는 겸연쩍어 하면서도 껄껄 웃었다. 곧바로 자신의 일인 양 변명하듯 덧붙였다.

"목포사람들이 워낙에 순진해서 그래요."

채씨는 목포가 고향이라고 했다. 국도를 타고 내려오면서 채씨는 민식과는 달리 내내 싱글벙글했다.

채씨는 목포에서 태어나서 고등학교도 목포에서 나왔다. 졸업 후 운전면허를 땄고, 군대에서는 사단장 운전병으로 근무했다. 제대한 후에 처음으로 잡은 직장이 민식 할아버지의 운전기사였다. 할아버지가 돌아가시고 채씨는 서울로 불려 올라가 민식 아버지의 차를 몰기 시작했다. 그때부터 민식은 채씨에게 도련님으로 불렸다.

하지만 그 시간도 얼마 남지 않았다. 채씨는 아버지가 국회의원이 되든 안 되든 더는 서울로 올라가지 않겠다고 했다. 아버지와의 이별을 결심한 것이다.

만날 때가 있으면 반드시 헤어질 때도 있다.

이사를 결정하고 아버지는 통보하듯 식구들에게 말했다.

"내가 서울을 떠나는 건 다시 서울로 올라오기 위해서야."

말끝에 이렇게 장담했었다.

"결코 오래 걸리지 않아. 단 한 번이면 돼."

그건 민식도 마찬가지였다.

실패란 있을 수 없다. 단 한 번의 기회로 그는 대학에 합격할 것이고, 아버지가 국회의원이 되든 안 되든 상관없이 서울로 돌아갈 것이다.

신호가 바뀌고 다시 차가 움직이기 시작했다.

"하루 종일 차 안에서 있느라 힘드셨죠? 거의 다 왔어요. 저기 보이는 건물이 시외버스 터미널이고요, 오 분만 더 가면 집이고요. 아마……."

채씨가 룸미러를 힐끔거리며 그의 눈치를 살폈다. 민식은 채씨의 시선을 모른 척했다.

"사장님과 사모님도 코가 빠지게 기다리고 계실 겁니다."

그럴까? 정말로?

"아저씨. 바닷가 좀 구경하고 가죠."

"바닷가요? 사장님이……."

"집에서 기다리는 건데 뭐 어때요. 차가 막혔다고 하면 되죠."

민식이 재빨리 채씨의 뒷말을 낚아챘다.

"그래도 사장님이 역정이라도 내시면……."

"제가 책임질게요."

"그래도……."

룸미러를 통해 채씨와 시선이 마주쳤다. 채씨가 마지못해 알 겠다고 대답했다.

차는 시청을 지나 북항동 쪽으로 빠졌다. 푸른 바다와 크고 작은 배들, 멀리 보이는 아름다운 섬들이 곧 한눈에 들어왔다. 차창을 내리고 흠뻑 숨을 들이마셨다. 바닷가 특유의 냄새가 코를 찔렀지만 역하지는 않았다. 어쩐지 외국에라도 온 것 같은 기분이었다.

"좋아요. 아주 좋은데요!"

"차를 세울까요?"

"네."

차가 멈춰 서고 민식은 문을 열고 나왔다. 민식은 분이라도 바른 듯 피부가 하얬다. 두 팔을 벌려 한껏 숨을 들이마시자 우중충했던 기분이 좀 사그라지는 것 같았다.

"아저씨. 저기 보이는 저 섬 이름이 뭐예요?"

옆에 선 채씨가 민식의 손가락을 따라 시선을 옮겼다.

"용출도요."

그 앞에는 더 작은 섬도 있었다.

"저 섬은요?"

"우리는 애기 섬이라고 불렀는데, 무인도예요."

"무인도가 많아요?"

"그럼요. 목포에도 섬이 열세 개나 있거든요."

고하도, 눌도, 달리도, 외달도 같이 사람이 사는 섬도 있지만 사람이 살지 않는 무인도도 일곱 개나 된다고 했다. 목포 시내에서 산봉우리처럼 보이는 곳이 있는데, 사실 그것들 전부 섬이라고 했다.

무인도.

비로소 서울을 떠난 낯선 곳에 왔다는 느낌이 들었다. 서울은 이곳과는 완전히 다른 세상이었다. 사람들로 넘쳐나는 곳. 그리고 어디를 가나 사람들과 부딪히는 곳. 그러나 이곳은 아예 사람이 살지 않는 곳도 있었다.

"한번 가보고 싶어요."

"여름방학 때 한번 가보세요. 꽤 괜찮을 겁니다."

"아저씨가 안내해줄래요?"

"도련님이 가고 싶다면야 언제든지 그래야죠. 친구 녀석들 중엔 통통배 갖고 있는 친구들도 제법 많거든요. 여객선 타고 관광객들이 들르는 섬은 아무래도 섬 분위기가 덜 하죠. 무인도에 가서 텐트 치고 낚시하고, 그게 진짜 섬맛이죠. 낚시로 바로 잡아서 회 떠먹으면 서울 어느 고급횟집보다도 맛이 더 좋고요."

채씨는 침을 튀기며 신이 나서 떠들었다. 생각만으로도 기분이 좋은지 춤추듯이 어깨를 들썩거렸다.

민식은 고개를 오른쪽으로 돌렸다.

이번에는 우뚝한 산이 한눈에 들어왔다. 산의 이름은 충분히 짐작이 가능했다.

유달산.

영혼이 거쳐 가는 곳이라 하여 영달산이라고도 부른다고 채씨가 귀띔했다.

영혼이 거쳐 가는 곳.

민식은 그 말을 입 안에서 여러 번 중얼거렸다.

채씨가 계속해서 떠벌렸다.

"저기 보이는 저 섬은 고하도예요. 특이하게 생겼죠? 생김새 때문에 용머리 바위라고 불러요."

채씨는 갑자기 관광가이드가 된 것 같았다. 그런 그를 보면서 민식은 자기도 모르게 얼굴이 밝아졌다.

"이제 차에 타시죠. 드라이브를 하면서 제가 쫙 알려드릴게요."

민식은 시키는 대로 했다.

"음악 좀 틀겠습니다. 분위기는 신나는 뽕짝을 틀어야 하는데 사장님이 그런 음악을 워낙에 싫어하셔서요."

베토벤의 피아노소나타 '열정'이 곧 차 안을 가득 채웠다. 클라이맥스에 이르렀을 때 민식은 버튼을 눌러 차창을 내렸다. 눈을 감자 비릿한 바다내음과 후끈한 바닷바람이 동시에 밀려왔다. 그 사이를 틈 타 갇혀 있던 피아노연주음이 차창 밖으로 달아났다.

채씨는 적당한 곳에서 차를 멈췄고 적당한 곳에서 속도를 내며 도로를 질주했다. 그렇게 목포와의 첫 만남이 서서히 끝나 갔다.

그리고 또 다른 만남이 시작되고 있었다.

도로를 달리던 차가 갑자기 '끼익' 하는 굉음을 내며 급정거했다. 민식의 몸이 앞으로 휘청 쏠렸다가 다시 자리를 잡았다.

"괜찮아요?"

채씨가 고개까지 돌려 민식의 상태를 확인했다.

"괜찮아요. 한데……."

차가 갑자기 멈춰 선 이유를 알 것 같았다. 차창 밖으로 예닐 곱 명의 남학생들이 마구잡이로 섞여 있었다.

"하, 자식들이 길을 막고서……."

패싸움이었다. 아니, 자세히 보니 1대6의 싸움이었다. 채씨도 싸움의 정황을 금세 파악했다.

"저 녀석, 날아다니네, 날아다녀."

채씨는 감탄했다. 말은 안 했지만 민식도 같은 마음이었다.

한 명이 여섯을 상대로 이리 뛰고 저리 뛰고 있었다. 그런데도 전혀 밀림이 없었다. 상대방의 거센 주먹질과 발길질을 가볍게 피하며 오히려 역공을 가했다. 그때마다 상대방은 뒤로 나가 떨어지거나 주춤거리며 공격을 멈췄다.

"늑대 같은 놈이네. 대단해. 범도 잡아먹을 놈이야."

채씨와 마음이 통했다. 민식 역시 한 마리 늑대를 보는 것 같다고 생각하던 참이었다.

민식은 늑대를 가만히 눈으로 쫓았다.

건장한 체격에 군살 하나 없는 날렵한 몸, 검고 짙은 눈썹에 큰 코. 녀석은 영락없이 늑대의 생김새였다. 그의 몸짓과 표정에서도 고스란히 그것이 느껴졌다. 지독한 독기였다. 녀석은 전혀 주눅이 들지 않았다. 오히려 싸움을 즐기듯이 이 녀석과 저 녀석 사이를 넘나들며 주먹을 휘둘렀다.

"영화의 한 장면 같네요. 지금 저거 보셨어요?"

물론 봤다.

맞은편에 있던 한 녀석의 얼굴을 강타한 발이 곧바로 180도 회전을 하면서 뒤에 있는 녀석의 복부를 걷어찼다.

"저게 가능한 거 보면 대단한 녀석이네요. 정말 대단해요."

그때였다. 민식의 입에서 악, 하는 비명소리가 터져나갔다. 그 소리는 신음소리 같기도 했다.

늑대의 주먹에 얻어맞고 쓰러졌던 패거리 중 하나가 근처에 있던 굵은 각목을 집어 들고 급습을 한 것이다. 안타깝게도 늑대는 녀석의 기습을 예측하지 못했다. 늑대는 뒤통수를 강타당했고, 그 순간 눈에 띄게 몸을 휘청거렸다. 충격이 큰 것 같았다.

패거리들에겐 기회였다. 일제히 늑대를 향해 주먹과 발길질을 날렸다. 늑대는 감당하지 못하고 도로에 쓰러졌다.

전세가 역전되었다. 늑대는 점점 피투성이가 되어갔다. 그러나 늑대의 눈빛은 여전히 독기로 번뜩였다.

한순간 늑대가 두 발을 허공으로 내차더니 오뚝이처럼 펄쩍 몸을 일으켰다. 패거리들이 놀라 주춤하는 사이 상처 입은 늑대는 도주를 시도했다.

도주는 쉽지 않은 상황이었다. 확실히 그렇게 보였는데 늑대는 악착같이 달라붙는 패거리들을 따돌리고 도로를 내달렸다.

하필이면 늑대는 민식을 향해 달려오고 있었다.

"저…… 저 자식 뭐야? 왜 이쪽으로 오는 거야."

채씨가 급히 기어를 바꿔 차를 출발시키려고 했다. 그 순간 민식과 늑대의 눈빛이 마주쳤다.

"머, 멈춰요!"

민식은 얼떨결에 소리쳤다. 그리고 자기도 모르게 차 문을 열었다. 늑대는 달려오는 속도 그대로 차 안으로 뛰어들었다. 그 바람에 민식의 몸이 늑대의 몸에 깔렸다.

"신세 좀 지자."

늑대가 문을 닫으며 민식에게 말했다. 형편은 다급한데 목소리에서는 여유가 느껴졌다.

"아저씨…… 출발해요."

민식이 말했다.

그르렁거리는 엔진음을 토해내며 차는 곧바로 그곳에서 벗어났다. 룸미러에 비친 패거리들의 모습이 점점 작아지다가 잠시 후 아예 룸미러에서 사라지고 말았다.

"닦아."

민식은 차 안에 있던 휴지를 통째로 늑대에게 건네줬다.

늑대는 그를 힐끔 한번 보고는 휴지를 뽑아 대충 얼굴의 피를 닦아냈다. 그렇게 두세 번 반복하고는 다시 민식을 보았다.

"넌 누구지?"

어이없게도 이 질문은 민식이 아닌 늑대가 한 질문이었다.

"난······."

얼른 이름이 나오지 않았다.

"난 오상섭. 넌?"

늑대가, 아니 상섭이가 다시 물었다.

"정······ 민식."

"난 이런 꼴 남들한테 잘 안 보여주는데 오늘은 체면을 구겼어. 쪽팔리게."

"아니, 그렇지 않아. 넌 강했어. 마치······."

늑대 같았다고 말하려다가 그만두었다. 그 말을 하려는 명치 끝이 찌릿하면서 아팠다. 이게 뭐지?

"정민식. 오늘 고마웠어."

상섭이 손을 내밀며 악수를 청했다. 민식은 자석에 끌리듯 손을 내밀었다.

"손이 곱네. 따뜻하고. 나하곤 반대야."

"난……."

"됐어. 다음에 만날 기회가 있으면 신세를 갚을게. 그럼 이제 차 좀 세워줄래?"

"응?"

민식은 그의 말을 얼른 알아듣지 못했다.

"나 집에 데려갈 거 아니잖아? 물론 난 거절할 테지만."

상섭이 넉살 좋게 낄낄거리며 웃었다.

차의 속도가 서서히 줄었다. 채씨는 알아서 차를 도로 한쪽에 세웠다.

차문을 열고 나간 뒤 민식이 마지막으로 인사했다.

"잘 가라, 친구."

친구?

상섭은 수산시장 뒷골목 쪽을 향해 절룩거리며 걸어갔다. 그의 모습이 사라지고 민식은 차에 있는 피 묻은 휴지를 주워 가방 속에 넣었다.

"도련님, 친구가 생긴 것 같네요."

채씨가 차를 출발시키며 사람 좋게 허허 웃었다.

"친구요?"

민식은 두 박자 늦게 대꾸했다.

채씨는 미처 그의 말을 듣지 못했다.

민식은 차창 밖으로 조용히 시선을 던졌다. 그리고 그의 손은 가방 속 피 묻은 휴지를 가만히 움켜쥐고 있었다.

2

1998년 3월

그동안 학교는 변한 것이 없었다.

복도를 지나며 안면이 있는 사람들을 여럿 만났다. 그들과는 반갑게 악수를 나눴지만 모르는 사람들도 제법 많아 데면데면하게 눈빛만 부딪치는 경우도 있었다.

민식은 과사무실 쪽으로 걸었다. 복도에서 만난 과동기가 우편함에 편지가 꽂혀 있었는데, 오랫동안 꽂혀 있던 편지라 과사무실에서 보관하고 있을지도 모르겠다고 귀띔했다. 그 동기 역시 복학생이었다.

똑똑.

과사무실에 들어가서 조교와 몇 마디 나눈 뒤에 용건을 얘기했다. 조교는 그의 과 3년 선배였다.

"제게 온 편지가 있다고 하던데요?"

"아, 있지. 잠깐만……."

조교가 서랍을 뒤적이더니 편지봉투 한 장을 꺼내 확인하곤 그에게 건네줬다.

"오래됐어. 한 칠팔 개월 된 것 같은데?"

"고맙습니다."

과사무실을 나와서야 편지봉투의 발신자를 확인했다. 그리고 자기도 모르게 우뚝 걸음을 멈추었다.

오상섭.

갑자기 가슴이 철렁 내려앉았다.

그때도 그랬다.

상섭을 만나고 다음 날 민식은 또다시 그를 만났다.

목포고 3학년 3반.

그는 담임선생님의 뒤를 쫓아 교실로 들어갔다. 심호흡을 여러 번 했지만 가슴이 떨렸다. 울렁증이다. 여러 사람 앞에 서면 늘 가슴과 목소리가 떨렸다. 중학교 때도 그랬다. 그는 반에서 늘 일이 등을 다퉜지만 이런 탓에 반장은 한 번도 해보지 못했다.

소심한 녀석.

아버지는 그런 그를 늘 못마땅하게 여겼다. 남자 배포가 그래서 무슨 큰일을 하겠냐는 거였다.

하긴 그는 아버지를 닮지 않았다. 닮았다면 어머니 쪽이다. 아버지는 많은 사람들 앞에서 오히려 신이 나 떠들어대는 사람이었다. 어머니는 그런 아버지 뒤에서 가만히 미소를 띠거나 살짝 고개를 숙이고 있었다.

어머니는 무엇이든 참는 사람이었다. 아버지가 부당한 처사로 화를 내도, 심지어는 욕을 해도 어머니는 늘 참았다. 한번도 아버지에게 대거리하는 걸 보지 못했다.

그런 어머니가 못마땅하여 꼭 그렇게까지 해야 하냐며 따지고 들면 어머니는 늘 같은 소리로 변명했다.

"사람이 이렇게 타고 났는 걸 어떡하니."

타고 났다.

어머니와 아버지는 이것부터가 달랐다. 어떻게 타고 났든 고치면 된다는 게 아버지의 생각이었다. 결국 자신을 닮기 위해 노력하라는 거였다.

그러나 그는 바뀌지 않았다.

그는 타고 났다. 모든 것이 그랬다. 성격, 외모, 그리고 좋아하는 것까지도.

어머니는 무엇인가를 좋아하면 꾸준히 그것을 좋아했다. 새로운 것을 좋아하게 됐더라도 예전에 좋아했던 것을 버리거나 홀대하지 않았다.

민식도 마찬가지였다.

그는 어렸을 적부터 로봇이나 총칼보다는 인형이 좋았다. 남들이 딱지치기나 구슬치기를 할 때 그는 여자아이들의 고무줄놀이를 힐끔거렸다.

커서도 변하지 않았다. 그의 방에는 아버지의 손길을 피해 남아 있는 인형들이 방 곳곳에 숨겨져 있었다.

소심한 놈. 사내 같지 못한 놈.

민식은 아버지가 했던 말을 중얼거리며 교실로 들어갔다.

담임선생님이 들어갔지만 교실은 여전히 시끌벅적했다. 선생님은 손에 쥐고 있던 조그마한 몽둥이로 교탁을 서너 차례 두드렸다.

"그만! 조용!"

조금 조용해졌지만 별로 효과는 없었다. 곧바로 선생님의 입에서 욕설이 튀어나갔다.

"조용하라고 했잖아, 이 새끼들아! 조용히 안 해!"

그제야 교실은 조용해졌다.

"오늘 전학 온 학생이 있다. 서울에서 왔고, 공부를 굉장히 잘하는 학생이다. 이름은……."

담임이 그를 보며 눈짓했다. 민식은 얼굴이 벌겋게 달아올라 있었다. 이름을 말할 차례였지만 아무 말도 못하고 고개조차 들지 못했다.

"뭐해? 이름 말해야지."

담임이 채근했다.

"제 이름은……."

하지만 거기까지였다. 이름 석 자는 끝내 목구멍을 넘어오지 못하고 사그라졌다.

교실 안에 한바탕 웃음소리가 터졌다. 야유와 비웃음도 간간이 들려왔다.

"학교를 잘못 찾아온 거 아닙니까? 여고로 가야 하는데 남고로 온 것 같은데!"

"여자애도 한 명쯤 있으면 좋지. 반 분위기도 좋고."

"야! 쟤는 내 짝꿍이야. 내가 찍었으니까 아무도 건들지 마."

그럴수록 민식의 고개는 점점 바닥으로 향했다. 얼굴은 이미 더는 어떻게 할 수 없을 정도로 붉었다.

그때였다.

"정. 민. 식."

누군가 그의 이름을 불렀다. 한 자씩 또박또박.

그리 큰 소리가 아니었는데도 그 소리는 교실 안을 가득 채웠다. 신기하게도 그 한마디에 교실은 고요하게 변했다.

민식의 입에서 나온 소리는 아니었다. 그것이 아니라는 것은 담임은 물론 반아이들의 시선이 한 곳으로 쏠려 있는 것으로도 분명했다.

"쟤 이름은 정민식이야. 내 친구고……."

상섭이었다. 그의 차 안으로 뛰어들었던 상처 입은 늑대. 한

순간 민식과 상섭의 시선이 허공에서 부딪쳤다. 상섭이 한쪽 입술꼬리를 말아올리며 히죽 웃었다. 민식은 자기도 모르게 얼른 고개를 숙였다. 이미 붉게 변한 얼굴이 열에 들뜬 것처럼 화끈거렸다.

어쨌든 그것으로 모든 것이 정리되었다.

담임은 다행이라는 듯 민식의 어깨를 툭 치곤 고갯짓으로 빈자리를 가리켰다. 상섭의 건너편 자리였다.

그때부터 민식은 상섭과 늘 붙어 다녔다.

민식은 상섭이 하자는 대로 다 했다. 수업을 빼먹고 도망치자고 하면 그렇게 했고, 노래를 부르자고 하면 또 그렇게 했다.

민식에게 상섭의 세상은 모든 것이 신세계였다. 그리고 상섭 역시 그에게는 신세계와 같았다.

상섭이 하는 것은 뭐든지 하고 싶었다. 상섭이 좋아하는 것은 뭐든지 좋아하려고 노력했다.

상섭은 한마디로 남자였다. 그는 너그럽고 통도 컸다. 여자보다 더 하얀 민식의 피부는 물론 여자라고 해도 믿을 것 같은 얼굴에 대해서도 그 어떤 말도 하지 않았다. 오직 그를 친구로서 대했고 친구로서 받아들여 주었다.

그것이 편했고 좋았다.

하지만 그리 오래 지속될 감정은 아니었다.

상섭에게는 은하가 있었다.

상섭은 자주 은하와 어울렸다. 자연스레 민식도 그녀와 그녀의 친구들과 어울렸다. 오토바이를 타고 목포 시내나 해변도로를 따라 끝없이 내달리곤 했다.

은하는 상섭의 친구인 민식을 스스럼없이 친구로 받아들였다. 딱 그 정도가 좋았다.

그런데 그런 것이 아니었다.

언젠가부터 은하는 그를 묘한 눈빛으로 바라보았다. 상섭보다 그를 향하는 시선이 더욱 많아졌다.

불편했다.

민식은 일부러 은하의 눈빛을 피했다. 그녀의 시선이 느껴지면 재빨리 어디론가 다른 곳을 향해 시선을 던졌다. 하필이면 그의 시선이 닿은 곳은 상섭이었다. 묘하게도 상섭은 늘 그의 시선 끝에 있었다.

홀렸다.

그럴지도 모른다. 민식은 홀린 듯이 상섭에게 눈을 떼지 못했다.

그것은 은하도 마찬가지였다.

이런 상황이 끝없이 이어졌다. 의식이 되면서도 의식하지 않는 척 외면하는 그의 행동도 끝없이 반복되었다. 다른 사람 같았으면 은하에게 무슨 말이라도 했을 텐데 민식은 그렇게 하지 못했다.

아버지의 말이 옳았다.

소심한 놈. 소심한 놈……

민식은 중얼거리며 복도를 걸어갔다. 조급한 마음 탓인지 점점 걸음이 빨라졌다.

그가 편지를 뜯은 것은 이공대 건물을 빠져나와 아무도 없는 벤치에 앉아서였다.

민식아. 사랑하는 내 친구. 오랜 만이야.

편지는 이렇게 시작했다.

네가 K대 건축과에 들어갔다는 얘기는 들었어. 역시 그렇구나 했지. 네가 학교에 있을지 군대에 있을지 잘 모르지만 일단 편지는 보낸다.

늦은 소식이지만 네가 줄곧 걱정했을까 봐, 좋은 소식부터 전할게.

은하…… 찾았어.

은하. 김은하. 결국 찾았는가.

은하는 상섭의 여자친구였다. 은하 자신의 말처럼 목포사람이 다 아는 상섭의 여자였다. 참 예쁜 애였다. 가만히 있어도 눈에 확 띌 만큼.

그런 은하가 갑자기 사라졌다.

아니, 갑자기는 아니다. 그럴 만한 사정이 있었다. 상섭은 그 이유를 몰랐지만 민식은 그 이유를 짐작할 수 있었다.

그 누구도 아닌 민식의 탓이었다.

아니, 아니다. 따지자면 은하 본인 탓이었다.

일 년 넘게 여기저기 헤매며 찾아다녔어. 겨우 찾아냈지. 지금은 어디 가지 못하게 내 곁에 꼭 붙들어뒀고. 사실…… 우리에게 아주 예쁜 딸이 있거든. 이름은……

"오…… 수지."

민식은 그 이름을 여러 번 입 안에서 굴려보았다. 수지, 오수지. 딸까지 낳았다는 건 결혼을 했다는 건가?

민식은 서둘러 다음 글귀로 눈을 옮겼다.

셋이서 오손도손 잘 살고 있어. 고기도 잡고 낙지도 잡으면서. 풍족하진 않아도 그럭저럭 살만해. 우리가 사는 곳은 목포 근처 외달도라는 섬인데, 한번 찾아와. 언제든 반갑게 맞이할 테니까. 사실은 은하도 가끔 네 얘기를 해. 왜 안 그렇겠어. 은하가 그러더라 세상에서 제일 멋있는 남자가 나인 줄 알았는데, 너를 보고 나서 생각이 완전히 달라졌다고. 하긴 목포 여자애들 다 그랬을 거야. 암튼 보고 싶으니까, 빨리 와. 알았지?

편지 끝에 상섭은 외달도를 찾아오는 방법을 상세히 적어놓았다. 심지어는 약도까지 그려놓았다. 외달도에 내려서는 자기 이름을 말하면 누구나 다 안다고 했다. 그만큼 작은 섬이라고 했다.

상섭의 마음이 느껴졌다.

그가 보고 싶었다.

그리고 은하…… 그녀는 괜찮을까?

민식은 뒷일일랑 걱정하지 않기로 했다. 외달도행을 결심하는 데 거짓말하지 않고 일 초도 걸리지 않았다.

그는 곧바로 집으로 갔다. 간단히 짐을 챙겨 서울역으로 향했다.

대낮이라 그런지 기차 안에는 사람들이 별로 없었다.

속이 출출했다.

기차가 출발하고 민식은 카트를 끌고 다니는 식품 판매원에게 삶은 달걀과 사이다를 샀다. 계산하고 나서 그는 다시 맥주 두 병을 더 샀다.

삶은 달걀을 하나 까놓고 그는 사이다 대신 맥주를 한 모금 마셨다. 급히 나오면서도 그는 지갑을 잊지 않고 챙겼다. 지갑에 있던 돈뿐만 아니라 비상금으로 남겨두었던 돈도 모조리 지갑에 챙겼다.

대학에 입학하고 그는 바라던 대로 서울로 재입성했다. 아버지는 전에 살던 집에서 살라고 했지만 그는 학교 가까운 곳을 원했다. 교통이 편하다는 이유였다. 아버지는 따지지 않고 그의 뜻대로 해주었다.

"보궐선거 끝나면 곧바로 올라갈 테니까, 그동안만 혼자 고생해라."

고생이라니. 그는 전혀 그렇게 생각하지 않았다.

어떡하든 집에서 나와 혼자 살고 싶었다. 더는 아버지의 목소리를 듣기 싫었다. 아버지와 함께 사는 한 그에게 집은 집이 아니었다. 혼자 남을 어머니가 마음에 걸렸지만 어쩔 수 없다고 생각했다. 어머니는 무엇이든 잘 참는 여자니까, 이번에도 그렇게 참아낼 것이라고 여겼다.

그 해 가을에 치러진 보궐선거에서 아버지는 낙선했다. 잘나가던 사업가였지만 정치인으로서는 숙맥이나 같았다. 원하던 당의 공천을 받지 못하자 무소속으로 출마했는데, 결국 아슬아슬하게 고배를 마셨다.

선거에 떨어진 아버지는 한동안 폐인처럼 지냈다. 그러다 목포에 후일을 도모하기 위한 사무실 하나만 남기고, 모든 짐을 정리하여 서울로 이사했다. 채씨 아저씨는 자신이 원했던 것처럼 고향에 남았다.

서울로 올라온 아버지는 사업에 전념했다. 선거 때문에 치러야 했던 시간과 돈의 낭비를 보상받기라도 하려는 듯 아버지는 밤낮없이 사업에 매달렸고, 그 덕분에 사업체는 이전하고 비교가 안 될 정도로 빠르게 덩치를 키워갔다.

아버지가 사업에 전념하는 바람에 그는 여유 있는 대학생활을 즐겼다. 그러나 딱 2년 동안이었다. 아버지는 작정한 듯 그에게 전셋집을 비우고 집으로 들어올 것을 지시했다.

그는 대답을 미루다 결국 군 입대를 택했다.

영장을 본 아버지의 얼굴은 달아오른 장작처럼 시뻘겋게 변했다. 종이쪼가리를 찢어버릴 것처럼 부들부들 손을 떨어댔다.

아버지의 첫마디는 "그래서?"였다.

"그래서 어쩔 거냐?"

"내일모레 입대합니다."

그것으로 끝이었다. 휴가를 나왔을 때에도 제대하고 나서도 집에는 찾아가지 않았다. 그래도 어머니는 매달 꼬박꼬박 그의 통장에 적지 않은 액수의 돈을 입금했다.

후배에게 사용하라고 했던 전셋방도 그대로였다.

그는 일단 복학했다. 졸업 후에는 유학을 갈 생각이었다. 건축학과를 갔다고 해서 꼭 거기에 관련된 일을 하고픈 마음은 없었다. 외국에 나간 뒤 어떻게 살 것인가 천천히 생각할 참이었다.

맥주 한 병을 비우고 나자 얼굴에 열이 오르며 확확거렸다.

원래 술은 체질에 안 맞았다. 이 정도로라도 마시게 된 것은 상섭과 은하 때문이다.

이른바 범생이였던 그는 정반대편에 있었던 상섭과 어울리면서 새로운 세계를 접하게 되었다.

상섭은 목포의 여러 조폭이 앞다퉈 스카우트하고 싶어 하는 타고난 주먹이었다. 상섭을 처음 만났던 날도 그를 스카우트하려던 한 조폭의 사주를 받은 학생깡패들이 떼거리로 덤벼들어 곤란하게 만든 거였다. 상섭은 목포의 여러 조폭으로부터의 제의를 모조리 뿌리쳤다. 이유는 한 가지였다.

"깡패로 살기 싫어서."

깡패가 아니면 그는 무엇이 되고 싶었던 것일까.

"그냥 뻔한 거. 섬 같은 데서 조용히 살고 싶어. 아내와 아이와 함께. 먹고 사는 거야, 뭘 하든 먹고 살지 않겠어."

그러고 보면 상섭은 소원을 이루었다.

목포 사람들이 다 아는 상섭의 여자인 은하를 아내로 두었고, 또 딸까지 얻었으니.

마저 맥주 한 병을 따서 마시고, 안주로 달걀을 까서 먹었다. 그리고 깜박 잠이 들었던 모양이다.

안내방송이 흘러나와 눈을 떴을 때는 이미 목포역에 도착해 있었다. 오랜 여행의 피곤함은 느껴지지 않았다. 오히려 기대와 설렘으로 가슴이 뛰었다.

민식은 곧바로 여객터미널로 향했다.

다행히 시간이 딱 맞았다. 그는 표를 끊자마자 외달도행 여객 선에 올랐다.

바닷바람을 맞으며 꽁무니를 쫓아오는 갈매기들에게 잠자코 시선을 두었다. 뱃사람은 죽어 갈매기가 된다고 했다. 그래서 배만 보면 쫓아온다는 것이다.

그저 뱃사람들의 전설 같은 얘기일 뿐이었다.

이 얘기를 그에게 해준 사람은 상섭이었다.

바닷가 동굴, 바로 그곳이었다.

그곳은 아름다운 추억이 깃든 곳이었지만 아픔이 만들어진 곳이기도 했다. 그와 상섭이 헤어지게 된 것도 그곳에서 발생한 뜻하지 않은 사건 때문이었다. 그 동굴에서 나왔을 때 모든 것 이 변했다.

은하는 떠났고, 상섭은 그런 은하를 찾기 위해 민식을 떠났다.

달리도와 눌도를 지나 외달도를 향해 배는 물길을 쫓아갔다. 길이 없어도 길이 되는 곳. 조그만 나뭇조각처럼 여객선은 물이 떼미는 대로 흘러갔다. 멀리 보이던 외달도는 배가 가까이 갈수록 점점 분명하게 눈에 잡혔다.

얼마쯤 후 배는 외달도 선착장에 정박했다.

외달도 주민 세 사람이 배에 오르더니 선원들과 힘을 합쳐 물건들을 내려놓았다. 그 작업이 끝나고 나서야 민식은 배에서 내렸다. 배에서 내리기 전 선원에게 이곳이 외달도가 맞는지를 다시 한 번 확인했다.

"네, 외달도가 맞아요."

배에서 내린 민식은 어디로 가야 할지 모르는 사람처럼 가만히 서 있었다. 그 모습만으로는 목적지를 잘못 내린 사람 같았다. 민식은 그 상태로 여객선이 외달도를 떠나는 것을 지켜보았다.

"어느 집에 오셨어요?"

배에서 하역한 짐을 정리하던 사람 중 한 사람이 그에게 물었다. 세 사람 중 가장 나이가 젊어 보이는 사내로 초록색 모자를 쓰고 있었다. 초록 모자 가운데에는 세 개의 나뭇잎이 새겨져 있었다. 민식보다 네댓 살쯤 많은 것 같았다.

"오상섭이라고……."

"상섭이요? 하, 그러고 보니……."

그 말을 하고 초록 모자가 그를 찬찬히 아래위로 살폈다. 그 사내뿐만 아니라 짐을 정리하던 두 사내도 손을 멈추고 그를 뚫어지게 바라보았다.

"그럼 서울에서 명문대학에 다닌다는 그 친구……."

초록 모자의 말에 민식은 살짝 고개를 끄덕였다. 계면쩍었는지 얼굴에 달아오르는 느낌이었다.

"아, 그렇구나! 상섭이가 엄청 기다리던데…… 좀 일찍 오지 그랬어요?"

"제대한 지…… 얼마 안 됐거든요……."

상섭이가 별의별 말을 다 했구나 생각하면서 민식은 조용하게 대답했다.

"K대 건축학과라면서요? 거기 들어간 사람은 우리 동네는 물론이고 육지에서도 드물 텐데 참 대단해요."

이렇게 시작된 초록 모자의 말은 지루할 만치 길게 이어졌다. 옆에서 가만히 듣고 있던 늙수그레한 사내가 참견하지 않았으면 아마도 밤을 새웠을지도 모른다.

"그만 각설하고 집이나 가르쳐 줘!"

그제야 초록 모자는 상섭의 집을 가르쳐줬다.

"찾기 어렵지 않아요. 저기 저 빨간색 지붕 보이죠. 두 번째 집요. 그 집 옆으로 길 따라 오 분만 걸어가면 끝집이 상섭이네 집이에요. 어쩜 배 타고 바다에 나갔을지도 모르는데, 뭐 애엄마하고 수지는 있으니까 괜찮겠죠."

민식은 가르쳐준 대로 걸어갔다. 사실 묻지 않아도 찾아갈 수 있었다. 사내가 해준 말은 상섭의 편지에 고스란히 적혀 있었다.

그러나 그럴 필요도 없었다. 몇 발짝 떼지도 않았는데, 멀리서 그를 부르는 소리가 들렸다.

"민식아! 민식아!"

누군가 부두를 향해 달려오고 있었다. 밀짚모자를 써서 누구인지 얼굴은 보이지 않았지만 목소리만 듣고도 그가 누구인지 단박에 짐작했다.

"상섭아……."

민식은 걸음을 멈추고 달려오는 상섭을 가만히 지켜보았다. 점으로 보이던 상섭은 빠르게 그의 눈 안을 가득 채웠다.

상섭은 펄쩍펄쩍 뛰면서 달려왔고, 밀짚모자를 벗어 열심히 손을 흔들어댔다.

두 사람은 으스러지게 서로를 껴안았다.

6년 만이었다. 은하가 사라지고, 은하를 찾겠다면서 목포를 떠난 상섭. 이후로 그는 연락 한번 없었다.

상섭이 사라지고 민식은 예전의 범생이로 돌아갔다. 오로지 공부에만 몰입했다. 성적은 충분했는데도 민식은 국립대학이 아닌 K대를 선택했다. 학교가 집에서 멀다는 이유 때문이었다. 민식은 상섭이 그랬던 것처럼 자신도 자유롭게 살고 싶었다. 단지 그것뿐이었다.

"인마…… 인마……."

상섭은 뒷말을 잇지 못했다. 목소리에 가늘게 물기가 느껴졌다. 늑대 같던 사내가 그간 순한 양으로 변한 것인가.

아니, 그렇지는 않았다. 상섭의 몸은 더욱 사내답게 변했다. 2년 반 동안 군생활을 하면서도 허여스름한 피부인 그하고는 전혀 달랐다. 구릿빛 피부에 불끈한 근육, 강파른 인상은 어엿하게 그를 바다사나이로 믿게끔 했다.

 "바다에 나갔을지도 모른다고 하던데…… 집에 있었어?"

 "응. 들어와서 그물 손질하고 있었어. 여긴 배가 오면 혹시나 하고 보게 되는데, 멀리서 봐도 딱 너구나 싶더라고. 그냥 한달음에 달려왔지."

 그 말을 듣자 민식의 눈에서 저절로 눈물이 흘러내렸다.

 "넌 이상한 놈이야. 나하고만 이럴 때마다 꼭 눈물을 흘리더라."

 "그러게. 왜 그런지 몰라."

 그때 근처에서 지켜보던 사내 중 한 명이 참견하며 끼어들었다.

 "애인도 아닌데 뭘 그리 껴안고 있어! 빨랑 집에 가서 회포나 풀어."

 상섭은 그제야 세 사람을 향해 꾸벅 고개를 숙여 보였다.

 "제가 말했던 그 친구가 바로 이 친구예요."

 "알아, 아니까 어서 집으로 가."

 사내가 두 사람을 멀리 내쫓듯이 휘휘 내둘렀다.

 "하하. 알겠습니다. 그럼 다음에 뵐게요."

 상섭은 별로 무겁지도 않은데 민식의 가방을 굳이 자기가 들겠다고 우겼다. 결국 민식은 가방을 건네주었다.

"넌 군대도 안 갔냐? 얼굴이 여전하네. 난 이쯤엔 군대도 다녀오고 해서 우락부락하고 얼굴도 시커멓게 탄 진짜 사나이를 은근히 기대했는데 말야."

"다녀왔어. 그래도 소용없었지만."

민식의 볼멘소리에 상섭이 호탕하게 웃었다.

"별종이야, 별종. 암튼 얼른 집으로 가자. 은하가 은근히 기다리는 눈치야."

상섭의 집은 해변에서 이백 미터 정도 떨어진 곳이었다. 작고 허름한 시골집이지만 돌담을 세워놓은 탓에 정감이 있었다. 돌담 옆으로는 텃밭도 있었다. 마당으로 들어서자, 작은 여자아이와 함께 야채를 다듬고 있던 은하가 벌떡 일어나며 놀란 표정을 지었다.

"정말로 왔구나…… 정말로……."

은하의 눈은 금세 그렁그렁해졌다. 아이를 낳고 살림을 하는 탓인지 은하는 예전보다 더 마른 몸매에, 피부는 다소 거칠어져 있었다. 하지만 여전히 예쁜 얼굴이었다.

"편지를 받았어. 상섭이한테."

"난 상섭 씨가…… 그냥 하는 소리인 줄 알았어. 그래서…… 그냥……."

은하가 눈물을 뿌리며 민식의 가슴에 얼굴을 묻었다. 민식은 가만히 그녀를 보듬어주었다.

그때 민식의 눈에 조그마한 여자아이가 들어왔다.

여자아이는 엄마를 닮았는지 예쁘고 귀여웠다. 섬에 사는 아이답지 않게 얼굴이 하얬다.

"이 아이가 수지구나."

은하와 떨어지며 누구에게랄 것 없이 말했다. 그의 말을 받은 사람은 은하였다.

"맞아."

은하가 수지를 손짓하여 불렀다. 쪼르륵 달려온 수지가 은하의 옆구리에 몸을 감췄다.

"애가 너무 부끄러움을 많이 타. 꼭 너 같지 않냐?"

상섭이 수지의 옆에 서며 한마디 덧붙였다.

"생긴 건 완전히 엄마 쪽인데."

민식이 농을 건넸다.

"다행이지 뭐. 나 닮았으면 예뻤겠어?"

"너 닮았어도 예뻤을 거야."

"그런가? 그건 그렇고, 자 오수지, 삼촌한테 인사드려야지. 아빠와 아주 친한 친구야."

그러나 수지는 인사를 하지 않았다. 엄마의 품에 더욱 파고들며 아예 고개를 돌려버렸다.

"몇 살이야?"

민식이 물었다.

"여섯 살. 내후년엔 학교에 가야 해. 그래서 이런저런 고민이 많아."

조그만 섬에 학교가 있을 리 없었다. 분교라도 다니려면 근처에 있는 큰 섬에 가거나 목포로 나가야 한다고 했다. 가장 가까운 학교라고 해도 통통배로 사십 분 거리였다.

"수지야. 부끄러워하지 말고 어서 인사해야지. 어서!"

은하가 제법 강단 있는 어조로 수지에게 말했다. 그런 엄마의 목소리가 익숙하지 않은지 수지가 빤히 고개를 들어 엄마의 얼굴을 살폈다. 은하는 살짝 인상을 찌푸렸다. 그제야 수지는 천천히 뒤돌아서더니 민식을 향해 꾸벅 고개를 숙였다.

"안녕하세요?"

"그래 수지야. 반갑다. 이름도 얼굴도 다 예쁘네."

민식은 상섭이 들고 있던 가방을 건네받아 서울에서 사갖고 내려온 과자와 인형을 꺼내어 수지에게 건넸다. 수지의 눈이 휘둥그렇게 변했다. 좋아서 어쩔 줄 몰라 하는 기색이 역력했다.

"고맙습니다……."

상섭이 얼른 "삼촌!"하고 말했다. 수지가 마지못해 상섭의 말을 쫓아했다.

"삼촌……."

수지의 말에 상섭과 민식이 웃음을 터뜨렸다.

"수지는 방에 들어가서 그거 먹어."

은하가 수지를 방에 들여보낸 뒤 마당에 금세 술상이 차려졌다. 서울은 아직 쌀쌀한 기운이 남아 있었지만 이곳 남쪽은 완연하게 봄이었다.

하지만 민식의 마음은 따스한 봄기운을 전혀 느낄 수 없었다.

수지의 목에서 대롱거리던 세 잎 클로버의 펜던트 목걸이. 그것은 어머니가 그에게 선물한 것이었다. 그리고 그는 상섭에게 선물했었다.

동굴에서 하룻밤을 지내고 두 달 후 은하가 갑자기 사라졌다. 상섭은 거의 미친놈처럼 은하를 찾아 헤맸다.

그러다 은하가 사라진 이유를 알게 되었다.

"수업 중에 쓰러졌대. 갑자기."

은하는 목포여상을 다녔다. 그녀가 갑자기 쓰러진 이유가 무엇일까 궁금해하며 상섭의 다음 말을 기다렸다.

"임신한 것 같아. 학교에 소문이 쫙 돌았나 봐."

임신?

"내 아이야. 좀 조심했어야 하는데 바보같이……."

상섭은 목포 시내는 구석구석 다 돌아다녔고, 이젠 다른 데를 찾아봐야겠다고 했다. 학교를 그만두겠다는 거였다.

그래도 졸업은 해야 하지 않겠냐며 상섭을 말렸지만 그는 이미 결심이 확고했다.

"그까짓 졸업장 의미 없어. 어차피 대학에 갈 것도 아니고."

상섭은 목포의 섬이나 근처의 다른 곳도 뒤져보고, 거기서 찾지 못하면 서울에도 가볼 거라고 했다. 평소 은하는 서울에서 살고 싶다는 말을 자주 했었다. 하지만 그 넓은 서울에서 어떻게 은하를 찾을 수 있단 말인가. 얼토 당토 않은 말이었다.

그러나 상섭을 막을 수 있다고는 생각하지 않았다. 상섭은 그에게 마지막 인사를 하기 위해 찾아온 거였다. 이미 그의 오토바이에는 짐 보따리 두 개가 끈에 단단히 묶여 있었다.

"잠깐 들를 데가 있어. 거기까지 나 좀 태워줘."

상섭은 의아한 표정을 지었지만 민식의 부탁을 거절하지는 않았다.

민식이 상섭의 오토바이를 타고 간 곳은 그의 집이었다.

민식은 상섭을 기다리라고 하곤 집에 들어가 아버지의 서재로 향했다. 그곳에는 금고가 있었다. 금고 비밀번호도 알고 있었다.

민식은 금고를 열고 세 뭉치의 현금을 꺼냈다.

서재에서 나가면서 어머니를 만났다. 어머니는 놀란 표정이었지만 아무 말도 하지 않았다. 그도 아무 말 안 하고 그대로 집에서 나갔다.

"이거 가져가."

손에 들고 온 세 뭉치의 돈을 상섭에게 건넸다.

상섭은 필요 없다면서 사양했다. 그래도 민식은 고집을 꺾지 않았다.

"네가 이걸 가져가야 내 마음이 좀 편해. 부탁이야, 가져가."

상섭은 마지못해 돈을 받았다.

"난생처음으로 이렇게 큰 돈을 만져보네. 친구 잘 두니까 여러모로 편하네."

어설픈 농담을 끝으로 상섭과 민식은 악수를 나누었다. 그리고 짧은 포옹. 민식의 눈에서 흘러나온 눈물이 뺨을 타고 미끄러졌다.

"이 자식은 나하고만 껴안으면 울어요."

상섭이 짜증내듯이 말했지만 그의 눈에서도 물기가 어른거렸다.

상섭은 눈물을 보이지 않겠다는 듯 얼른 오토바이에 올라탔다. 곧이어 오토바이의 거친 엔진음이 허공으로 번졌다.

"잠깐만."

민식은 목에 걸고 있던 목걸이를 풀어 상섭의 목에 걸어주었다. 금목걸이였다.

"나중에 돈이 필요하면 이거라도 팔아."

"팔긴. 이건 절대 안 팔 거다. 고마워."

상섭은 자신이 했던 말처럼 목걸이를 팔지 않았다. 목걸이는 수지에게 대물림되었다. 아빠에게서 딸에게.

마당에 술상이 차려졌다. 바닷가라 그런지 안주는 푸짐했다.

술병도 뒷병이었다.

"군대 갔다 오고 그랬으니 술 좀 늘었겠지?"

상섭은 사발에 소주를 따라주었다.

민식은 여전히 소주를 잘 마시지 못했지만 잠자코 술잔을 받았다. 고등학교 시절 함께 어울려 다니며 마셨던 때를 제외하곤 사실 거의 술을 입에 대지 않았었다. 대학에 입학하고 나서도 그랬고 군대에서도 마찬가지였다. 어쩌다 거절할 수 없을 때 맥주 한두 잔을 마셨을 뿐이다.

오늘은 달랐다. 기차에서도 맥주 두 병을 마셨고, 지금도 잔을 부딪치자마자 단박에 잔을 비웠다. 상섭이 호탕하게 웃으며 다시 잔을 채워주었다.

"술이 많이 늘었어. 다 내 덕분인 줄 알아. 내가 술을 가르쳐 주었으니 내게 스승님 하고 불러. 알았지?"

그때부터 세 사람은 주거니 받거니 술을 마셨다. 옆에 앉은 은하는 두세 잔 받고는 사양했다. 대신에 부엌을 왔다 갔다 하며 갖은 안주거리를 내왔다.

상섭이 배를 타고 나가 잡은 것들이라고 했다.

알고 보니 상섭이 통통배를 산 것은 민식이 주었던 돈이 크게 한몫했다.

"은하 찾으러 다니면서 네 돈은 거의 쓰지 않았어. 쓰고 싶을 때가 많았지만 그럴 수가 없더라고. 네가 그 돈을 어떻게 마련했는지 짐작이 됐으니까."

그 돈으로 상섭은 이곳에 와서 집을 샀고, 대출을 받아 통통
배도 샀다. 두 사람, 아니 세 식구가 새출발을 하는 데 큰 역할
을 한 것이다.

"다 네 덕분이야. 늦었지만 고마워."

민식은 기분이 좋았다. 그동안 상섭은 더욱 남자다워졌다. 술
기운이 돌면서 민식은 더는 술을 마시지 않았다. 예전에도 그랬
지만 상섭은 따라주는 술을 마다하지 않고 연거푸 마셨다. 섬에
서 살면서 술만 늘었다면서 푸념 아닌 푸념도 늘어놓았다.

그렇게 날이 저물고 밤이 깊어갔다.

밤이 되자 기운이 서늘해졌다.

취기가 오를 만큼 오른 상섭을 은하는 익숙한 솜씨로 방으
로 데려갔다. 이부자리를 봐두었는지 은하는 금세 마당으로 나
왔다.

"작지만 방이 세 개야. 넌 저기 저 방을 쓰면 돼. 다 준비해놨어."

은하의 손가락이 오른쪽 방을 가리켰다. 상섭이 들어간 방은
가운데에 있는 안방이고 왼쪽 방은 수지가 들어간 방이었다.

"술 더 마실래? 난 더 마시고 싶은데. 할 얘기도 있고······."

은하가 빤히 그를 바라봤다. 무엇인가 갈망하는 눈빛이었다.
예전에도 그랬다. 은하는 상섭이 옆에 있는데도 그를 바라보곤
했었다. 애써 은하의 시선을 피하곤 했지만 곤혹스러울 때가 한

두 번이 아니었다.

"그렇게 바라보지 마. 그랬으면 좋겠어."

"왜? 왜 그래야 하는데."

은하의 목소리에는 가시가 돋아 있었다.

"부담스러우니까."

"예전에도 그런 말을 했었지."

그래 그랬다. 그런 그에게 은하는 사정없이 쏘아붙였었다. 상섭이 때문이야? 넌 상섭이만 바라봐. 너, 그래도 되는 거야?

그래도 되는 걸까? 수없이 반복해서 스스로에게 질문했었다. 하지만 그때나 지금이나 아직 답을 내리지는 못했다.

"너, 지금도 똑같더라."

"뭐가?"

민식은 모른 척 시치미를 뗐다.

"상섭이만 바라보는 거."

"오랜만에 만났으니까."

"나도 오랜만에 만났잖아."

"너도 예전하고 똑같아. 변하지 않은 것 같아."

"그래, 변하지 않았어. 상섭이는 나를 보고, 난 너를 보고, 넌 상섭이를 보고."

세월이 흘렀는데도 변한 게 없다는 게 갑자기 우스워졌다. 민식은 술잔을 입으로 가져가며 쓸쓸하게 웃었다.

술잔을 비우자마자 은하가 술잔에 술을 채워주었다.

"마셔. 오늘은 취해도 되니까. 그런 날이니까……."

무슨 말인지 이해가 되지 않았다. 이해가 되지 않는 걸 억지로 이해할 필요는 없었다. 민식은 새로 채워진 술잔을 또다시 입으로 가져갔다. 반쯤 마시고 잔을 내려놓았다. 문득 궁금해졌다.

"넌 왜 내가 좋은 거야?"

은하가 소리 없이 미소 짓더니 가만히 술잔을 들어 단숨에 비웠다. 바다에서 불어온 바람이 은하의 귀밑머리를 살랑거리며 유혹했다. 은하는 고개를 돌려 어둠이 삼킨 바다 쪽으로 시선을 던졌다. 그 상태로 은하는 흐트러진 머리칼을 두 손으로 모으더니 고무줄로 묶어 꽁지머리를 만들었다.

"예전에도 했던 질문이라는 거 알아?"

그랬던가?

"그럼 다르게 물어볼게. 넌 상섭이를 좋아하잖아. 그러니까 결혼해서 함께 사는 거구."

"혼인신고를 한 건 아냐. 그냥 같이 사는 거지."

은하가 시커먼 바다에서 눈을 떼더니 민식에게로 시선을 옮겼다. 잠시 두 사람의 눈빛이 마주쳤다. 언제나처럼 민식은 그녀의 시선을 피해 고개를 돌렸다.

"넌 내가 안 볼 때만 나를 봐. 내가 보면 도망가고."

"내 질문에나 대답해."

"예전에 내가 너에게 이런 질문도 했었어. 대체 넌 상섭이가 왜 좋은 거냐고? 그때 네 대답이 뭐였는지 기억나?"

기억난다. 민식은 분명하게 기억했다.

"다 좋다고 했어. 상섭이의 모든 것이 좋다고 했지. 부잣집 도련님이 망나니 같은 상섭이를 좋아한다는 게 어이가 없었어. 그래서 구체적으로 물어봤지. 도대체 어디가 그렇게 좋냐고? 넌 잠시 생각하는 표정을 짓다가 이렇게 대답했어."

"나한테 없는 걸 상섭이는 다 갖고 있다고."

굳이 은하의 입을 통해 그 말을 듣고 싶지 않았다. 은하는 예전의 그때처럼 민식에게 말했다.

"내가 뭐랬는지도 기억나?"

민식은 고개를 끄덕였다.

"말해 봐."

"희한하다고 했어. 목포 시내가 다 아는 상섭이 여자지만, 상섭이가 가진 것들 거의 대부분이 싫다고 했어."

"그 이유도 말했었지."

"그래, 그랬지. 상섭이는 모든 것이 너무 거칠다고."

"그리고……."

"상섭이는…… 너와 너무 닮아 있다고."

"그래, 맞아. 상섭이는 거의 모든 게 나와 닮았어. 그래서 끔찍하게 싫은 거였어. 그런데 넌…… 아니었어. 모든 게 나와 달랐지. 그래서 그랬던 거야. 네가 무조건 좋았거든."

"사람은 서로 다른 존재한테 끌린다고 하더라고. 네가 상섭이를 좋아한 건 같아서가 아니라 달라서였을 거야."

"아니, 그렇지 않아. 상섭이와 난 너무 닮았어. 쌍둥이처럼."

민식은 답답했다. 지금 은하와 이런 말을 한다는 것에 짜증이 났고, 은하가 자신의 현재를 부인한다는 것에도 화가 났다. 아이까지 낳고 함께 살면서 왜 이런 말들을 굳이 하는 것인지 도무지 이해할 수 없었다.

"넌 상섭이와 함께 살고 있어. 좋아하니까 그런 거 아냐?"

"맞아. 상섭을 좋아해. 하지만 좋아하는 만큼 싫어하는 것도 사실이고."

이번에도 얼른 이해가 되지 않았다. 민식은 묵묵히 은하의 다음 말을 기다렸다.

"너도 좋아해. 예전하고 똑같아. 넌 상섭이와 달라. 싫어하는 감정이 전혀 없으니까."

"말도 안 돼."

민식은 고개를 저었다. 이곳에 온 것이 잘한 것인지 처음으로 의문이 들었다. 상섭의 편지를 받고 머릿속엔 온전히 상섭뿐이었다. 가끔 은하가 비집고 들어왔지만 그의 생각에는 어떤 영향도 끼치지 못했다. 오로지 상섭을 다시 만난다는 것만으로 가슴이 설레고 기쁘고 벅찼다. 이런 상황이 오리라곤 전혀 예상치 못했었다.

"수지는 자?"

일부러 화젯거리를 돌렸다. 어떡하든 지금의 상황에서 벗어나고 싶었다.

"응. 그 많은 과자를 반이나 먹었어. 여기선 과자 사먹기도 쉽지 않으니까."

"앞으론 내가 보내줄게."

"아니, 그럴 필요 없어."

왜? 하는 눈빛으로 은하를 바라보았다.

"여길 떠날 거야."

"떠나? 왜? 수지 학교 때문에?"

"아니…… 너 때문이야."

민식은 자리에서 벌떡 일어났다. 도대체 지금 무슨 소리를 들은 것인가? 도무지 이해가 되지 않는 말이었다. 은하를 내려다보는 그의 눈빛이 서늘했다.

그러거나 말거나 은하는 신경 쓰지 않는다는 태도였다. 사발에 술을 따르더니 조용히 잔을 비웠다. 그의 사발 잔에도 술을 따라주었다.

민식은 도로 자리에 앉았다. 잠시 술잔을 노려보다 단숨에 비웠다. 그런 다음 아무 말 없이 자리에서 일어나 은하가 알려줬던 방으로 들어갔다.

방으로 들어오자 후끈한 열기가 얼굴에 끼쳐왔다. 장작을 때는 탓에 방바닥은 데일 듯이 뜨거웠다. 은하는 이미 그의 잠자리를 봐두었다.

이불 속으로 들어가자 조금 전까지 제법 또랑또랑했던 정신이 갑자기 몽롱하게 변했다. 뒤늦게 취기가 몰려오는지 몸이 노곤해지면서 졸음이 쏟아졌다.

민식은 그대로 곯아떨어졌다.

민식이 눈을 뜬 것은 압박감 때문이었다. 누군가 그를 꼭 끌어안고 있었다. 아니 그뿐만이 아니라 그의 몸을 짓누르고 있었다.

"누, 누구야?"

갈증이 났지만 지금은 그 따위를 따질 때가 아니었다.

"나야……."

목소리가 은근했다. 그리고 가늘게 떨리고 있었다. 은하였다. 그녀는 맨몸이었다. 민식도 그러했다. 두 사람은 몸은 조금의 틈도 없이 찰싹 달라붙어 있었다. 아랫도리는 더욱 그랬다.

"뭐, 뭐하는 짓이야?"

민식은 덜컥 겁이 났다. 화도 났다. 상섭이 옆방에 있는데 이게 무슨 짓이란 말인가.

"뭐, 어때. 예전에도 그랬는데. 그때 그 동굴 생각 안 나? 그때도 우린 이렇게 했잖아."

"이러지 마. 그만 해."

"왜? 아직도 헷갈려? 네가 남자인지 여자인지 아직도 헷갈리는 거야?"

"그런 게 아냐. 당장 그만둬. 그렇지 않으면……."

"그렇지 않으면 뭐? 뭘 어쩔 건데? 상섭이라도 부르게? 맘대로 해. 나도 차라리 그게 속이 더 편하니까."

은하는 더욱 요란하게 하체를 움직였다. 그럴수록 그녀의 목소리는 더욱 끈적하게 변했다. 그녀의 벌어진 입술 사이로 열에 들뜬 신음소리도 새어나왔다.

"넌 내 거야. 상섭이를 좋아하면 안 돼. 넌……."

"아니, 난 상섭이를 좋아해. 너 때문에 여기 온 게 아니라 상섭이 때문에 온 거야."

민식은 두 손으로 은하를 잡아 거칠게 뒤로 밀었다. 은하는 힘없이 뒤로 벌렁 넘어졌다. 은하의 입에서 자지러질 듯한 웃음소리가 새어나온 것은 그때였다. 웃음소리가 너무 컸다. 이러다 상섭이 깨는 것은 아닌지 염려스러웠다.

"조용히 해. 제발 부탁이야. 너도 상섭이한테 이런 모습 보이는 거 싫을 거 아냐?"

민식이 사정하듯 말했다.

"난 아무래도 상관없어. 어차피 오늘로 끝이니까."

뭐가 끝이라는 걸까? 민식은 잠자코 그녀의 다음 말을 기다렸다.

그의 바람과는 달리 은하는 쉽사리 입을 열지 않았다. 오히려 그녀는 벗어놓았던 옷을 주섬주섬 도로 입기 시작했다. 머쓱히 보고 있던 민식도 후다닥 옷을 입었다. 그러고 난 뒤에야 은하는 입을 열었다.

"네가 모르는 게 있어."

"모르는 게 뭔데?"

"수지."

"수지?"

갑자기 마른 침이 꼴깍 넘어갔다. 술 탓이겠지만 갈증이 더욱 심해졌다.

"수지는…… 네 아이야."

"뭐?"

대체 지금 무슨 말을 하는 걸까? 민식은 방금 무슨 소리를 들은 것인지 머릿속으로 되새김질해보려고 했다. 그런데 도통 그렇게 되지가 않았다. 방금 들었는데 생각나는 것이 아무것도 없었다.

"수지는 네 아이가 맞아. 하얀 피부, 얼굴의 눈, 코, 입…… 모두 널 쏙 빼닮았어."

동굴. 그 동굴이 생각났다. 밀물이 들어오면 오도 가도 못했던 바로 그 동굴. 그 동굴에 상섭과 단둘이 간 적이 있었다. 그날 민식은 작정하고 있었다. 상섭에게 자신의 마음을 밝히기로.

그 다음은 상섭의 문제였다. 그를 받아들이든 거부하든.

먼저 술을 마셨다. 맨 정신으로는 하지 못할 말이었다. 두 사람은 주거니 받거니 술을 마셨고, 이윽고 때가 되었다고 생각했는데, 하필이면 그때 은하가 동굴 안으로 들어왔다.

술병은 바닥이 났고, 상섭은 은하가 왔으니 술을 사오겠다며 동굴 밖으로 나갔다. 그리고 얼마쯤 후 밀물이 밀쳐들기 시작했다.

그날 작정한 것은 민식뿐만이 아니었다.

은하도 그랬다.

밀물이 동굴의 입구를 완전히 막아버리고 나서 은하는 하나씩 옷을 벗기 시작했다. 예쁜 몸이었다. 남자든 여자든 누가 봐도 예쁘게 볼 수밖에 없는 몸이었다.

은하가 말했다.

"증명해 봐."

"뭘?"

"네가 남자와 여자 어느 쪽을 좋아하는지."

"내가 왜?"

"나도 널 좋아하니까."

"무슨 소리인지 모르겠어."

"상섭이든 나든 상관없잖아. 나랑 했는데도 아니면 그땐 내가 사라질게. 상섭이 옆에서 영원히 떠날게."

은하가…… 떠난다. 영원히. 상섭이에게서.

동굴 속에서 그 말만이 자꾸 메아리치는 것 같았다. 민식은 은하의 시험에 기꺼이 빠져들기로 했다.

그렇게 두 사람은 관계를 가졌다. 그리고 잠이 들었다. 눈을 떴을 때는 곁에 은하가 없었다. 물이 빠지고 입구가 열려 있었다. 상섭을 기다렸지만 어찌된 일인지 그도 돌아오지 않았다.

이후로 은하는 모습을 감추었다. 은하가 약속을 지킨 것이라고 생각했다.

그런데 뜻하지 않은 상황이 발생했다.

상섭은 은하가 자기 아이를 임신했다고 말했다. 그 말을 듣는 순간 민식은 분노가 치솟았다.

감쪽같이 속은 거였다. 처음부터 은하는 상섭을 떠날 생각이 아니었다. 단지 상섭에게서 그를 떼어내고 싶었을 뿐이다. 그 방법은 상섭 스스로 민식을 떠나 자기에게로 오게끔 하는 것. 상섭은 임신한 여자를 나 몰라라 외면할 성격이 아니었다.

은하의 계획은 보기 좋게 성공했다.

상섭은 그를 떠났다. 그를 떠나 은하에게로 갔다. 그리고 세 식구가 오손도손 살고 있었다. 지금까지 줄곧.

그런데 이게 무슨 해괴한 소리란 말인가?

상섭의 아이가 아니라고?

은하가 강조하듯 다시 말했다.

"수지는 네 아이야…… 네가 아빠야."

나직했지만 민식에게 그 소리는 천둥소리처럼 크게 들렸다.

"아냐! 아니야…… 말도 안 돼……."

민식은 두 손으로 머리를 감싸고는 무릎에 얼굴을 파묻었다. 모든 것을 부인하고 싶었다. 하지만 그럴수록 모든 것이 또렷하고 분명해졌다. 은하의 말처럼 수지는 상섭이가 아닌 그를 꼭 닮아 있었다.

"상섭이가 너를 찾도록 한 것도 나야. 안 믿어도 되는데 난 이 날이 오기만을 기다렸어."

"말도 안 돼……."

눈앞이 흐릿해지는 것 같았다. 민식은 질끈 눈을 감고, 귀까지 틀어막았다. 모든 것을 부인하고 싶었다. 모든 것이 진실일 리 없었다. 말도 안 돼. 민식은 도리질을 치면서 계속해서 같은 말만 중얼거렸다.

"귀를 막는다고 해도 소용없어. 네가 어떤 결정을 내리든 난 여기를 떠날 거야. 수지와 함께. 이제 나를 찾아오는 건 상섭이가 아닌 너여야 해. 설마 딸을 외면하진 않겠지?"

그 말을 남기고 은하는 방에서 나갔다. 아니, 방에서 나가기 위해 문손잡이를 잡았을 때 돌연 벌컥 문이 열렸다.

밖에서 들어온 사람은 상섭이였다.

"상, 상섭아……."

은하는 화들짝 놀랐다. 은하의 떨리는 목소리가 방 안을 가득 채웠다. 겁에 질린 은하는 천천히 뒷걸음질 쳤다. 오랫동안 잊고 있던 늑대의 눈빛이었다. 민식이가 말했던 상섭이의 바로 그 눈빛이 되살아나 있었다. 온몸이 오그라들었다. 무서웠다.

"진…… 진정해. 상섭아, 진정해…….."

은하는 벽에 막혀 더는 뒷걸음질을 치지 못했다. 은하는 본능적으로 민식 쪽을 보았다. 그에게 도움을 요청할 생각이었다. 하지만 그는 누군가를 도와줄 형편이 아니었다. 비겁한 놈. 치사한 놈. 나쁜 놈. 은하는 속으로 갖은 욕을 다 쏟아냈다. 민식은 쓸데없는 말만을 끊임없이 반복하고 있었다. 말도 안 돼, 말도 안 돼. 대체 뭐가 말도 안 된다는 것인가? 한 남자를 향한 여자의 사랑이? 아이의 씨가?

"지금 내가 들은 말…… 진짜야? 전부?"

상섭의 눈동자는 반쯤 흰자위에 덮여 있었다. 예전에 이런 눈빛을 딱 한 번 본 적이 있었다. 목포의 주먹패 중 하나가 상섭을 유인하기 위해 민식을 볼모로 잡았을 때였다. 그날 상섭은 온전하게 한 마리 늑대였다. 앞을 막아서는 것은 사람이든 짐승이든 그 무엇이든 무조건 쓰러뜨렸다. 무려 스무 명이 넘는 덩치들이 힘없이 나가떨어졌다.

그날 이후 목포의 어떤 패거리도 더는 상섭을 건드리지 않았다. 미친 늑대와 싸워 이득이 없다는 것을 깨달은 것이다. 건들지 않으면 싸우지 않는 게 상섭이었다.

그들의 판단은 옳았다. 지금 상섭은 미친 늑대였다. 그의 야성에 불을 지핀 사람은 그 누구도 아닌 은하 그녀였다.

"상섭아…… 진정하고…… 내 얘기부터……."

거기까지였다. 은하의 목소리는 더 이상 이어지지 못했다. 상섭의 억센 손아귀가 은하의 목을 짓누르기 시작했다. 피가 쏠린 은하의 얼굴은 순식간에 시뻘겋게 달아올랐다. 은하는 사지를 뒤틀며 아등바등 몸부림쳤지만 소용없는 짓이었다.

결코 오랜 시간이 아니었다. 잠시 후 은하의 팔다리가 힘없이 축 늘어졌다. 그래도 상섭은 손아귀의 힘을 풀지 않았다.

얼마나 지났을까.

쿵.

무거운 물체가 바닥에 떨어진 것처럼 진동이 있었다. 그제야 민식은 제정신으로 돌아왔다. 그의 발치께에 사람이 쓰러져 있었다. 은하였다.

은하는 죽은 듯이 누워 있었다. 민식은 은하를 흔들어 깨웠다. 반드시 들어야 할 말이 있었다. 거짓말이라고, 모든 게 거짓말이라는 말을 꼭 들어야 했다.

"소용없어."

민식은 그제야 방 안에 다른 사람이 있다는 것을 깨달았다.

"상…… 상섭아. 은하가……."

"죽었어."

"죽어? 말도 안 돼······."

민식은 눈앞이 흐릿해지려고 했다. 눈앞에 안개가 낀 것 같았다. 이러다 기절하는 것이 아닐까. 민식은 주먹을 움켜쥐며 애써 정신을 붙들어 잡았다.

"은하는······ 죽었어. 내가······ 그랬어."

왜,라고 물으려다가 민식은 얼른 입을 다물었다. 은하가 했던 말이 떠올랐다. 설마 그 말을 상섭도 들었다는 것인가?

"넌······ 그만 가."

상섭이 무엇인가를 툭 던졌다. 키였다.

"네가 내렸던 선착장에서 오른쪽으로 가면 수지호라고 적힌 배가 있어. 그거 타고 가."

"상섭아. 은하는······."

"됐어. 더는 어떤 말도 듣고 싶지 않아. 그러니까, 그만 가. 어서!"

그때 상섭의 손에 쥐고 있는 칼이 번뜩였다. 무서웠다. 처음으로 상섭이 무섭다는 생각을 했다.

"모든 게 끝났어. 나도······ 은하 뒤따라 갈 거야."

"상섭아, 진정해. 진정하고······."

"수지······ 부탁해."

그 말이 상섭이 내뱉은 마지막 말이었다. 순간 상섭의 손이 허공을 갈랐다. 그 순간 붉은 핏물이 사방으로 솟구쳤다. 핏물은 민식의 몸에도 흔적을 남겼다.

"안 돼…… 안 돼!"

민식은 엉금엉금 기어서 상섭에게도 다가갔다. 상섭의 손에 쥔 칼을 빼앗아 바닥에 버리고는 핏물이 흘러나오는 상섭의 목을 손으로 막았다. 물론 소용없는 짓이었다.

"상섭아…… 상섭아!"

커억.

상섭이 가래침을 뱉어내듯이 기침을 하더니 힘겹게 치켜든 손으로 민식을 밀었다.

민식은 또다시 눈앞이 흐릿해지는 것을 느꼈다.

그때였다.

"엄마!"

문 밖에서 들려온 소리였다. 그 소리에 민식은 정신이 번쩍 들었다. 지금이 어떤 상황인지 깨달을 수 있었다.

민식은 상섭이 던져둔 키를 집어 들고는 밖으로 뛰쳐나갔다. 지금의 이 상황을 수지에게 보여줄 순 없었다. 어떡하든 수지를 데리고 이곳에서 떠나야겠다는 생각뿐이었다.

"꺄─"

방에서 뛰쳐나온 그를 본 수지가 비명을 내질렀다.

지금 민식의 몸은 상섭의 피로 젖어 있었다. 마음이 급해 미처 생각하지 못했다.

"수지아…… 진정해. 아무 일도 아냐. 삼촌은 너랑…… 너랑……."

수지는 잔뜩 겁에 질린 얼굴이었다. 허여스름한 낯빛이 더욱 하얗게 질려 있었다. 한기라도 느낀 사람처럼 오돌오돌 몸을 떨어댔다. 민식은 수지를 향해 조심스럽게 한 발짝 내밀었다. 수지를 껴안아 진정시키고 싶었다. 수지를 진정시킨 후 상섭이 말한 대로 수지호를 타고 이곳을 떠날 생각이었다. 뒷일은 아무것도 생각하지 않기로 했다. 지금은 수지를 데리고 이곳을 떠나는 게 가장 시급한 일이었다.

"수지야…… 삼촌은……."

"꺅—"

수지가 또다시 비명을 터뜨렸다. 그리고 그때였다.

"지금 뭐하는 짓이야!"

담벼락 저쪽에서 큼직한 목소리가 터져 나왔다. 바로 그 남자였다. 초록 모자.

"아, 아무것도……."

초록 모자는 피칠갑을 한 민식을 보고는 단박에 모든 상황을 파악한 눈치였다.

"서…… 설마! 설마……."

어떤 설명도 통하지 않을 것이었다.

"상섭이를 어떻게 한 거야? 네놈이 죽였어? 그랬어?"

초록 모자가 악을 쓰듯이 소리쳤다. 일부러 사람들을 불러 모으기 위해 큰소리를 치는 것 같았다. 초록 모자는 그러면서 담을 넘어오려고 했다.

민식은 수지의 손목을 움켜잡았다. 그대로 수지와 도망치려고 했다. 배까지 가면, 거기까지 가면 어떻게 될 것이라고 믿었다.

하지만 수지는 완강하게 저항했다. 겨우 여섯 살짜리 계집아이인데도 힘으로는 어쩌지 못할 정도로 저항이 심했다.

"멈춰! 이 나쁜 놈아 멈춰!"

사람들이 몰려오는지 웅성거리는 소리도 들렸다.

민식은 다급해졌다.

수지가 바닥에 드러누워 버티는 한 함께 간다는 건 어림없는 일이었다. 민식은 어금니를 지그시 깨물었다.

"수지아…… 미안해."

민식은 움켜잡았던 수지의 손목을 풀고는 문 쪽으로 걸음을 옮겼다. 그런데 그럴 수가 없었다. 수지가 그의 다리를 붙잡고 놓아주지 않았다. 뒤돌아보니 초록 모자는 이미 담을 넘어와 그를 향해 뛰어오고 있었다.

"수지야, 놔! 제발 놔줘!"

민식이 버럭 고함을 지르자 수지가 멈칫하더니 기세가 죽었다. 그 틈을 타 민식은 문 쪽으로 걸음을 옮겼다. 뒤늦게 수지가 그의 다리를 다시 붙잡았다. 민식은 포기하지 않고 수지를 질질 끌고 문 저쪽을 향해 걸어갔다.

"악─"

문을 통과할 즈음 수지의 입에서 돌연 비명소리가 터졌다. 그리고 그의 발이 갑자기 가벼워졌다.

민식은 뒤도 안 보고 앞만 보고 달렸다. 무조건 달리다 보니 선착장이었다.

수지호는 상섭이 말한 곳에 있었다. 어설프게 묶어놓은 줄을 풀고, 키를 돌려 시동을 켰다.

배가 선착장을 떠나고 나서야 민식은 고개를 돌려 섬 쪽을 보았다. 선착장에 몰려든 사람들이 아우성을 쳐대고 있었다.

그제야 걱정이 되는 것도 있었다.

수지였다.

수지의 비명소리가 아직 그의 귓가에 남아 있었다. 이유가 궁금했다. 수지가 왜 비명을 질렀지?

하지만 머릿속이 너무 복잡했다. 모든 것이 뒤죽박죽 엉망이었다. 은하가 죽고, 상섭이 자살하고, 그는 쫓기는 신세가 되었다. 불과 하루 만에 모든 것이 바뀌었다.

더욱 기가 막힌 것은 수지의 존재였다.

딸이라니.

다리에서 힘이 빠져나가며 민식은 딱딱한 바닥에 주저앉았

다. 배가 어디로 흘러가든 알 바 아니었다. 모든 게 제멋대로였
다. 어쨌든 흐르다 보면 어딘가에는 멈출 것이다. 그때까지는
아무것도 생각하지 않기로 했다. 아무래도 그래야 할 것 같았
다. 그래야 숨을 쉴 수 있을 것 같았다.

3

그날

목포경찰서의 고도상은 담배부터 입에 물었다. 책상 위 유리 재떨이에는 담배꽁초로 수북했다. 거기에 또다시 담배꽁초가 하나둘 포개졌다. 벌써 연달아 다섯 개비가 연기로 사라졌다.

방금 전 형사과장과 계장을 달고 온 경찰서장으로부터 살인 사건 한 건을 통보받았다. 목포 시내도 아닌 외달도에서 발생한 사건이었다.

자세한 내용은 알 길이 없었지만 젊은 부부인 여자와 남자 가 죽었다고 했다. 그 젊은 부부에게는 여섯 살 난 딸이 있다고 했다.

사건조사를 지시받고 처음 든 생각은 참 지랄 같다는 것이 었다.

여섯 살 난 딸아이만 남겨뒀다는 게 영 마음에 걸렸다. 생각할수록 찜찜했다. 부모를 죽일 거면 차라리 여섯 살 난 딸아이도 함께 죽여버렸어야 하는 것이 아닌가? 그 어린 것만 남겨두고 대체 어떻게 살라는 것인가? 더구나 그 어린아이는 부모의 죽음을 목격했다고 했다.

"이 사건 큰 사건이야. 무조건 빨리 잡아야 해. 이 사건 처리하기 전까지는 잠도 자지 마. 그때까지는 나나 너희는 다 죽은 목숨이야."

서장의 말에 이어 과장이, 마지막으로 계장이 줄줄이 사건 해결을 강조했다.

서장은 강력반을 나가며 강한 어조로 한마디 덧붙였다.

"위기야, 위기! 위기는 곧 기회고. 무슨 말인지 알지?"

고도상 반장은 물론 박종수를 비롯한 조기남, 전민준은 부동자세로 넷! 하고 고함을 지르듯이 대답했었다.

위기는 기회다.

틀린 소리는 아니었다. 목포경찰서에서 근 칠 년 만에 발생한 살인사건이었다. 그것도 사회적으로 반향이 커질 수밖에 없는 사건이었다. 보통은 죽은 자의 무게가 더 크지만 이번에는 정반대로 살아남은 자의 무게가 더 크다. 부모의 죽음을 목격한 여섯 살짜리 여자아이. 세상은 한동안 이 사건으로 시끄러워질 것이다. 어린 아이는 세상 사람들의 입에 수없이 오르내리게 될 것이다.

벌써부터 조짐이 있었다.

서장이 강력반에 다녀간 지 얼마나 됐다고 목포와 서울은 물론 멀리 부산에서도 확인전화가 빗발쳤다.

발로 뛰지 않고 주둥아리로 다 처리하겠다는 심보였다. 어떤 성급한 기자는 벌써부터 범인을 잡았느냐고 질문하기도 했다.

방송사는 물론 서울에 본사를 둔 전국지와 다른 지역의 규모 있는 신문사들이 목포로 몰려올 건 불을 보듯 뻔했다. 서장은 지방청에 이 사건을 빼앗기지 않기 위해 벌써부터 로비에 열을 올리겠다는 각오를 밝히기도 했다. 위기는 곧 기회. 맞다, 맞는 소리다. 어떡하든 목포서에서 해결하여 자신의 주가를 올리겠다는 계산이다.

그 계산이 어리석은 생각은 결코 아니었다. 사실 고도상 반장으로서도 이로운 일이었다. 이번 사건을 큰 흠 없이 해결하면 계장 진급 일순위는 예약된 것이나 같았다.

고 반장은 주위를 둘러보았다. 밖에 나가 있던 형사들을 모두 불러들여서 빠진 사람은 없었다.

"서장님 말씀 들었지?"

말이 길기로 유명한 고 반장이었지만 서장부터 줄줄이 했던 말을 또다시 반복할 필요는 없다는 생각이었다. 어쨌든 서장이 사건의 사안을 중시하여 소방헬기까지 불러주겠다고 장담했으니 이제 준비하고 떠날 채비를 해야 했다.

"잡자. 무슨 일이 있어도 잡자. 나 혼자 좋으라고 이러는 거 아니다. 너희들도 잘 먹고 잘살려면, 이 짓 계속하려면 잡아야 한다는 거다. 알아들었지?"

일제히 네! 하는 고함소리가 사무실에 울려 퍼졌다.

소방헬기는 인근 초등학교 운동장에서 타기로 했다. 고 반장을 비롯한 강력반 형사들은 그 즉시 초등학교로 이동했다.

초등학교에 도착하고 얼마쯤 후 헬기가 착륙했다. 헬기는 아이들의 색다른 구경거리였다. 교실에 있던 녀석들이 죄다 몰려나와 헬기를 에워쌌다.

이십대 후반의 강력반 막내인 전민준 형사가 으쓱한 기분이었는지 뻐기듯이 아이들 앞으로 괜히 어슬렁거렸다. 가뜩이나 호기심 많은 아이들의 질문이 전 형사에게 쏟아졌다.

"아저씨, 어디 불났어요?"

"아저씨 소방관이에요?"

"아저씨가 직접 운전해요?"

"아저씨 총도 있어요?"

질문을 던져놓고 아이들은 저희들끼리 맞네 틀리네 하며 으름장을 놓으며 다퉜다.

"야, 뭐해!"

강력반의 넘버 투 김형철 형사가 그런 그를 소리쳐 불러들였다.

"아, 예."

전 형사는 아이들에게 손을 흔들어주고는 쪼르륵 헬기에 올랐다.

헬기의 프로펠러가 돌아가기 시작하자 겁먹은 아이들은 저절로 멀찌감치 물러났다. 흙먼지가 운동장을 휩쓸었다. 아이들이 비명을 지르며 우왕좌왕하며 앞 다퉈 더욱 멀리 도망쳤다.

잠시 후 헬기는 바닷가 상공에 있었다. 우뚝 솟아오른 햇살이 전면에서 쏟아져 내리자 형사들은 저마다 손으로 얼굴을 가렸다.

헬기는 채 십 분이 지나지 않아 목적지에 도착했다. 헬기에서 내리며 전 형사는 짧은 비행시간을 몹시 아쉬워했다.

고 반장 일행은 곧장 사건현장으로 갔다. 그곳에는 이미 마을 사람들로 가득했다. 어찌어찌 소문이 돌았는지 형사들이 온다는 것도 다 알고 있었다.

"어서 오십시오. 좋지 않은 일로 오시게 돼서……."

흰머리가 성성한 노인네가 대표로 나서서 고 반장 일행을 맞이했다. 어촌계장이라고 했다. 어촌계장 옆에는 초록 모자를 쓴 이십대 후반쯤으로 보이는 사내가 장승처럼 서 있었다.

"제 조카인데요, 상섭이가 죽는 걸 목격했지 뭡니까. 이 애가 이번 일에 대해 제법 소상히 알고 있으니 조사에 도움이 될 겁니다.”

초록 모자가 헤벌쭉 웃으며 허리를 굽혀 인사했다.

고 반장이 김형철을 향해 넌지시 눈짓했다. 무엇을 알고 있는지 들어소라는 거였다.

김형철은 고개를 끄덕하고는 초록 모자를 사람들이 없는 곳으로 데려갔다.

그 사이 고 반장은 박종수와 전민준을 시켜 현장을 살펴보라고 지시했다. 조기남에게는 마당까지 들어와 어슬렁거리는 마을사람들을 모두 문 밖으로 내보내라는 지시를 따로 내렸다.

박종수와 전민준은 방에 들어가기 전 흰 마스크와 장갑으로 채비를 했다. 신발은 벗지 않고 구둣발 그대로였다.

방문은 세 개였다.

두 개는 닫혀 있고 하나는 활짝 열려 있다. 이런 경우 열려 있는 문의 방이 사건현장일 가능성이 높았다. 칼에 찔렸다면 피가 쏟아졌을 것이고, 그 냄새를 빼내기 위해서라도 사람들은 문을 열어놓았을 테니까.

과연 그랬다.

방으로 들어가기 위해 문 앞에 섰는데 벌서 악취가 진동했다.

“아휴, 냄새. 지독한데요.”

전민준이 마스크 위로 코를 잡으며 눈살을 찡그렸다.

“처음 보지? 살인사건.”

"네. 처음이죠."

"오바이트 하면 죽인다."

박종수는 '죽인다'를 강조하듯 거기에 힘을 주어 발음했다.

"염려 마세요. 절대 안 할 테니까. 저 해병대 출신이라고요, 해병대."

박종수가 방으로 발을 들여놓으며 비꼬듯이 대꾸했다.

"해병대는 귀신을 잡는다지? 하지만 시신은 귀신이 아니잖아. 귀신보다 더 무서운 게 시신이라는 걸 오늘 알게 될 거야."

박종수는 벽을 더듬어 불을 켰다.

백열등이 켜지자 방이 환해지며 상황이 한눈에 들어왔다.

방바닥에는 이불이 깔려 있고, 여자와 남자가 문 맞은편 벽에 기대어 앉은 자세로 죽어 있었다. 어젯밤 아궁이에 장작을 지폈는지 방바닥은 아직 미지근함을 유지하고 있었다.

"뭐야? 부부가 정담이라도 나누는 거야?"

정말로 그렇게 보였다. 하지만 전민준에게서는 어떤 대꾸도 없었다.

박종수는 시신 쪽으로 다가갔다.

그는 먼저 여자 쪽을 살펴보기로 한 것 같았다.

"외상은……."

박종수는 여자의 시신 여기저기를 대충 살피고는 손으로 머리를 들어올려 목을 살폈다. 적갈색의 손가락 흔적이 선명했다.

그의 손은 여자의 퉁퉁 부어오른 얼굴을 슬쩍 만져보고는 점점 위쪽으로 올라갔다. 그의 손이 멈춘 곳은 눈이었다. 한쪽 눈의 눈꺼풀을 가만히 들어 올려 눈동자를 살펴보고는 혼잣말하듯이 말했다.

"목에 손자국이 있고, 얼굴에 울혈이 있고, 눈동자엔 일혈점이 보여."

여자의 사인은 액사였다.

"손으로 목이 졸렸어."

"나…… 남자는요?"

대꾸하는 전민준의 목소리가 조금 이상했다. 박종수가 그것을 느꼈는지 슬그머니 고개를 돌려 전민준을 확인했다.

"왜? 속이 안 좋아?"

"아…… 아뇨."

이렇게 대답하는 전민준의 시선이 방의 천장 쪽으로 향했다.

"바보 같은 놈. 큰소리 칠 때는 언제고. 오바이트 쏠리면 밖으로 튀어나가라. 현장에 오바이트 해놓으면 넌 그날로 형사 끝이니까."

"괘…… 괜찮다니까요!"

"어련하시려고. 해병대인데."

박종수는 무릎걸음으로 남자의 시신 쪽으로 옮겨갔다.

그는 남자 쪽을 눈으로 살핀 뒤 이번에도 손을 움직여 시신상태를 직접 확인했다.

"목을 그었네. 자살인가? 자살치고는 주저흔이 없어. 그냥 단한 번에 끝낸 거야."

박종수가 갑자기 고개를 돌리더니 전민준을 불렀다. 전민준은 아예 뒤돌아서서 바깥을 보고 있었다.

"야 인마. 너 뭐하는 거야? 이리 와서 이거 봐라. 이게 다 살아 있는 현장교육이니까."

그때였다. 전민준이 입을 손으로 막은 채 후다닥 밖으로 튀어나갔다. 잠시 후 밖에서 엑엑거리는 소리가 들려왔다.

"해병대? 지랄을 떨어라. 형사 망신 다 시키는 놈이 무슨…… 이제부터 넌 별명이 꼴뚜기다."

박종수는 방 안을 두리번거리며 무엇인가를 찾았다. 그가 찾는 것은 칼이었다. 칼은 문 오른쪽 구석에 박히듯이 떨어져 있었다. 죽은 남자와 거리는 세 걸음 정도. 목을 그은 후 칼을 멀찌감치 던졌다? 어딘지 어설펐다.

박종수는 밖으로 나갔다.

구경꾼들의 시선은 마당 한 구석에 있는 전민준에게 쏠려 있었다. 그들의 얼굴에는 실망감과 웃음기가 번져 있었다.

고 반장은 사람들의 반응이 어떻든 신경 쓰지 않는 표정이었다. 구름 한 점 없이 맑은 하늘을 보며 방관자인 양 담배연기를 뿜어내고 있었다.

박종수는 보고를 하기 위해 고 반장 쪽으로 걸어갔다. 때맞춰 김형철이 다가왔다.

먼저 입을 연 것은 김형철이었다.

"반장님, 급하게 됐는데요."

고 반장은 담배연기를 깊게 빨아들이고 나서야 이유를 물었다.

"뭐가?"

"범인을 안답니다."

"누가?"

김형철이 턱짓으로 한 곳에 우두커니 서 있는 초록 모자를 가리켰다.

"누구래?"

"죽은 오상섭의 친구랍니다. 이름은 모르고, 서울에서 K대학 건축학과에 다닌다고 하는데요. 마을사람들이 쫓아갔는데 오상섭의 배를 타고 도망쳤답니다. 배 이름은 수지호고요."

"그런데 왜 그런 내용을 우린 모르고 있는 건데? 도대체 신고를 어떻게 받은 거야?"

고 반장이 신경질적으로 담배를 바닥에 내던졌다. 얼굴에 금세 짜증이 올라왔다.

"그러게요. 대체 일들을 어떻게 하는지 원."

"빨리 계장한테, 아니 서장님한테 연락해야 해. 여기 전화 있는 집이 어디래?"

고 반장이 마을사람들과 섞여 있던 어촌계장을 바라보았다. 어촌계장이 침을 꼴깍 삼키곤 얼른 고개를 끄덕였다.

"형철이 넌 저 친구 데려가서 상세히 보고하고 와. 급해!"

"네."

김형철은 나무토막처럼 서 있는 초록 모자를 손짓으로 불러 서둘러 어촌계장의 뒤를 쫓아갔다.

세 사람이 눈앞에서 사라지고 난 뒤 고 반장은 이제야 좀 속이 진정된 듯한 전민준 쪽을 응시하며 혀를 찼다.

"어물전 망신은 꼴뚜기가 시킨다더니…… 꼴뚜기 같은 놈."

김형철이 돌아온 것은 그로부터 십오 분쯤 지난 뒤였다. 그때까지 고 반장과 박종수, 조기남은 전민준을 앞에 세워놓고 한껏 잔소리를 퍼부어댔다. 물론 그중 가장 많이 언급된 말은 '해병대'와 '꼴뚜기'였다.

돌아온 김형철은 즉시 고 반장에게 결과를 보고했다.

"곧 수배 때린답니다. K대 측에도 수사협조를 부탁한다고 했고요. 오상섭과 친구라면 스물셋이나 넷쯤 됐겠죠. 어쩌면 군대도 다녀왔을 거구요. 목포에도 아이들 쫙 풀고, 인근 지역이나 섬에도 비상연락망을 통해 연락하겠답니다."

"어선에도 알리겠지?"

"당연하죠. 수상쩍은 배를 발견하는 즉시 알려달라고 한답니다. 생각보다 쉽게 사건이 해결될 수도 있겠어요."

김형철이 환하게 웃었다.

그러나 고 반장의 얼굴은 그리 밝지 못했다.

"너무 쉽게 해결하면 우리 공이 무시되는 거 아닐까?"

고 반장의 염려를 들은 김형철이 다른 쪽으로 고개를 돌리며 피식 웃었다. 박종수도 마찬가지였다. 하필이면 둘은 눈길이 마주 쳤고, 그것 때문에 두 사람은 결국 소리 내어 웃고 말았다.

"너희들 뭐야? 지금 나 약 올리는 거냐?"

"아닙니다, 아니에요."

이번에도 두 사람의 행동은 똑같았다. 두 사람이 동시에 손사래를 쳤던 것이다.

"이 자식들이⋯⋯."

고 반장의 화살을 맞은 사람은 전민준, 아니 꼴뚜기였다.

"꼴뚜기! 지금부터 네 이름은 꼴뚜기야. 알았어? 알았으면 대답해! 꼴뚜기!"

전민준이 슬그머니 고개를 꺾으며 네, 하고 힘없는 목소리로 대답했다.

*

이곳이 어디일까? 섬인가? 보이는 건 어둠뿐이었다. 무수한 적들 가운데 혼자 덩그러니 갇혀 있는 기분이었다.

바다는 아니었다. 배는 이름 모를 해안가에 닿아 배 앞머리가 파손된 상태였다. 시동을 끄고 민식은 거의 기어오르다시피 하며 땅으로 올라왔다. 흙이 아닌 바위였다. 제대로 잡을 곳이 없었고, 얼음처럼 미끄러웠다. 그렇게 수십 번의 도전 끝에 바위에 올라설 수 있었다.

그 결과는 처참했다.

바위에 붙어 있는 모든 것들은 보이지 않는 칼이었고 창이었다. 온몸은 누군가에게 할퀴고 터진 것처럼 크고 작은 상처로 범벅이었다. 손톱이 부러졌고, 왼쪽 허벅지는 무엇인가에 찔렸는지 핏물이 그치지 않았다.

허벅지를 손으로 만져보니 조개껍데기 같은 것이 살 속에 박혀 있었다. 그것을 빼내고 옷을 찢어 붕대처럼 친친 허벅지를 감쌌다. 그러고 나자 흘러내리던 핏물이 조금 줄었다.

그러나 통증이 끝난 것은 아니었다. 몸 여기저기에 작은 상처들이 무수히 많았다. 바위에 오르다 미끄러지는 바람에 상처에 바닷물이 닿았고, 몸을 움직일 때마다 상처는 가시처럼 통증을 유발했다.

바위에 앉아 민식은 주위를 둘러보았다. 불빛을 찾았다. 이상하게도 아무것도 보이지 않았다. 사실 바다와 육지도 구분이 힘들었다. 그믐이었다. 더욱이 달은 구름에 막혀 있었다.

민식은 엉금엉금 기어가기 시작했다. 이대로 앉아 아침을 기다리는 것은 아무래도 힘들 것 같았다. 어디든 갈 수 있다면 가는 것이 좋았다. 상섭과 은하, 졸지에 두 사람을 잃었다. 결코 이런 결과를 기대한 것은 아니었다. 신에게 맹세하건대 꿈에조차 이런 생각은 하지 않았었다. 그런데 대체 왜?

상섭의 상실감을 이해하지 못하는 것도 아니었다. 아니, 충분히 이해할 수 있었다. 하지만 은하는 대체 왜 그랬던 걸까? 꼭 거기서 그것을 밝혔어야 했을까?

은하가 원망스러웠다. 은하만 입을 다물고 있었더라면 오늘의 일은 벌어지지 않았을 것이었다. 은하가 죽지도, 상섭이 스스로 목숨을 끊지도, 수지가 애처롭게 혼자가 되지도 않았을 것이다.

수지를 생각하자 갑자기 가슴 밑바닥에서 울컥하고 뜨거운 것이 올라왔다. 그것은 곧 눈물로 바뀌었다. 엉금엉금 기어가면서도 그는 하염없이 눈물을 쏟아냈다.

그는 세 사람의 이름을 돌아가면서 불렀다.

상섭, 은하, 수지.

한순간 은하의 목소리가 머릿속에서 울렸다.

'수지는 네 딸이야.'

딸이라고? 그 말이 사실이라면, 아니 사실이 아니더라도 상섭과 은하를 생각해서라도 그는 수지를 책임져야 한다고 다짐했다. 어떻게든 수지를 만나 상섭과 은하의 죽음에 대한 오해를 풀어줘야 한다고 생각했다.

하지만…… 그럴 수 있을까?

마을사람들의 목소리가 아직도 생생하게 귓전에 남아 있었다.

살인자.

그들은 분명 그렇게 외쳤다.

사람을 죽였다!

누군가는 또 이렇게 외쳤었다.

내가 사람을 죽였다고? 아냐, 아니라고!

민식은 바위를 기어가면서도 도리질을 쳤다. 아이처럼 엉엉거리며 울면서 소리를 질렀다.

그러나 그 누구도 들을 수 없는 소리였다. 규칙적으로 들려오는 파도소리에 그 소리는 너무나 쉽게 사그라지고 말았다.

한 시간쯤 지났을까.

그의 몸이 흙에 닿았다. 사실은 미끄러지면서 굴렀는데 다행히 바닥이 흙이었다. 자잘한 조개껍질과 돌들과 모래가 마구 뒤섞인 곳이었다. 무슨 용도인지는 몰라도 가까운 곳에는 아이의 손목만 한 밧줄도 보였다.

민식은 그 밧줄이 생명의 출구라도 되는 듯 그것을 따라 발길을 옮겼다. 그리고 그 밧줄 끝에 섰을 때 비로소 불빛이 보였다.

희미한 백열등 가로등이 힘겹게 빛을 쏘아대고 있었다. 다행히 그리 먼 것 같지는 않았다.

민식은 불빛을 보고 똑바로 걸어갔다. 걷다 보면 불빛이 저혼자 자꾸 흔들리는 것처럼 보였다. 그때마다 그는 넘어지기를 반복했다.

그래도 결국 그는 불빛에 이르렀다. 불빛 아래는 온전하게 길이었다. 그 길을 따라 코너를 돌자 마을이 보였다. 백열등 가로등도 띄엄띄엄 보초를 서고 있었다.

민식은 마을이 반가웠다. 자신의 처지도 잊고 얼른 달려가 마구 소리라도 질러 사람을 불러내고 싶었다. 실제로 그는 한동안 길을 따라 무조건 달려가기도 했다.

그의 걸음이 우뚝 멈춘 것은 한 허름한 집 앞에 이르러서였다. 한때는 회를 팔던 곳으로 보였지만 지금은 장사를 접었는지 간판이며 유리창이 부서지고 깨져 있었다.

차라리 다행이다 싶었다. 민식은 조심스럽게 안으로 발을 들여놓았다.

가장 먼저 방을 찾아 들어갔다. 그제야 추위가 느껴졌다. 갑자기 덜덜덜 몸이 떨리기 시작했다. 그는 방을 뒤졌다. 몸을 덮거나 걸칠 만한 것은 눈에 띄는 대로 가져와 몸에 둘렀다.

다행히 몸을 감쌀 만한 것은 많았다. 그중에는 쓰다가 버린 이불도 있었다. 퀴퀴한 곰팡이 냄새가 지독했지만 지금은 그런 것을 따질 때가 아니었다. 민식은 토굴 속에 갇힌 사람처럼 온몸을 꽁꽁 감싸고 죽은 듯이 누워 있었다.

그렇게 잠이 들었다.

얼마나 잤던 것일까. 민식이 눈을 떴을 때는 태양이 이미 머리 꼭대기에 올라가 있었다.

조심스럽게 깨진 유리창 너머로 바깥을 살폈다. 순간 햇살이 그의 눈을 찔렀다.

"앗!"

그는 펀치라도 맞은 사람처럼 얼른 몸을 뒤로 뺐다. 그대로 민식은 방바닥에 쓰러졌다. 온몸의 기운이 쑥 빠져 있는 것 같았다. 억지로 몸을 움직이려고 했지만 움직이는 것조차 쉽지 않았다.

그때 어딘가에서 진동이 느껴졌다.

드르르르르.

'뭐지?'

또다시 점점 희미해지는 의식의 끝을 누군가 붙잡아준 것 같은 느낌이었다.

민식은 끙, 하고 낮은 신음을 토해내며 몸을 일으켰다. 소리의 진원지를 찾아서 방바닥을 손으로 쓸었다. 그러다 손이 닿은 곳은 어이없게도 자신의 옷이었다.

외투 속주머니에 들어 있는 휴대폰이었다.

집에서 걸려온 전화였다. 민식은 너무 기쁜 마음에 통화 버튼을 누르려고 하다가 문득 손을 멈추었다.

'지금 경찰이 우리 집에 있다면 어떻게 되는 거지?'

그는 살인범이었다. 억울하게도 살인범으로 오해를 받고 있었다. 그를 뒤쫓았던 사람들은 그를 상섭과 은하를 죽인 살인범이라고 경찰에 말했을 것이다.

그는 잠시 생각에 잠겼다가 집이 아닌 목포에 있는 채씨 아저씨에게 전화를 걸었다. 고향에 남았어도 여전히 연락은 주고받았다. 가끔 목포 바닷가에서 잡은 생선 말린 것과 이런저런 수산물을 보내주기도 했다. 그가 군생활을 하고 있을 때는 지나는 길이라며 면회를 오기도 했었다.

"여…… 여보세요?"

제법 한참 동안 벨이 울리고 채씨 아저씨가 전화를 받았다.

"아저씨…….."

이 한마디를 했을 뿐인데 울컥 하고 목이 메었다.

"지금 어디에 있어? 여긴 지금…….."

여기까지 말하고 채씨 아저씨는 갑자기 목소리를 낮췄다. 그리고 조그맣게 "난리 났어."하고 덧붙였다.

예상했던 바였다. 하지만 지금 뭐라고 말할 수 있을까?

"아니지? 아닌 거지?"

채씨 아저씨가 조심스럽게 물었다.

"네, 아니에요. 전 절대 그런 짓 안 했어요."

"그래. 그런 줄 알았어. 세상에 우리 민식이가 그런 짓을 할 리 없지."

채씨 아저씨는 그의 말을 믿어주는 것 같았다.

"상섭이가 은하를…… 그리고…… 칼로…… 칼로…… 흑."

그 장면이 생각났다. 민식의 볼을 타고 눈물이 미끄러졌다. 곧바로 진저리가 쳐졌다. 끔찍했다. 아마도 그때의 기억은 영원히 잊지 못할 것이라고 생각되었다.

"상섭이 놈이 그런 거야? 그놈이?"

"네…… 상섭이가 은하를……."

"아이고, 빌어먹을 놈. 미친 놈. 왜 그런 짓을…… 대체 왜?"

채씨 아저씨는 답답한지 했던 말을 자꾸 반복했다.

"아저씨, 저 이제 어떡해요. 거기 사람들은 다 내가 상섭이와 은하를 그런 줄 알아요. 전 이대로 친구를 죽인 놈으로 평생 살아야 해요."

"말도 안 되재. 무신 그런 끔찍한 소리랑가?"

채씨 아저씨의 입에서 갑자기 사투리가 새어나왔다. 서울에 올라오고 나서 일부러 사투리를 쓰지 않던 사람인데, 목포에 살면서 다시 사투리를 쓰게 된 모양이다. 채씨 아저씨도 아차 싶었는지 다시 서울말로 말했다.

"일단 거기가 어딘지 알려줘. 내가 사장님과 통화해서 상의해

볼 텐께."

방 주위를 둘러보았다.

"여긴 어딘지 몰라요. 전에는 횟집이었던 것 같은데 지금은 아니에요. 주소가……."

민식은 바닥을 뒤져 주소가 적힌 물건을 찾았다. 주소가 아니라면 상호든 전화번호든 그 무엇이든 괜찮았다. 그리고 그것을 찾았다.

스티커였다.

이곳 가게의 홍보용으로 만들었던 스티커였다.

"아저씨, 찾았어요."

민식은 스티커에 적힌 주소와 상호를 알려주었다.

"힘들겠지만 거기 꼼짝 하덜 말고 숨어 있어. 내가 사장님과 상의해서 뭔 방도를 찾아도 찾아낼 텐께. 알겠지?"

"네……."

통화가 끝나고 민식은 마음이 조금 편해졌다. 이젠 뭔가 해결책이 생길 것이라는 기대감 때문인지 또다시 졸음이 몰려왔다. 하지만 급한 것부터 해결해야 했다. 배가 고팠다. 지금 같으면 뭐든 먹을 수 있을 것 같았다. 민식은 조심스럽게 집 안 구석구석을 뒤지기 시작했다.

*

쉽게 해결될 줄 알았는데, 사건이 점점 꼬이고 있었다. 수지호만 찾으면 되는 일이었는데, 정작 배를 찾고 보니 그 안에는 아무도 없었다. 수지호는 그야말로 파도에 나뭇잎처럼 휩쓸리다 다른 배에 의해 발견됐다. 배 앞쪽이 약간 파손되어 있었지만 별다른 이상은 없었다.

형사들은 이 배가 어딘가에 정박했다가 파도에 휩쓸린 것이라고 예상했다. 하지만 그곳이 어디인지는 조류를 살펴봐도 알 수 없는 일이었다.

일단 세 팀으로 나눠 수사를 하기로 했다.

반장인 고도상은 목포에 남아 전체 수사를 지휘하기로 했다. 해경의 도움을 받아 외달도와 인근 섬을 조사하면서 정민식을 찾고, 혹시 사망했을 가능성도 있으니 시신 탐색에도 전력하기로 했다.

김형철과 전민준은 정민식의 부모 집으로, 박종수와 조기남은 학교와 그 친구들을 대상으로 정민식의 행적을 찾기로 했다.

김형철과 전민준은 그야말로 으리으리한 저택 앞에 섰다. 담 위를 쳐다보는데 과장해서 목을 한껏 들어 올려야 했다. 대문도 열 계단쯤 올라가야 나왔다. 대문 입구 양쪽으론 그리 크지 않은 여의주를 문 용 조각상이 있었는데, 얼핏 보아도 한두 푼으로 만들 수 있는 조각상은 아닌 듯 싶었다.

김형철이 눈짓했고, 전민준이 쭈뼛거리다 결국 대리석 기둥에 박힌 초인종을 눌렀다.

"누구세요?"

"아, 사모님. 저는 목포경찰서의 전민준 형사라하고 합니다."

"그런데요?"

"아드님 문제 때문에 찾아왔습니다."

"아드님이라면…… 잠깐만요."

스피커 저쪽에서 사모님! 하고 큰 소리로 부르는 소리가 들렸다. 갑자기 전민준은 어이가 없었다. 사모님도 아니면서 사모님인 척했던 거야? 그제야 전민준은 스피커폰 저편의 여자가 이곳에서 일하는 여자라는 것을 눈치 챘다. 옆에서 지켜보던 김형철이 웃기다는 듯 낄낄거리며 웃었다. 눈빛이 마치 그러니 네가 별명이 꼴뚜기지, 하고 말하는 것 같았다.

"아, 쌍. 서울하늘인데 징그럽게 맑네."

전민준은 하늘을 올려다보며 괜한 트집을 잡았다.

그의 눈 밑으로 층층이 다른 집의 지붕이 보였다. 하나같이 시커먼 기와지붕이었다. 그러나 그리 큰 규모는 아니다. 언뜻 보아도 디귿자 형태의 조그마한 한옥집들이다. 하지만 이 집은 다른 집보다 두세 배쯤 크고 넓지 않을까?

잠시 후 뿌- 하는 동물 울음소리 같은 소리가 들리고 문이 열렸다.

안으로 들어가니 앞치마를 두른 사십대 중반의 한 아주머니가 두 사람을 맞이했다. 차림새로 보아 사모님은 아니고 조금 전 전민준과 얘기를 나눴던 바로 그 아주머니 같았다. 전민준은 아주머니를 향해 괜히 쌍심지를 치켜세우며 제법 사납게 노려보았다. 아주머니는 그런 그를 본 척도 안 했다.

"사모님이 안으로 들어오시랍니다."

김형철은 헐헐 웃으며 전민준의 앞을 지나며 그의 어깨를 톡 쳐주었다.

정원은 문 밖에서 두 사람이 생각했던 것보다 훨씬 컸다. 정원은 얼핏 보아도 잘 가꿔진 숲처럼 보였다. 몇백 년된 소나무는 물론 그 밖의 나무와 연못, 그리고 연못과 이어진 작은 도랑 같은 물길이 정원 곳곳으로 이어져 있었다.

"대단하네요."

전민준이 혀를 내둘렀다. 그의 경험으로 이런 멋진 집은 처음 보는 것이었다. 예전에 소풍이라며 여러 궁궐을 다녀봤지만 그건 집이 아니라 그냥 궁궐이었을 뿐이다. 궁궐은 역사책에 있는 것이고, 그에게는 판타지의 세계와 같았다. 그러나 이 집은 판타지가 아니었다. 대체 돈을 얼마나 벌어야 이런 집에서 살 수 있는 것일까.

정원을 가로지르자 또다시 대리석으로 된 계단이 나왔다. 그곳 위로 올라가 문 안으로 들어가자 사십대 후반의 한 여자가 가만히 고개를 숙여 인사했다.

"민식이 엄마예요."

두 사람은 응접실이 아닌 서재로 안내되었다. 응접실에는 이미 두 남자가 앉아 머리를 맞대고 뭔가를 열심히 의논 중이었다. 중후한 덩치로 자못 심각한 얼굴인 사람은 이 집 주인인 정건섭이었다. 그는 몇 년 전 무소속으로 보궐선거에 나와 낙선했다. 그래도 목포의 터줏대감인 전직 국회의원과 맞서 표차는 별로 크지 않았다. 들리는 소문으론 다음 기회를 또 노리고 있다고 했다. 또 다른 소문으론 현직 국회의원이 이번을 마지막으로 더는 선거에 안 나올 것이라는 소문도 있었다. 어쨌거나 성공한 사업가인 정건섭을 상대로 다음에는 고배를 마실 것이라는 여론이 높았다.

정건섭과 마주 앉아 있는 사람은 어딘지 촌티가 줄줄 흐르는 얼굴이었다. 얼굴에 기름기가 번지르르하면서도 희멀건한 정건섭과 달리 낯빛이 검고 주름이 많았다. 목포에서 흔히 봤던 뱃사람들의 얼굴과 비슷했다. 그런데 저런 사람과 정건섭이 의논할 일이 무엇일까?

김형철의 속내를 짚었는지 서재 소파에 앉고 난 뒤 이 집 안주인이 이렇게 말했다.

"바깥양반 일을 도와주는 사람이에요. 정기적으로 서울에 와서 그곳 사정을 알려줘요. 전화로는 매일 보고를 받지만 바깥양

반이 구체적으로 알아야 하는 사안도 있거든요. 그래야 도울 수
있고요."

김형철의 예상은 어느 정도 맞은 셈이었다. 이 집 사모님이
말한 그곳은 목포임에 틀림없었다. 정건섭은 와신상담하며 목
포에 현지 사무실을 두었는데, 현직 국회의원 사무실보다 더 많
은 사람들이 드나든다는 소문이었다.

"제 아들에게 무슨 문제라도 생겼나요? 한데 어디서 오셨다
고 했죠?"

다시 한 번 신원을 확인하겠다는 거였다. 김형철은 품속에서
경찰공무원증을 꺼내 보여주었다. 그러면서 같은 주머니에 들
어 있던 쪽지 하나를 슬쩍 확인했다. 거기에는 한 사람의 이름
이 적혀 있었다. 장수희. 정민식의 엄마다.

장수희는 목포가 아닌 서울 출신이었다. 서울에서 명문 여대
를 졸업했고, 중매로 정건섭과 결혼했다. 아버지가 전직 국회의
원이자 장관을 지냈다. 그야말로 폼 나는 청춘남녀가 만나 짝을
이룬 것이다.

"실은……."

김형철은 본론을 꺼내려다 왠지 갈증을 느끼고 차를 한잔 마
셨다. 무슨 차인지 얼핏 들은 것 같은데 잊었고, 맛을 봐도 무
슨 차인지 알지 못했다. 차라리 설탕과 프림을 잔뜩 넣은 커피
나 주지, 하고 말하고 싶었지만 그런 소리는 입 밖으론 한마디

도 나오지 않았다.

김형철은 찻잔을 내려놓지 않은 채 옆자리의 전민준을 흘겨보았다. 전민준이 그의 눈짓을 받고는 살짝 미간 사이를 좁혔다. 척하면 척이었다. 자기가 말하기 싫으니 남한테 떠넘기는 심보를 그라고 왜 모르겠는가.

그래도 선배가 시키니 별수 없었다.

전민준은 큼, 하고 헛기침을 내뱉고는 본론을 꺼냈다.

"이 댁 아드님께서 큰 잘못을 저지른 것 같습니다."

처음에는 살인이라고 말하려고 했는데 어찌된 영문인지 다른 말이 나가고 말았다. 전민준은 이 집의 평범하지 않은 분위기에 기가 죽은 탓이라며 스스로를 위안했다.

"큰 잘못이라뇨?"

장수희가 눈을 동그랗게 뜨고 되물었다. 어미의 입장에서 자식이 큰 잘못을 저질렀다고 하니 화들짝 놀라는 건 당연했다. 사모님이라고 해도 가장 약한 고리는 역시 자식인 것이다.

"사실은……."

전민준은 살짝 고민했다. 이번에도 살인이라는 말을 꺼내지 못할 것 같은 느낌이었다. 그때였다.

"살인입니다. 살인을 저질렀습니다."

느닷없이 옆의 김형철이 끼어들었다. 그는 이미 찻잔을 받침대에 내려놓은 상태였다.

"그게 무슨 소리죠? 말도 안 돼요. 어떻게 내 아들이……."

장수희는 입술을 앙다문 채 고개를 거칠게 옆으로 저었다. 도저히 믿을 수 없다는 표정이었다. 아니, 무슨 말을 해도 믿지 않겠다는 결의가 엿보였다.

"하지만 현재 드러난 상황으론 그렇습니다. 좀 더 정확한 것은 아드님을 찾아야 알 수 있을 것 같습니다. 아드님한테 연락이 있었는지요?"

그때 정건섭이 불쑥 서재로 들어왔다.

"그래, 형사님들이 우리 집엔 무슨 일로 오신 거요? 잠깐 듣기로 내 아들놈 문제인 것 같은데……."

두 형사는 어색한 얼굴로 자리에서 일어났다. 가난하고 백 없는 집 자식이 확실히 더 수사하기엔 편하다. 이런 집 자식은 여러모로 불편하다.

김형철은 수사팀이 파악한 사건의 전모에 대해 비교적 자세히 설명해 주었다.

"죽은 두 사람은 부부입니다. 두 사람에게는 여섯 살 난 딸이 있고요. 죽은 두 사람과 아드님이신 정민식과는 친한 친구였던 것 같습니다. 평소에도 죽은 오상섭은 동네 사람들에게 정민식의 얘기를 자주 했답니다. 명문대에 다니는 친구가 있다고요. 그러다 정민식, 그러니까 아드님이 외달도에 놀러오게 된 겁니다. 오상섭이 놀러오라고 편지를 했던 거죠. 그런데 그날 술김에 사건이 벌어진 것 같습니다. 김은하는 꽤 미인입니다."

여기서 김형철은 잠시 얘기를 멈추었다. 그러곤 혼잣말처럼 김은하가 꽤 미인이었다는 말과 '술김에'라는 말을 다시 한 번 강조하듯 반복해서 말했다.

"아마도 술에 취해 그런 일이 벌어진 것 같습니다. 어떻게 두 사람이, 그러니까 김은하와 정민식이 한방에 있게 된 것이죠. 오상섭은 술에 취해 잠들었고요. 현장의 상황으로 김은하는 아래 속옷을 입고 있지 않았고, 치마가 위로 올라가 있었습니다. 위에 입은 티셔츠도 목 쪽이 늘어나 있었고요. 암튼 우리 수사팀은 정민식이 김은하를 겁탈하려고 했고, 김은하가 반항하며 소리를 지르자 이에 당황한 정민식이 김은하의 목을 졸라 살해한 것으로 이해하고 있습니다."

"그럼 그 김은하란 여자의 남편이 죽은 건 어찌된 거요?"

정건섭은 눈 하나 꿈쩍하지 않고 반문했다. 부인인 장수희와 달리 그는 당황해하는 낯빛이 전혀 아니었다. 장수희는 김형철의 입에서 아들에 대한 얘기가 나올 때마다 깊게 숨을 들이켜거나 낮게 숨을 내뱉었다. 가끔은 어금니를 지그시 깨물기도 했다. 그러나 정건섭은 흥분하지도 않았고 화를 내지도 않았다. 오히려 형사의 얘기 중 뭔가 트집잡을 만한 것이 있나 없나 살피는 사람처럼 내내 침착함을 유지했다.

"김은하의 고함소리를 오상섭이 잠결에 들었던 모양입니다.

무슨 일인가 하여 두 사람이 옥신각신했던 방으로 건너왔겠죠. 그러다 부인의 죽음을 알게 됐고, 이 와중에 정민식이 칼로 오상섭의 목을 그어 죽게 한 것 같습니다."

"그러니까, 형사님의 말은 증거나 목격자는 없고 다 머릿속 상상에 의한, 그러니까 추정에 의한 결론 도출이라는 거 아니요?"

틀린 지적이 아니었다. 그날 밤의 참극이 어떻게 벌어졌는지, 어떤 과정으로 진행됐는지 정확히 아는 사람은 한 사람도 없었다. 결국 외달도의 사람들도 정민식이 범인이다!라고 입을 모아 외쳤을 뿐이었다.

"현재로선 그렇습니다."

김형철은 선선하게 인정했다.

"그 칼이라는 거 내 아들 거요?"

"넷?"

"그 칼, 누구 거냐고요?"

정건섭은 부하직원을 나무라듯 목소리가 커졌다. 김형철은 얼른 대답하지 못하고 시선을 문 쪽으로 던졌다. 답답했다. 서재가 아닌 응접실로 나갔으면 좋겠다는 생각이 퍼뜩 머릿속에 스며들었다.

"오상섭의 것입니다."

김형철은 체념한 사람처럼 대답했다.

칼은 분명 오상섭이 주인이었다. 마을주민의 증언에 의하면 오상섭은 이 칼을 한시도 몸에서 떼어놓지 않았었다고 한다. 자기의 분신처럼 그 칼을 아꼈다는 것이다. 그런데 여자처럼 호리호리한 정민식이 어떻게 오상섭에게 칼을 빼앗을 수 있었을까? 더욱이 오상섭은 학생 때부터 목포는 물론 인근에서도 알아주는 싸움꾼이었다. 이런 오상섭을 정민식이 무력으로 어찌했다는 건 저절로 고개가 갸웃거릴 수밖에 없는 일이었다.

"그 칼, 지문조사는 해봤겠죠?"

"…… 네."

김형철의 목소리가 작아졌다.

"그 결과는요?"

"칼자루에서 나온 지문은 아드님 게 아니었습니다."

그것보라는 듯 정건섭의 입술 한쪽이 실룩 하고 올라갔다.

참으로 어이가 없는 일이었다. 칼에 목이 그어져 죽었는데, 정작 칼자루에서 나온 지문은 죽은 사람의 지문뿐이라니. 사실은 김형철도 이 점을 의아하게 생각했다. 계획 살인도 아니고 우발적인 살인이었다. 우발적인 살인인데, 장갑을 끼고 범행을 저질렀다? 왠지 믿기지가 않는 얘기였다.

"그럼 왜 내 아들이 오상섭인가 뭔가 하는 친구를 죽였다는 거요? 어떤 근거로? 과정도 석연치가 않잖아요. 오랜만에 만나러 오라고 해서 서울에서 멀리 목포, 그것도 배까지 타고 외딸

도까지 갔는데, 친구와 그 부인을 죽였다? 대체 이게 앞뒤가 맞는다고 생각하는 거요?"

"하지만 말입니다. 젊잖습니까? 또 술을 마셨고요."

"그러니까 술에 취한 김에 남자새끼인지라 예쁜 여자를 보고 회까닥 돌았다? 지금 이 말을 하고 싶은 거요?"

"우리는 그렇게 파악하고 있습니다. 그리고 이런 문제는 정민식의 신상을 확보하고 나면 얼마든지 진실이 밝혀질 수 있을 테고요."

"이봐요, 형사님들."

김형철과 전민준을 비웃는 것 같은 말투였다. 실제로도 정건섭의 얼굴에는 비웃음이 엷게 번져 있었다.

"당신들 두 사람, 내 아들에 대해 얼마나 알고 있는 거요? 사진이나 보긴 본 거요?"

아니, 그렇지 않다. 그렇지 않아도 집에 온 김에 사진을 구할 생각이었다.

"내 아들을 본 사람이 있기나 한 거요?"

"아직은 아닙니다."

김형철의 생각에도 방금 자신의 대답은 궁색했다.

"한번 보고, 얘길 해보세요. 그리고 그 애를 아는 다른 사람들을 만나 얘기도 들어보고. 그 애가 사람을 죽여? 그것도 여자를 겁탈하려다 목 졸라 죽이고, 또 그 남편이라는 자를 칼로 죽였다고?”

정건섭의 얼굴이 갑자기 시뻘겋게 달아올랐다. 급기야 분을 참지 못하겠는지 자리에서 벌떡 일어나 악을 쓰듯 고함을 질렀다.

“그런 말 같지도 않은 소리 하지 말라고 해! 그 애에 대해 아는 게 아무것도 없으면 함부로 얘기하지 말라구! 이봐, 당신들. 당장 나가! 여기서 당장 나가라고!”

꼴이 말이 아니었다. 형사라는 것들이 쫓겨난 꼴이라니. 따지자면 엄연하게 공권력에 대한 도전이었다.

하지만 상대방도 그만한 힘은 있는 사람이었다.

반성도 했다.

너무 성급하게 생각했던 게 아닐까? 외달도 사람들의 말만 듣고 함부로 사건 정황에 대해 스토리를 짜맞춰버린 것은 아닐까?

그때 휴대폰이 울렸다.

정민식의 학교로 찾아갔던 박종수 형사였다.

김형철은 목을 가다듬고 아무 일 없었다는 듯이 전화를 받았다.

“응, 그래. 뭐 좀 알아낸 거 있어?”

“있는데요, 이거 참 분위기가 묘하게 흘러가는데요.”

“무슨 얘기야?”

"정민식이 사람을 죽인 용의자라니까, 만나는 사람들 모두 엄청 놀라더라고요. 다들 말도 안 된다는 표정이더라고요. 어떤 사람은 착각한 거 아니냐고 되려 묻더라고요."

"그러니까, 종수 네 말은 사람들의 반응이 하나같이 정민식이 그럴 리가 없다, 이거라는 거야?"

"네."

"이유가 뭔데?"

"이런 말 하면 좀 뭐한데요…… 정민식은 천상……."

"천상?"

"천상…… 여자였답니다."

"응?"

김형철은 하마터면 무슨 미친 소리냐고 쏘아붙일 뻔했다. 정민식은 남자인데 여자라니. 그것도 천상 여자라니? 이 무슨 해괴한 소리가 다 있단 말인가?

"너, 지금 술 먹었냐?"

"형님, 내가 아무 때나 술 먹는 줄 아세요."

빈정이 상했다는 듯 박종수의 목소리에 은근히 성깔이 드러났다. 술만 먹으면 개가 된다고 해서 별명도 술개인 친구였다. 걸핏하면 일과 중에 술을 마시곤 해서 고 반장이 여간 속을 썩고 있지 않았다. 하지만 그의 말처럼 목소리에서 취한 기색은 느껴지지 않았다.

"설명해 봐."

"전화로요? 비싼 휴대폰 요금 어떻게 감당합니까? 만나서 얘기해요. 어차피 잠도 자고 그래야 하잖아요."

사실 속셈이 뻔히 보이는 수작이었다. 아무리 사건 때문에 출장을 왔다지만 어쨌거나 간만에 서울에 온 것이었다. 어찌 맹숭맹숭하게 하루를 끝낼 수 있겠는가.

"그래, 그러자. 그럼 종로에서 볼까?"

"종로, 좋죠."

통화가 끝나고 김형철은 전민준을 시켜 가까운 지하철이 어디인지 사람들에게 물어보라고 했다. 서울역에서 내려 정건섭의 집까지는 택시를 이용했다. 하지만 이곳에서 또 택시를 타고 종로까지 갈 순 없었다. 그만큼 출장비가 줄어드는 것이다. 어차피 술 한잔 마시다 보면 출장비만으로는 어림없는 일이었다. 그리고 경찰 주제에 넓은 서울바닥을 매번 택시 타고 움직일 수도 없는 노릇이었다.

지하철을 타기 위해서는 버스를 타고 가야 했다.

두 사람은 신림역에서 내려 지하철을 탔다. 한 번을 갈아타고 한참을 가서야 종각역이었다.

종각에는 이미 박종수와 조기남이 도착해 있었다.

"아유 형님, 왜 이리 늦었어요. 촌놈 티내면서 헤맨 거 아니죠?"

사실 조금 티를 냈다. 2호선을 타고 갈아타면서 반대편 방향으로 탔던 것이다. 지하철이 인천행임을 안 것은 지하철이 역곡에 도착하고 나서였다. 부랴부랴 내려서 반대편 지하철을 탔다. 그 때문에 약속한 시간에서 30분이나 지나버렸다.

"자, 이제부터 거나하게 한잔 빨죠. 서울 술맛이 목포 술맛만큼 좋은지 확인해보자고요."

제일 신난 사람은 전민준이었다.

지하철에서 전민준에게 들은 얘기인데 그는 태어나서 두 번째로 서울에 오는 것이라고 했다. 스물아홉이나 된 놈이. 그 말을 들으면서 김형철은 킥킥거리며 비웃었다. 하지만 그의 나이 사십대 초반이면서도 서울에 온 건 채 열 번이 넘지 않았다. 따지고 보면 전민준이나 그나 그다지 차이는 없었던 것이다.

네 사람은 호기롭게 여기저기 술집을 기웃거렸다.

이왕이면 목포가 아닌 서울에서만 맛볼 수 있는 술과 안주를 먹자고 했고, 그러다 보니 술집을 고르는 것도 쉬운 일이 아니었다.

그렇게 사십 분쯤 헤맨 끝에 네 사람은 YMCA 뒤쪽에 있는 피맛골의 한 술집에 자리를 잡았다. 조그마한 선술집 같은 술집들이 틈도 없이 붙어 있는 곳이었다. 그리고 그들이 찾아들어간 곳은 고등어구이가 유명한 곳이었다. 불에 구운 꼬막도 유명했다. 목포답지 않은 곳을 찾았는데 결국 목포와 그리 다르지 않은 곳을 찾아 들어간 것이다.

"입맛이란 게 어쩔 수 없나 봐요."

박종수가 너스레를 떨었다.

"고향 떠나면 고향이 그리운 게 당연하지."

김형철이 맞장구를 쳐주면서 멋쩍게 웃었다.

네 사람은 안주가 오기를 기다리며 소줏잔에 술을 채웠다.

"천상 여자라는 건 무슨 소리야?"

김형철이 술잔을 만지작거리며 박종수를 넌지시 바라보았다.

"그게요. 참 거시기한 얘기여서 말입니다……."

그러면서 술잔을 집어 들었다. 네 사람은 자연스럽게 술잔을
부딪쳐 건배했다.

"캬. 서울 소주도 맛은 비슷하네요, 형님."

박종수가 단박에 술잔을 비우고 난 뒤 말했다.

"난 전보다 좀 써진 것 같은데……."

김형철이 아는 척 한마디 건넸다.

"저는 좀 더 쓰고 짠 것 같아요."

조기남도 서울 소주 맛을 평했다.

"야 인마, 소주가 짠 건 또 뭐야?"

박종수가 조기남을 향해 눈을 흘겼다.

"내 입맛에는 그렇다니까요!"

조기남이 눈을 동그랗게 뜨며 대들었다.

그 사이에 전민준은 연달아 소주 한 잔을 더 비웠다.

"얌마, 자작하지 마. 옆 사람 재수 없어."

옆에 있던 김형철이 말했다.

"그래요? 그럼 한 잔 더…….."

"이 새끼가!"

김형철이 전민준을 향해 안 그래도 큰 눈을 더욱 사납게 부라렸다.

농담을 주고받는 사이 안주도 안 나왔는데 소주 두 병이 거의 바닥을 드러냈다. 그러고 나서야 박종수의 뒷말이 이어졌다.

"천상 여자라고 한 이유는요, 이 자식이 그동안 천상 여자처럼 굴었다는 겁니다. 그러니까 뭘 해도 여자 같았다는 거죠. 과 친구나 동아리 친구들과 어울려도 여자들하고는 그리 친하게 놀지 않았답니다. 그런데 유독 남자 친구나 선후배에게는 그렇지 않았대요."

"그 나이 땐 누구나 그렇지 않나?"

"아, 물론 그런 놈들이 많이 있죠. 하지만 여자를 싫어 해서 그런 건 아니잖아요. 이놈이 피부가 희고, 또 몸도 호리호리한 게 천상 서울 남자였답니다."

"이번에는 천상 서울 남자냐?"

김형철이 핀잔을 주었다. 그러거나 말거나 박종수의 얘기는 계속되었다.

"여자애들을 돌처럼 봤다지 않습니까. 몇몇 여자애들이 찔러보고 그랬던 모양이에요. 그런데 성공한 여자애들이 한 사람도 없었답니다."

"그야 그럴 수 있잖아."

"아 참, 그게 아니라니까요. 남자를 좋아하는 남자, 이거 아세요? 하긴 그 촌구석에서 이런 말을 들어보기나 했을라나."

이렇게 말하면서 박종수가 큼, 하고 헛기침을 내뱉었다.

"그런 새끼도 있어요?"

전민준이 끼어들며 말했다.

"있지. 있어도 꽤 많은가 봐."

그러면서 목소리를 죽여서 "이 서울에는."이라고 말했다.

"그럼 네 말은 여기 서울에선 남자가 여자랑 거시기 안 하고 남자랑 한단 말이야?"

"그게 아니라요. 남자가 남자랑 그런 사람도 있다는 거죠. 확실히 서울은 달라도 뭐가 다르지 않습니까?"

"다르긴 개뿔. 암튼 정민식이 그런 녀석이라고?"

"여러 사람이 그런 쪽으로 의심하는 말을 하더라고요."

"여자들만 그런 말 했던 거 아냐? 사귀자고 했는데 거절당해서?"

"아따, 답답하구만. 그기 아니랑께 그라요, 형님!"

갑자기 박종수가 사투리를 썼다. 서울에 가면 무조건 서울말만 쓰자고 철석같이 약속했었다. 사실 손가락 걸고 약속하지 않아도 다들 암묵적으로 이런 약속이 되어 있었다. 그런데 박종수처럼 얼떨결에 사투리가 나오기도 한다. 박종수는 자기도 당황했는지 얼른 김형철 탓을 했다.

"형님, 저 자꾸 사투리 쓰게 만드실래요?"

"그래, 암튼 계속 말해 봐."

사실 더 말할 것도 없었다. 이후로도 계속 얘기가 이어졌지만 결국 박종수의 말은 정민식이 여자가 아닌 남자를 사랑하는 남자라는 것이었다. 만일 박종수의 말이 사실이라면 그들 수사팀이 추측했던 모든 사건 정황이 엉망으로 뒤틀리게 되는 것이었다.

먼저 정민식이 김은하를 겁탈할 이유가 없었다. 그러니까 정민식이 오상섭을 죽일 이유도 없다는 것이었다.

"기가 막히네. 어떻게 일이 꼬이는 거야?"

그때 김형철의 휴대폰이 울렸다.

전화를 건 사람은 고 반장이었다.

"반장님…… 안 그래도……."

김형철이 갑자기 인상을 찌푸리며 휴대폰을 얼굴에서 멀찍이 떨어뜨렸다.

고 반장의 잔소리가 끝나고 나서야 제대로 된 통화가 이뤄졌다.

김형철은 서울에서 얻은 정보를 종합하여 보고했다. 보고를 듣고 난 고 반장은 웬일로 반응이 시큰둥했다.

"형님, 제 얘기 다 들으셨죠?"

"다 들었지."

"그런데 반응이 왜 그렇습니까? 이거 큰일이잖아요. 처음부터 잘못 낀 단추 아닙니까? 그럼 이제부터라도……."

김형철은 이제부터라도 다른 각도로 수사가 이뤄져야 한다는 말을 하려고 했다. 그런데 나직하게 이어진 고 반장의 얘기를 듣고 난 뒤에는 그 말이 입안으로 쏙 들어가고 말았다. 그저 네네 하는 대답만 하다가 통화가 끝났다.

통화가 끝나자 모두의 시선이 김형철에게 모아졌다.

"왜요?"

박종수가 대표로 물었다.

"목격자가 있단다."

"무슨 목격자요?"

"정민식이 오상섭을 죽이는 걸 본 사람이 있대."

"그게 누군데요?"

"오…… 수…… 지."

김형철은 뚝뚝 끊듯이 이름을 말했다.

"오수지라면 그 꼬맹이……."

비록 여섯 살짜리 꼬맹이라도 목격자는 목격자였다. 그 애가 무엇인가를 보았다고 주장한다면 일단 목격증인으로 요건은 갖춘 셈이었다. 그 아이의 증언이 법원에서 어떻게 받아들여질지는 그 다음의 문제였다.

"그럼 우린 이제 어떡합니까?"

박종수가 물었다.

"전국에 수배 때린단다. 자취방, 친하게 지냈던 선후배나 친구, 그리고 정건섭의 집 등 한동안 잠복해야 되겠지."

"지루하겠네요. 힘들어도 난 돌아다니는 게 좋은데."

"누군 안 그래. 암튼 오늘은 이왕 시작한 거 마시다 죽어보자. 자, 다시 건배!"

건배!

잔들이 부딪쳤다.

그날 네 사람은 멀쩡한 정신으로 그 술집에서 나오지 못했다. 원래는 3차까지 가려고 했는데 1차에서 너무 무리하는 바람에 3차는커녕 2차도 가지 못하고 술자리가 끝났다. 그 대신 노래방으로 옮겨 목이 터져라 노래를 불렀다.

네 사람은 모텔에 들어가서 아침해가 중천에 뜰 때까지 잠을 잤다.

제일 먼저 눈을 뜬 사람은 전민준이었다. 휴대폰 때문이었다. 전화를 받아보니 고 반장이었다.

고 반장은 전민준이 전화를 받자마자 버럭 소리부터 질렀다.

"당장, 뛰어내려 와! 신안 근처에서 정민식이가 목격됐다니까. 알았지?"

고 반장은 대답도 듣지 않고 일방적으로 전화를 끊어버렸다.

"하여튼 만만한 게 나라니까. 왜들 날 못 잡아먹어서 난리야. 내가 꼴뚜기야 뭐야!"

이렇게 말해놓고 전민준은 갑자기 오싹한 기분이 들어 슬그머니 고개를 돌렸다. 언제 일어났는지 김형철이 침대에 앉아 그를 빤히 지켜보고 있었다.

"드…… 들으셨어요? 그냥 노…… 농담으로다…….."

전민준이 헤헤거리며 뒷머리를 긁적거렸다.

김형철이 늘어지게 기지개를 하며 하품을 했다. 그러면서 말했다.

"아흐흥. 꼴뚜기가 아침부터…… 웬 꼴뚜기 타령…… 이냐? 아흐흥…… 꼴뚜기로 아침 해장…… 하자는 거냐?"

전민준은 아무 대꾸도 없이 푹 고개를 숙였다.

*

온통 암흑이었다. 시커먼 바다 위에는 별빛조차 잠든 듯 눈을 감고 있었다. 보이는 것이라곤 뱃전에 부딪혀 부서지는 흰 파도뿐.

바다 한가운데에 소형 FRP어선 한 척이 어딘가를 향해 빠르게 나아가고 있었다. 선장실에 있는 사람은 채씨였다. 뱃전에는 민식이 앉아 어딘지도 모를 곳에 넌지시 시선을 던져두고 있었다.

"추운데 왜 거기에 있어. 좁아도 이리 들어와!"

선장실 유리창 너머로 고개를 내밀며 채씨가 소리쳤다.

하지만 민식은 꼼짝하지 않았다.

1톤짜리 소형 어선이었지만 이 배의 주인은 채씨였다.

채씨는 서울에 가서 정건섭을 만나고 곧장 민식이 숨어 있는 신안으로 갔다. 신안은 유인도와 무인도가 수백 개에 달하는 곳이었고, 그곳의 한 유인도에 민식이 숨어 있었다. 전에는 주민 이십여 명이 살고 있었지만 지금은 노파 두 사람만 살고 있는 곳이다. 민식이 말한 횟집을 찾는 것은 그리 어렵지 않았다.

그곳에 가자마자 채씨는 민식을 배에 태웠다.

배에 타자마자 민식은 먹을 것을 찾았다. 채씨가 미리 준비해 간 음식을 양껏 먹고 난 다음에는 죽은 듯이 잠을 잤다.

민식이 깨고 나서는 옷을 갈아입혔다.

그리고 나중에 정건섭에게 보고할 내용이기도 해서 이번 사건에 대해 자세히 캐물었다. 민식은 되도록 상세하게 그날 있었던 일에 대해 얘기해주었다. 하지만 수지라는 아이에 대해서는 무슨 말인가를 하려다가 입을 닫고 말았다. 무슨 말이든 다 하라고 했지만 그 아이에 대해서는 듣지 못한 척 이후로도 아무 말도 꺼내지 않았다.

"아저씨, 저는 이제 어떻게 하죠? 어떻게 해야 하는 거예요?"

채씨는 한숨부터 길게 부려놓았다. 민식에 대한 신변처리에 대해서는 이미 정건섭이 결정을 내렸다.

"넌 여기 있으면 안 돼. 떠나야 해."

채씨가 말한 '여기'는 우리나라였고, 떠나야 할 곳은 일본이었다. 가장 가까운 곳, 그리고 정건섭이 어느 정도 손을 쓸 수 있는 곳이 일본이었다. 일본에는 정건섭이 운영하는 회사의 일본 지사가 있었다. 큰 규모는 아니었지만 그래도 적지 않은 매출을 올리고 있었으므로 직원도 삼십여 명이 넘었다. 이들 중 심복이라고 할 수 있는 두세 사람을 통한다면 어떤 식으로든 민식의 일본 생활을 뒷바라지 할 수 있는 여건이 되는 셈이다.

하지만 민식은 자신의 현실을 받아들이지 못했다. 급박한 상황에서 도망칠 수밖에 없었지만 아무리 생각해도 자신이 잘못한 것이 없는데 왜 죄인이 되어 이 나라를 떠야 한단 말인가.

"왜요?"

민식은 어리둥절한 표정으로 물었다.

"현재 상황이 안 좋아. 내가 사장님 집에 갔을 때에도 형사 둘이 찾아왔었어. 그들은 너를 두 사람을 살해한 범인으로 생각하고 있고. 지금 네가 사람들 앞에 나섰다간 모든 것이 엉망이 될 거야."

"뭐가 엉망이 된다는 거죠?"

"사장님의 입장이 곤란해질 수밖에 없어. 회사운영도 그렇고."

"다음 선거에 영향을 미친다는 건가요?"

"그것도 그렇지만 자칫 잘못하면 회사에도 치명타가 될 수 있어. 네가 재판에 나서게 되면 넌 두 사람을 죽인 살인자로 사람들의 손가락질을 받을 수밖에 없어. 재판에서 무죄를 받는다고 해도 사람들의 인식은 쉽게 변하지 않아. 지금은 조용해질 때까지 죽었다 생각하고 숨어 있는 게 좋아. 나도 사장님과 생각이 같아."

"그럼 우리나라에 있어도 되잖아요."

"아니. 우리나라는 네가 생각하는 것 이상으로 좁아. 아예 널 모르는 사람들이 있는 곳이 좋아. 여기저기 생각해봤지만 제일 좋은 곳이 일본이야. 거기에 사장님 회사의 일본지사가 있으니까 너한테도 도움이 될 거구."

"하지만……."

"달리 방법이 없어."

채씨는 민식의 말을 잘랐다. 이런 논쟁은 민식을 위해 전혀 좋을 것이 없었다. 차라리 지금은 정건섭이 하라는 대로 하는 것이 현명한 행동이었다. 채씨의 생각도 다르지 않았다.

"민식아…… 지금은 이해하기 힘들겠지만 사장님도 힘들게 결정한 거야. 다 너를 위해. 지금은 이것저것 생각해선 안 돼. 일단 몸을 피하고, 생각은 그다음이야. 지금은 모든 상황이 너한테 불리하니까."

"아저씨…… 일이 어쩌다 이렇게 된 거죠? 대체 왜 이렇게?"

민식의 눈에 또다시 그렁그렁 눈물이 맺혔다.

"사람이 살다 보면 이런저런 일을 겪는 거야. 지나고 나면 사실 아무것도 아닐 수도 있고. 지금은 마음을 모질게 먹어야 해."

"일본엔 어떻게 가죠?"

"퇴직금에다가 사장님이 도와줘서 이 배를 샀어. 이 배로 일단 공해상까지 나갈 거야. 그리고 일본 쪽에서 마중 나온 사람들의 배를 타고 그곳으로 건너갈 거구. 새로운 신분증을 갖게 될 거야. 재일한국인이 되는 거지. 이미 다 준비되어 있어."

그것뿐만이 아니었다. 일본 도쿄 변두리에 조그만 맨션 한 채도 구입해 놓았고 그곳에 도착할 즈음이면 가구를 비롯한 일상생활에 필요한 모든 물건이 준비되어 있을 것이라고 했다.

"넌 똑똑하고 영리하니까, 일본말이나 글도 금세 배울 거야. 따로 사장님이 준비해준 돈도 있으니까, 염려할 거 없어. 일 같은 건 안 해도 돼. 적어도 두세 달에 한 번은 사장님이 보낸 사람이 네게 돈도 전할 테고. 그냥 일본에 관광 갔다고 생각하고 여기저기 돌아다니면 돼. 신분증은 백 퍼센트 완벽한 거니까 괜한 걱정 할 필요 없어. 알았지?"

민식은 눈을 감은 채 가만히 고개를 끄덕였다.

"연락할 일이 있으면 나중에 내가 따로 전화번호를 알려줄 테니까 그리로 해. 사장님이 두세 달에 한 번은 목포에 내려오시니까 그때 전하거나 급한 일이면 내가 직접 가서 전할 테니까. 전화는 아무래도 위험하니까 사용하지 말라고 사장님이 신신당부했어. 외롭고 힘들어도 참아야 해."

"네……."

이후로 배는 네 시간을 더 달렸다.

그리고 공해상으로 나왔을 때 미리 약속돼 있던 배와 만날 수 있었다. 파도가 세게 쳤지만 가까스로 민식은 일본 쪽 배로 옮겨 탔다.

민식이 일본 쪽 배로 옮겨가면서 가져간 것은 가방 두 개였다. 급한 대로 백화점에서 산 옷과 엔화가 든 돈가방이었다.

"아저씨……."

"울지 말고. 곧 만날 테니까 마음 단단히 먹고!"

서로 묶어놨던 밧줄을 풀자 두 배는 빠르게 멀어졌다.

"아저씨!"

"민식아! 건강해야 해! 아무 걱정 말고!"

크흐흑.

민식은 갑판에 서서 점점 어둠의 한 점으로 변해가는 채씨 아저씨의 배를 하염없이 바라보았다.

"너무 걱정하지 맙시다. 그래도 당신은 별 걱정 안 해도 되잖습니까?"

일본 쪽 배에 탄 사람은 네 사람이었다. 선장은 머리에 두건을 두르고 있었는데, 복장이 전형적인 일본 사람의 모습이었다. 하지만 선장을 비롯하여 선원 세 사람은 재일한국인이라고 했다. 배의 선장실 옆에는 눈에 띄는 그림이 있었는데, 언젠가 책에서 본 적이 있는 칠복신 중 유일한 일본신이자 어부의 신인 에비스(惠比寿)였다.

"자, 이 옷으로 갈아입어요. 어떤 일이 있어도 입도 뻥끗하지 말고. 나머지는 알아서 할 테니까."

이후에도 선장은 몇 가지 주의사항을 주었다. 그중 한 가지는 배가 도착하고, 한 사람이 기다리고 있을 테니, 그 차를 타면 목적지에 도착할 거라고 했다.

배는 새벽녘에야 일본의 한 해안에 도착했다. 일반 포구가 아닌 바닷가 마을에 있는 임시로 만들어놓은 선착장이었다. 사람은 한 사람도 보이지 않았다.

배에서 민식이 내리기 전 선장이 다가와 그의 어깨를 톡톡 쳐주었다.

"당신은 아마 바다에서 죽었거나 실종된 상태가 될 거요."

그 말이 무슨 뜻인지는 이미 알고 있었다. 채씨 아저씨가 그에게 이미 해준 얘기였다.

민식이 입고 있던 옷은 채씨 아저씨에 의해 신안의 한 유인도에 버려질 것이다. 그 옷을 본 수사팀은 민식이 바다에 빠져 죽었거나 실종된 것으로 이해할 것이다. 적어도 사건수사는 더는 진행이 되지 않고 멈추게 된다는 의미였다.

선장의 말대로 검은 자가용 한 대가 해안가에 세워져 있었다. 그가 해변을 걸어 도로로 나가자 차 안에 타고 있던 사람이 나와 정중히 그를 맞이했다. 그 역시 재일한국인으로 아버지 회사의 직원이기도 했다.

"고생하셨습니다. 차에 타시죠."

그는 직접 차 뒷문을 열어주었다. 거기에는 그가 입어야 할 정장과 구두가 이미 준비되어 있었다. 그는 눈치껏 옷을 갈아입었다. 입고 있던 옷은 휴게실이 나왔을 때 그곳 쓰레기통에 버렸다.

도쿄 변두리의 맨션에 도착한 것은 오후 3시쯤이었다. 거기까지 그를 태워주었던 사내는 친절하게 집 안에까지 짐을 들어다주었다. 집 안의 살림살이에 대해 이것저것 자세히 설명을 해주더니, 일본에서 살아가면서 꼭 알아야 점도 세세하게 알려주었다. 마지막으로 그는 명함 한 장을 그에게 건네주었다.

어려운 상황이 생기거나 급히 물어야 할 내용이 있으면 시간에 상관없이 언제든 전화하라고 했다.

사내가 돌아가고 민식은 텅 빈 집 소파에 앉아 있었다. 어디선가 까마귀 소리가 들렸다. 열려진 커튼 저편으로 산이 보였다. 그렇게 창밖을 바라보다 그는 잠이 들었다.

꿈속에서 오상섭과 김은하를 보았다. 다행히 그들은 끔찍한 모습이 아니었다. 두 사람은 그를 향해 웃고 있었다. 무슨 말인가를 했는데 아무리 애써도 그 소리는 알아들을 수가 없어 답답했다. 그의 꿈에 마지막으로 나타난 사람은 여섯 살배기 수지였다. 안타깝게도 수지는 울고 있었다. 펑펑 눈물을 쏟아내며 울고 있었다. 어린아이가 어찌나 서럽게 우는지 꿈속에서도 그는 훌쩍거리며 함께 울어야 했다.

*

목포경찰서 수사과 전체회의는 이미 마지막을 향해 치닫고 있었다. 보통 서장은 이런 회의에 참석을 안 하는데 이 날은 웬일로 참석했다. 서장은 회의가 진행되는 내내 떨떠름한 얼굴이었다. 그 옆에 앉은 수사과장은 서장의 눈치를 살피느라 안절부절못했다. 그 옆에 서 있는 사람은 수사계장이었다. 회의는 계장이 주도했다.

"결론적으로 바닷가에 빠져 익사나 체온저하로 사망했을 가능성이 큽니다. 물론 어느 섬에 꽁꽁 숨어 있을 가능성도 있습니다만 현실적으로 아무것도 없는 무인도에서 혼자 힘으로 살아남는다는 것은 어려운 일입니다. 유인도의 경우, 반상회를 통해 정민식의 사진을 배포했습니다. 수상쩍은 사람이 나타나면 즉각 신고가 들어올 겁니다. 하여 오상섭과 김은하 사망사건은 일단 시일을 두고 지켜봐야 하는 입장입니다."

계장의 말이 끝나고 서장이 투덜거리듯이 질문을 던졌다.

"그 옷이 정민식의 옷인 건 확실한 거야?"

"확실합니다."

"암튼 우리가 할 수 있는 일은 더 없다는 거지?"

"네. 현실적으론 그렇습니다."

"찜찜하긴 하지만, 일단 지금 말한 대로 수사상황을 브리핑하는 걸로 하지."

이 말을 마지막으로 서장은 자리에서 일어났다.

서장이 자기 집무실로 들어가고 난 뒤 누군가 문을 노크했다.

잠시 후 서장실로 들어온 사람은 정건섭이었다.

"아이고, 선배님."

서장이 자리에서 일어나더니 깍듯하게 허리를 굽혔다.

"후배님한테 이거 선배로서 체면이 말이 아니게 됐어."

"무슨 말씀을요. 자식 키우다 보면 이런저런 일도 겪고 그런 거죠. 그리고 민식이가 그런 짓을 저질렀다는 증거는 아직 아무 것도 없잖습니까."

"그렇게 말해주니 고맙군. 암튼 이번에 공무에 바쁜 사람을 너무 고생시킨 것 같아. 내가 그냥은 못 있겠고 해서 조그만 선

119

물 하나 차에 넣어뒀어."

"선물이라면……?"

서장이 눈을 반짝이면 물었다.

"사과박스 두 개. 제수씨가 사과를 좋아한다고 해서 일부러 그걸로 준비했는데 입맛에 맞을까 걱정이야."

"아이고, 무슨 소리를요. 선배님이 주시는 건데 아무 거면 어떻습니까? 감사히, 맛있게 먹도록 하겠습니다."

"그래, 고마워. 목포에 내려온 김에 몇몇 사람을 더 만나보기로 해서 난 이만 가봐야겠어. 저녁에 시간되면 내가 약주 한잔 사지."

"아휴, 번번이 신세를 지네요."

"신세는 무슨…… 나오지 말고. 공무에 바쁜 사람이잖아……."

서장은 복도까지 정건섭을 배웅해주었다. 계단을 내려가는 정건섭의 뒷모습을 보고는 얼른 집무실로 돌아왔다.

"아깝네. 확실한 증거 하나만 나왔어도 두 개가 아니라 다섯 개는 받았을 텐데…… 에잇, 아까워."

그러면서 그는 스피커폰을 눌렀다. 스피커 저편에서 곧 고 반장의 목소리가 흘러나왔다.

"그동안 고생했으니까 수사팀 오늘 회식해. 서장월급도 박봉이야. 너무 세게는 먹지 말고. 알았지?"

저쪽에서 고 반장이 얼른 대답했다.

"감사합니다, 서장님."

감사합니다. 이 말을 들으면 서장은 저절로 기분이 좋아졌다. 정건섭에 이어 고 반장도 그에게 고마움을 표했다. 그 정도로 내가 고마운 일을 했던가? 저절로 고개가 갸웃 돌아갔다. 아무리 생각해도 그는 고마운 일을 한 게 없었다. 그래도 그는 그들에게 고마운 사람이었다. 서장은 그것이 기분이 좋았다.

4

2014년 7월

서울역.

수지는 에스컬레이터를 타고 1층으로 내려왔다. 태어나서 처음으로 서울에 왔다. 청바지 차림에 티셔츠만 입고 있었지만 빼어난 미모와 몸매 탓인지 지나는 남자들의 시선이 온전하게 느껴졌다.

그녀가 시선을 끄는 이유는 또 있었다.

그녀는 두 개의 캐리어를 양손에 끌고 있었다. 자그마한 캐리어가 아닌 자기 몸집보다 큰 캐리어였다. 겉모습으로만 본다면 해외에 오랫동안 머물다 귀국한 사람의 모습이었다.

그녀는 택시 승강장까지 캐리어를 끌고 갔다. 길게 줄을 선 사람의 맨 뒤에 서고 나서야 휴대폰을 꺼내어 전화를 걸었다.

멜로디 소리가 흘러나오다가 뚝 끊기고 상대방의 목소리가 흘러나왔다.

"언니, 저예요, 수지."

"어, 그래. 지금 어디니?"

"서울역이요."

"그래? 미리 전화하지 그랬어. 그럼 마중 나갔을 텐데."

"번거롭게 왜 그래요. 택시 타려고 하는데 어디에 간다고 말하죠?"

"강남역 5번 출구에서 내려. 내리기 십 분 전쯤에 다시 전화하고. 내가 거기 나가 있을 테니까."

"네, 알겠어요."

수지는 택시의 트렁크에 캐리어 하나를 싣고, 뒷자리에도 남은 캐리어를 실었다. 그리고 자기는 택시기사의 옆자리에 앉았다.

목적지를 말하자 택시는 곧 서울역 광장을 빠져나가 앞으로 달리기 시작했다.

가슴이 뛰었다.

이제부터 서울생활인가?

수지는 여섯 살에 광주에 있는 한 보육원으로 갔고, 그곳에서 줄곧 지금까지 생활했다. 그곳은 그녀의 집이었고, 삶의 터전 전부였다. 그곳에서 중고등학교를 졸업했고, 이후에도 다른 곳에 취직을 하지 않고 보조교사처럼 그곳의 잔일을 도와주며 2년 반을 더 살았다.

독립을 위해 그곳 일을 하면서 이것저것 닥치는 대로 아르바이트를 했다. 식당, 주유소, 편의점, 커피전문점, 카페 등 그녀가 할 수 있는 일은 가리지 않고 다 했다.

그러던 어느 날 아르바이트하던 카페 사장님이 엉뚱한 제안을 하나 했다.

"수지야, 너 노래 좀 한다고 하지 않았어? 기타도 좀 치고. 전에 그렇게 들었던 것 같은데. 맞아?"

기타 솜씨는 그리 뛰어난 편은 아니지만 노래는 곧잘 한다는 소리를 많은 사람한테 들었다.

"그렇긴 한데, 왜요?"

"우리 카페 가수께서 몸이 안 좋다고 펑크를 냈지 뭐냐. 전에 돈을 올려달라기에 아직 그럴 형편이 못 된다고 거절했더니 아무래도 앙심을 품은 것 같아. 아주 작정한 것 같아. 손님이 가장 많은 금요일에 이게 뭐냐. 암튼 네가 좀 무대에 서라. 세 곡만 불러. 그럼 그동안에 어떡하든 내가 다른 가수 섭외해서 올려 보낼 테니까. 그래 줄래?"

어차피 수지가 거절한다고 해도 사장은 막무가내로 그녀를 다그칠 것이었다.

"손님들이 못한다고 야유라도 하면 어쩌죠?"

"그 정도로 못해? 잘한다고 했잖아?"

사장은 아예 작정하고 그녀에게 무대를 맡길 생각인 것 같았다. 더는 사장의 요구를 거절할 수 없을 것 같아서 "네, 준비할게요."라고 대답한 뒤 무대 뒤편 대기실로 갔다. 대기실이라고 해서 특별한 공간은 아니었다. 대여섯 사람이 앉을 수 있는 공간에 의자와 화장대, 거울이 전부였다.

화장을 해야 하나?라고 고민하고 있는데, 사장이 손에 뭔가를 들고 들어왔다.

"무대에 오르는 애가 그래도 화장은 해야 할 거 아냐. 이거 내 건데 네 취향에 안 맞아도 그냥 써봐. 어쩔 수 없잖아."

"네……."

"얘. 너무 겁먹지 말고. 어쨌거나 너한테는 특별한 경험이잖아. 내가 전에 말했지? 우리 카페에서 노래 부르던 애들 두 명이 꽤 유명한 가수로 활동하고 있다고."

물론 공중파 방송에 나오는 가수는 아니었다. 그래도 전라도 쪽에서는 꽤 알아주는 가수였다.

축제니 뭐니 하는 행사 때면 현수막에 찍힌 그들의 큼지막한 사진과 이름을 볼 수 있었다.

"넌 얼굴도 몸매도 되니까 한번 뜨면 엄청 크게 뜰 거야. 혹시 알아? 네 노래를 듣고 유명한 기획사 사장님이 콕 찍어서 데려갈지. 만약에 그런 일이 있어도 나 모른 척하면 안 된다. 알았지?"

"네."

사장은 직접 화장을 해주었다. 화장을 해주면서 가끔 수지에 대해 칭찬을 늘어놓았다.

"아무리 젊다고 해도 난 너처럼 예쁜 애 오래간만에 본다. 넌 이런 좁은 바닥이 아니라 아무래도 서울에 올라가야 할 것 같아. 화장을 하니까, 정말 어느 연예인 못지않은걸."

화장이 끝나고 거울을 보니 수지는 전혀 다른 사람이 되어 있었다. 사장 말대로 자기가 생각해도 참 예쁘구나 하는 생각이 들 정도였다.

"자, 그럼 일 분 후쯤에 무대로 나가. 수지야, 파이팅!"

사장이 주먹 쥔 손을 흔들어 보이며 대기실에서 나갔다.

수지는 거울을 보았다.

이게 나인가 싶었다. 하루에도 몇 번씩 거울을 보지만 이런 얼굴은 처음이었다. 그동안 화장이라곤 기초화장이 전부였다. 늘 빈약한 살림살이였고 벌이였다. 그러니 구색을 갖춰 일일이 화장품을 구입해본 적도 없었다.

화장품 살 돈을 모아 차곡차곡 통장에 입금했다. 덕분에 올해 말에는 보육원을 떠나 혼자 독립이 가능할 수 있는 수준이 되었다.

독립을 하게 되면 수지는 보육원 일을 그만두고 직장에 취직

할 생각이었다. 공장보다는 사무직을 원했다. 사무보조를 하다 보면 뭔가 다른 기회가 생기지 않을까 하는 생각이었다.

그러다 연애라도 하게 되면 연애를 하다가 결혼하고, 아이를 낳아 가정을 꾸리고 싶었다.

이왕 할 결혼이라면 일찍 하고 싶었다.

엄마가 되어, 아내가 되어 절대 헤어지지 않고 오손도손 즐겁고 행복하게 살고 싶었다. 자기가 겪었던 그 수많은 외로움의 나날들을 잊고 싶었다.

엄마…… 아빠.

이젠 빛바랜 사진으로만 기억하고 있는 부모였다.

원장님 말씀으로는 부모님은 돌아가셨다고 했다. 사고였다고 한다. 하지만 무슨 사고인지는 알려주지 않았다.

이상한 일이었다. 다른 아이들은 여섯 살 무렵의 기억들이 전부는 아니더라도 조금은 난다고 하는데 그녀는 전혀 그렇지가 않았다. 아무리 애를 써도 어떤 기억도 떠오르지 않았다. 기억하려 할수록 이상하게 머리가 아팠다. 이런 일이 자주 반복되자 하루는 원장님과 함께 병원에 갔다. 병원에서 MRI촬영도 했다. 하지만 아무런 병적 징후는 발견되지 않았다. 의사는 어린 시절 큰 충격을 받은 일이 있었을지도 모른다며 조심스럽게 말했다.

큰 충격?

그 큰 충격이 부모의 일과 연관되어 있을 것이라고 짐작은 했지만 원장님이 입을 꾹 닫고 있었기에 알아낼 방법은 없었다.

불과 얼마 전까지만 해도 그녀는 보육원에 오기 전 어디에 있었는지도 알지 못했다. 마치 처음부터 그곳에서 태어나 그곳에서 자란 아이처럼 그녀의 기억은 보육원과 관련된 것뿐이었다.

그날 처음으로 수지는 무대에 섰다.

어떤 노래를 부를지는 이미 정해져 있었다.

사장은 밝고 분위기 있는 노래를 부르라고 했지만 그녀는 만일 자신이 무대에 선다면 반드시 첫 번째 부르고 싶은 노래가 있었다. 바로 태진아의 '사모곡'이었다.

기타 반주에 맞춰 그녀가 사모곡을 부르자 카페 손님들은 숙연해졌다. 그녀가 부르는 사모곡은 절절하기보다는 가을날 말라비틀어진 나뭇잎들이 쌓인 한갓진 도로를 연상시켰다. 한없이 쓸쓸한 노래였다.

노래가 끝났을 때 그야말로 우레와 같은 박수 소리가 터져 나왔다. 손님 중에는 눈물을 닦아내는 사람도 있었다.

그녀는 내리 다섯 곡을 부르고 무대에서 내려왔다. 원래 세 곡만 부를 예정이었지만 손님들의 계속되는 앵콜로 어쩔 수 없이 두 곡을 더 불러야 했다.

다섯 곡째가 끝나고도 손님들은 그녀의 노래를 더 듣고 싶어했다. 하지만 이미 다른 가수가 대기중이었다. 그녀는 앵콜을

마다하고 얼른 무대에서 내려왔다.

　사장은 그녀를 맞이하며 같은 말을 계속해서 반복했다.

　"너, 정말 잘한다! 정말 잘해. 분위기도 있고, 목소리에 애수도 있고."

　느닷없는 칭찬세례에 수지는 여간 계면쩍은 게 아니었다. 그런데 사장 말고도 똑같은 말을 하는 사람이 있었다.

　"사장님이 노래 좀 들을 줄 아시네."

　이렇게 말하면서 대기실로 들어온 사람은 소정아였다. 키가 크면서도 육감적인 몸매를 가진 여자였다.

　"누구시죠?"

　사장이 경계하며 먼저 물었다.

　"그냥 이쪽 팬이에요. 한데 이쪽 가수 이름이 뭐라고 그랬죠?"

　수지는 사장의 눈치를 슬쩍 보았다. 사장이 가만히 고개를 끄덕였다.

　"수지라고 합니다. 오수지요."

　"오수지. 앞으론 그냥 수지라고 부르고 싶네."

　그러면서 소정아가 명함을 한 장 건넸다.

　명함에는 '소라기획 부대표'라고 쓰여 있었다. 수지는 몰랐지만 사장은 얼추 아는 것 같았다.

　"신인들 발굴 잘한다고 소문났던데, 거기 맞죠? 대표님도 여자고. 그쵸?"

"딩동댕. 우리 기획사 잘 모르는데 사장님은 아시네요. 역시 보통이 아닌 분이시네요."

"알죠. 당연히 알죠. 우리 카페에서 활동하던 '장미'라는 친구도 거기서 데뷔했잖아요."

"아, 그렇군요. 그 친구 요즘 엄청 바빠요. 홍대에서 탑이거든요."

"네네, 그렇다고 들었어요."

두 사람은 오랜만에 만난 친구라도 되는 것처럼 한동안 '장미'를 이야깃거리로 신나게 떠들었다. 대화는 두 사람이 동시에 박장대소를 하고 난 다음에야 끝났다.

"지금 사장님도 말씀하셨지만 수지만 괜찮으면 우리 클럽에서 한번 노래해보지 않을래? 반응 봐서 합리적으로 페이는 정하고. 음반은 하는 것 봐서 결정하는 걸로 하고."

"하지만……."

수지는 이번에도 사장의 눈치를 봤다. 사실 그녀는 당장 뭔가를 결정할 수 있는 입장이 되지도 않았다. 결정하려고 해도 전혀 경험이 없었다. 사장이 대충 눈치를 채고는 수지에게 말했다.

"그래, 수지야. 이건 너한테 좋은 기회야. 언제까지 그 시설에서 살 거야. 너도 독립하고 싶다고 했잖아. 근데……."

사장이 말끝을 흐리면서 소정아를 보았다.

"숙식은 해결되는 거죠?"

"물론이죠. 나중에는 몰라도 한동안은 저와 지내게 될 거예요. 아무래도 이것저것 알려줄 것도 있고요."

그러면서 수지의 옷차림과 화장을 넌지시 훑어봤다.

"호호, 좀 촌스럽죠. 얘가 순수해서 그래요. 하지만 워낙에 바탕이 좋은 애라 대충 꾸며도 예쁠 거예요. 제가 장담해요."

"예, 사장님 말씀이 맞아요. 굉장히 예쁜 얼굴이에요, 몸매도 그렇고."

그날 밤 수지는 소정아의 초대로 저녁을 함께 먹었다. 저녁을 먹으면서 소정아는 수지에 대해 이것저것 캐물었다. 특히 어린 시절의 이야기를 많이 물었다.

수지는 자신이 기억하고 있는 얘기는 다 해주었다. 그리고 얼마 전에 원장에게 들었던 부모님에 대한 충격적인 얘기도 해주었다.

"하루는 원장님이 저를 부르더니 함께 저녁을 먹자고 했어요. 그것도 보육원이 아닌 광주 시내로 나가서요."

"그래, 그 얘기 좀 해줘."

수지는 좋아라 하면서 원장의 차를 타고 시내로 나갔다.

원장은 유명한 맛집이라면서 분위기 좋은 중식당으로 그녀를 데려갔다. 그곳에서 그녀는 코스요리를 먹었다. 중국요리를 여러 번 먹었지만 그렇게 다채롭게 먹어본 적은 처음이었다. 그녀는 욕심껏 나오는 모든 음식의 접시를 말끔하게 비워냈다.

식사가 끝나고 원장은 커피전문점으로 자리를 옮겼다. 그곳에서 원장은 수지의 여섯 살 때 기억에 대해 물었다.

"아직도 아무것도 기억 안 났어?"

"네."

"난…… 두렵다. 네가 기억을 못하고 지금처럼 지내는 게 좋을 것 같다는 생각을 하면서도, 한편으론 네가 그 기억과 당당히 맞서 극복해야 한다는 생각도 들고…… 솔직히 나도 판단이 쉽지 않아. 하지만 이제 스무 살이니까…… 어른이잖아."

어른이니까. 이 말이 끝나고 원장은 수지의 부모님에 대해 말하기 시작했다.

"네 부모님은 네가 여섯 살 때 돌아가셨어."

이미 알고 있는 내용이었다.

"사고가 아냐."

"네?"

"사고가 아니라……."

원장이 아랫입술을 지그시 깨물고는 커피숍의 출입구 쪽을 한동안 바라보았다. 말해줘야 하는지 말아야 하는지 또다시 갈등이 생긴 것 같았다.

"괜찮아요. 말씀해 주세요. 원장님 말씀처럼 저도 이제 어른이잖아요."

원장은 말없이 고개를 끄덕이곤 계속해서 얘기했다.

"사고가 아니라…… 사건이었어."

갑자기 가슴이 쿵 내려앉았다. 갑자기 가슴이 떨리면서 왠지 모르게 마음이 불안했다.

"사건이라면……."

"살인…… 사건……."

원장은 말하고 나서 수지의 표정을 살폈다. 수지는 원장이 방금 말한 말을 입안에서 가만히 굴리고 있었다. 살인사건…… 살인사건…… 대체 이게 무슨 소리인가 싶었다. 그리고 가끔 누군가 어린아이의 손을 강제로 끌고 가려고 하는 꿈을 꾸곤 했다. 꿈속에 나왔던 어린아이는 자기와 많이 닮아 있었지만 남자의 얼굴은 한 번도 정확히 본 적이 없다. 남자의 얼굴은 그냥 하얗다는 느낌이었다. 너무나 하얀 얼굴이라서 일본의 가부키 배우가 아닌가 하는 생각이 들 정도였다.

그런데 원장의 말을 듣는 순간 꿈속의 그 남자가 문득 떠올랐다.

"우리 부모님은 어떻게 죽었죠?"

"내가 알기론 한 분은……."

원장은 또다시 말을 끊고 한숨을 깊게 내쉬었다.

"아직도 모르겠다. 이런 말을 해줘야 하는 것인지 말아야 하는 것인지. 말해주려고 이런 자리까지 마련했는데, 자꾸 말이 막히고 끊어지고…… 나도 참 웃긴다. 그치?"

대답 대신에 수지는 어색하게 웃어주었다. 그래도 원장은 다시 입을 열 용기가 나지 않는 모양이었다. 수지는 원장의 용기를 북돋워 주었다.

"어차피 제가 알아야 할 일이잖아요."

"그래, 그렇긴 하지. 그래서 나도 말해주려고 한 거고. 암튼 어쨌거나 넌……."

거기까지 말하고 원장은 또 말을 끊었다. 그러나 이번에는 곧바로 뒷말을 이었다.

"간단히 말하면 엄마 쪽은 목이 졸렸고, 아빠 쪽은 칼에 의해 돌아가셨어."

"범인은 잡았나요?"

수지는 꿈속의 그 남자를 문득 떠올렸다. 물론 이번에도 하얀 얼굴만 떠오를 뿐이었다.

"아니. 사실 사건의 진상이 명확하게 밝혀진 게 아냐. 경찰은 그 사건의 범인으로 그날 네 집에 방문했던 네 부모님의 친구였던 한 남자를 쫓았는데, 어떻게 된 일인지 아무리 찾아도 그 사람은 발견되지 않았어. 오히려 그 사람이 타고 도망쳤던 네 아버지의 배와 그 사람이 입고 있던 외투만 발견됐을 뿐이지. 그 사람이 죽었는지 살았는지 지금으로서는 아무도 몰라. 그렇게 사건은 미궁에 빠졌고."

"그 사람, 이름이 뭐죠?"

"이름? 잠깐만……."

원장은 휴대폰을 톡톡 두드리더니 메모지앱을 열어 그것을 천천히 읽었다.

"정…… 민식."

정민식. 수지는 속으로 천천히 그 이름을 따라불렀다.

"당시에 그 사람은 명문대 대학생이었어. 그 사람이 네 부모님을 만나러 온 것은 네 부모님이 그 사람을 만나고 싶어 했기 때문이었고."

"그런데…… 왜 부모님을 죽였죠?"

"응?"

원장은 갑자기 말문이 막힌 사람처럼 어떤 답도 하지 못한 채 미간을 깊게 찡그렸다.

한참 만에 원장이 말했다.

"말했지만 그 사람이 네 부모님을 그렇게 했다는 증거는 없어. 아직 그 사건은 수사가 완전히 끝난 게 아니니까."

그러나 곧바로 원장은 중얼거리듯이 이렇게 말했다.

"이젠 공소시효가 지나서 그 사람이 네 부모님을 어떻게 했다고 해도 소용없는 일이겠지만……."

수지는 자기도 모르게 손에 힘이 들어갔다. 금세 손아귀에 땀이 차올랐다. 공소시효가 끝나? 그런 게 있다는 건 알고 있었다. 하지만 왠지 모르게 억울했다. 사람을 둘이나 죽였으면서도 공소시효가 끝났다는 이유로 법의 처벌을 받지 않는다니. 그럼 남은 가족은 억울해서 어떻게 살지? 갑자기 눈시울이 뜨겁게 달아올랐다. 울 생각은 아니었는데 금세 눈물이 볼을 타고 미끄러졌다. 그런 와중에도 힘주어 어금니를 깨물었다.

정.민.식.

결코 잊을 수 없는, 잊어선 안 되는 이름이었다. 꼭 만나 부모님의 일에 대해 물어봐야 할 사람의 이름이기도 했다.

"아가씨……."

누군가 그녀를 불렀다.

"아가씨, 왜 울어요?"

고개를 들어보니 의아한 얼굴의 택시기사가 룸미러를 힐끔거리고 있었다.

"아, 아니에요."

수지는 서둘러 손등으로 눈물을 훔쳐냈다.

"무슨 사정이 있긴 있는 모양인데, 암튼 용기내서 열심히 삽시다. 제가 기도해 드릴게요."

그리고 보니 조수석 앞쪽으로 십자가가 매달려 있었다.

"아, 네. 고마워요. 근데 택시가 왜 안 가요?"

"다 왔으니까 안 가죠. 여기가 아가씨가 가자고 했던 바로 그 목적지예요."

"아, 죄송해요."

수지는 얼른 택시비를 확인하곤 지갑에서 돈을 꺼냈다.

차에서 내려서 캐리어 두 개를 보도블록 쪽으로 올려놓았다. 그러고 보니 소정아에게 전화하지 못했다. 내리기 십 분 전에 전화하라고 했는데 생각에 빠져 있느라 그만 타이밍을 놓치고 만 것이다.

"십 분쯤 기다리지 뭐."

수지는 휴대폰으로 소정아의 번호를 눌렀다. 곧 저쪽에서 목소리가 들렸다.

"언니, 저 십 분 후면 내려요."

"그래? 그럼 내 앞에 있는 사람은 누구지?"

"넷?"

수지는 그제야 그녀의 옆에 서 있는 소정아를 보았다. 소정아가 부드럽게 웃으면서 팔을 활짝 벌렸다. 수지는 쑥스러워하면서도 소정아의 가슴에 안겼다.

포근하고 따스했다. 누군가의 가슴에 안긴 것은 원장님뿐이었다. 원장님 이외에는 처음이었다. 신기한 것은 원장님도 그랬고 소정아도 그렇고 가슴에 안기면 기분이 한없이 포근해진다는 것이었다.

"죄송해요. 깜박하고 전화를 못했어요."

"괜찮아. 그럴 줄 알고 이렇게 나와 있잖아. 자, 짐은 차에 싣고, 우리 어디 가서 식사라도 할까? 식사 안 했지?"

"했어요. 배고파서 기차에서 사먹었어요."

"그래? 그럼 차라도 한잔하지 뭐."

수지는 정아의 차에 탔다. 차는 널찍한 강남대로를 요리조리 잘도 빠져나갔다.

십 분쯤 지나서 두 사람은 럭셔리한 분위기의 '끌레망과 루이즈'라는 카페에 마주 앉아 있었다.

그곳은 소라기획에서 운영하는 카페였다. 그곳 말고도 소라클럽도 운영했는데, 그곳은 소라기획 소속 가수들이 무대경험을 쌓기 위한 장소이자 오디션 장소이기도 했다.

"이곳 카페에서도 가끔 특별공연이 열리곤 해."

카페 한쪽에는 조그맣지만 피아노 한 대가 놓여 있었다. 정아가 그쪽을 턱짓으로 기리키며 말했다.

"물론 아무나 이곳에서 노래할 수 있는 건 아냐. 소라클럽에서 실력을 인정받은 가수만이 이곳 무대에 설 수 있어. 이곳 손님들은 말 그대로 큰손이 많거든. 그 다음 절차는 음반 발매야."

음반 발매라는 말을 듣자 수지는 가슴이 벌렁거렸다. 내가 과연 그 과정까지 갈 수 있을까 하는 두려움도 생겼다.

그때 무대 옆쪽에서 검고 요염한 원피스를 입은 한 여자가 걸어 나왔다. 요염하면서도 우아한 여자였다. 같은 여자가 보더라도 시선을 잡아끄는 매혹적인 모습이었다. 여자는 조용히 무대 가운데에 섰고, 갑자기 천장에서 쏟아진 조명이 그녀를 비췄다. 동시에 카페에 있는 손님들의 박수가 쏟아졌다. 여자는 아주 조금 고개를 살짝 숙여 인사했는데, 그 모습은 세련됐으면서도 고혹적이었다.

피아노 반주가 흘러나오자 손님들의 박수 소리가 멈췄다. 여자는 피아노 선율을 감상하듯이 가만히 눈을 감더니 어느 순간 노래가 흘러나오기 시작했다.

파도여 슬퍼 말아라.
파도여 춤을 추어라.
끝없는 몸부림에 파도여……

파도여, 파도여, 서러워 마라. 보육원 원장님이 보육원의 마당에 쌓인 낙엽이나 눈을 쓸면서, 혹은 화단가의 잡초를 뽑으면서 부르던 노래였다. 멋모르고 원장님을 따라 노래를 부르다 보니 저절로 노래를 배우게 되었다. 그후로 수지는 원장님이 원할 때면 마다하지 않고 언제나 이 노래를 불러주었다. 원장님은 몹시 흡족해 하셨다. 그러면서 "우리 수지는 커서 멋진 가수가 될 거야. 내가 들은 어떤 가수보다도 훨씬 매력적으로 노래를 부르거든."하고 칭찬을 해주곤 했다.

지금 원장님이 무대에 선 여자의 노래를 들었다면 어떻게 말했을까.

속삭이듯 조용히 시작된 여자의 노래는 감정이 증폭되면서 폭발할 듯한 가창력으로 이어졌다. 약간 허스키하면서도 듣는 사람의 심금을 울리는 매혹적인 목소리였다. 수지는 앞에 앉은 정아의 존재마저 잊은 채 넋을 놓고 여자를 바라보았다.

결국 수지는 자기도 모르게 주르륵 눈물을 흘렸다. 왠지 모르지만 자꾸 바닷가 어딘가가 떠올랐다. 그리고 노래가사처럼 마구 몸부림치고 싶은 충동을 느꼈다. 가슴이 무엇인가에 막힌 듯 몹시 답답했다.

딱 한 곡뿐이었다.

노래가 끝나고 약속이나 한 듯 조명이 꺼졌다. 여자는 여운을 감상하듯 잠시 눈을 감은 채 어둑한 무대에 가만히 서 있었다. 그리고 여자는 무대를 벗어나 정아 쪽으로 걸어왔다. 그때 환호성과 함께 박수가 터졌다. 손님들이 모두 자리에서 일어나 있었다.

"얘는 누구지?"

소라가 정아 옆에 앉더니 수지를 넌지시 바라보며 물었다.

"언니, 얘가 지난번에 내가 말한 바로 그 아이야."

수지는 무척 쑥스러워하면서도 얼른 자리에서 일어나 꾸벅 고개를 숙였다.

"안녕하세요. 처음 뵙겠습니다. 오수지라고 합니다."

"오…… 수.지."

소라는 한 글자 한 글자 씹듯이 수지의 이름을 되뇌었다. 어쩐지 표정이 좋지 못했다. 마치 금방이라도 울음을 쏟아낼 것 같은 얼굴이었다. 실제로도 여자의 눈가에는 눈물이 그렁그렁했다.

"언니, 왜 그래?"

정아가 걱정스런 눈길로 소라의 팔을 붙잡았다.

"아무것도 아냐."

"컨디션이 안 좋은 것 같아."

"오늘 좀 그렇긴 해."

"그래도 노래는 역시 멋졌어. 이런 실력파이면서 왜 음반은 안 내는 거야?"

정아가 볼멘소리를 했다.

"난 그냥 취미야. 취미로 즐기는 게 좋아."

"언니 노래를 들으면 난 자꾸 슬퍼져. 마치 슬픔의 마법에 걸린 것처럼."

"또 그 소리. 옆에 수지가 흉보겠다. 수지는 몇 살이지?"

"내가 말했잖아. 스물둘이라고."

수지가 말하려고 했을 때 정아가 끼어들며 대신 대답해주었다.

"스물둘…… 참 좋을 때네."

"아니에요. 전 빨리 늙었으면 좋겠어요."

수지는 불쑥 말해놓고 자기가 더욱 깜짝 놀랐다. 자기가 이런 말을 하리라곤 솔직히 상상도 못했던 일이었다. 수지는 소극적인 아이였다. 무엇을 적극적으로 했다면 그것은 아르바이트뿐이었다. 그렇지 않으면 점주나 사장이 좋아하지 않았다. 솔직히 지금 이 말은 속으로 생각했던 말이었다. 그런데 엉뚱하게도 입 밖으로 나가버린 것이다.

"왜지?"

소라가 흥미롭다는 눈빛으로 수지를 느긋하게 내려다보았다. 그런 뒤 직원을 향해 살짝 손짓했다.

"왜냐하면……."

왜일까? 수지는 그 이유를 알지 못했다. 생각해본 적도 없다. 하지만 이유가 없는 것은 아니었다. 분명 이유가 있을 것 같은데 그것이 무엇인지 몰랐다.

"그냥요. 외로워서요."

그냥 나오는 대로 얘기했다.

"흥미롭네. 흥미로운 친구야. 사실은……."

그때 남자직원이 그녀 앞에 칵테일 한 잔을 놓았다. 소라는 가늘고 긴 손가락으로 잔을 들더니 살짝 입에 댔다가 그대로 놓았다. 투명한 칵테일 잔에 그녀의 입술 자국이 살짝 묻어났다.

"사실은…… 나도 그랬어. 한때."

한때. 그 한때가 언제였는지 몹시 궁금했다. 궁금해서 불쑥 물어보려다가 가까스로 질문을 입안에서 삼켰다.

"궁금한 얼굴이네."

놀리듯이 정아가 말했다. 수지는 쑥스럽게 웃으며 살짝 얼굴을 붉혔다.

"스물넷이었을 거야, 그때가……."

칵테일 잔을 다시 입술로 가져가며 소라가 슬그머니 눈을 감았다. 이번에는 칵테일을 한 모금 삼켰다.

"그때를 떠올리면 늘 슬퍼."

"왜요?"

이번에도 속으로 생각했던 말인데 그냥 나가버렸다.

"사랑하는 사람을…… 잃었거든."

"네……."

"사실은 내가 죽인 거나 같아."

"넷?"

수지는 화들짝 놀랐다.

그 모습에 소라와 정아의 얼굴에 미소가 떠올랐다. 귀엽다는 표정이었다.

"우울한 얘기는 이제 그만! 수지의 서울 입성을 축하해줘야지."

정아는 손을 번쩍 들었다. 직원이 재빨리 달려왔다.

"우리도 칵테일 줘."

칵테일 두 잔이 오고 세 사람은 잔을 부딪쳤다.

"우리 수지의 앞날에 행복만이 가득하길!"

정아가 외쳤다.

하지만 소라하고의 술자리는 거기까지였다.

소라는 잔을 비운 뒤 원래 그 자리에 없었던 사람처럼 조용히 그 자리에서 사라졌다. 간다는 말도 없었고 정아도 어디 가냐고 묻지 않았다.

"뒷모습이 너무 슬퍼 보여요."

"너도 느꼈니? 난…… 소라 언니가 저런 모습일 때면 나도 슬퍼져."

"왜요?"

"넌 궁금한 것도 많네. 아까 소라 언니가 말했잖아. 사랑하는 사람을 잃었다고. 생각났으니까. 생각나면 슬퍼지는 게 당연한 거 아냐. 아마 어딘가에 박혀서 혼자 울 거야."

"제가 괜한 얘기를 꺼내서……."

"아니. 네 잘못 아냐. 그냥 슬픔이 많을 뿐이니까. 그건 나라도 어떻게 못해. 자, 이제부터 작정하고 마셔볼까. 오늘 수지는 언니가 책임질게."

"언니, 저 술 잘 못하는데요."

"그러니까 배워야지. 뭐든 못하는 것보다는 잘하는 게 낫잖아."

이상하게도 설득력이 있었다.

"좋아요, 건배해요."

수지는 반쯤 남은 잔을 높이 치켜들었다.

정아가 팔을 쭉 뻗어 올리며 그녀의 잔에 자신의 잔을 부딪쳤다.

서울 입성 축하.

보육원을 떠나는 그녀의 손을 잡아주며 원장님이 말했다.

"어디 가도 기 죽지 말고. 아무리 힘들어도 참아. 그리고 친구를 찾아. 주위를 잘 둘러보면 반드시 널 이해해주는 네 편이 있을 거야."

수지는 울먹거리며 물었다.

"없으면요?"

원장님이 깊은 주름 사이로 미소를 떠올리며 말했다.

"있어. 없을 수가 없어. 내가 하나님과 맞장 떠서 확답을 받았거든."

그 말에 수지는 까르륵 웃을 수밖에 없었다.

그런데 문득 궁금했다. 아까 머릿속에 떠올랐던 그 바닷가, 그곳은 대체 어디였을까?

5

공소시효

다음날 아침, 일찍 일어나서 샤워를 마치고 커피까지 한 잔을 뽑아들고 있는 정아와 달리, 수지는 여전히 깊은 잠에 푹 빠져 있었다. 아이같이 귀엽고 해맑은 수지의 모습을 내려다보며 정아는 흐뭇한 미소를 입가에 떠올렸다. 그러면서 한편으론 장난기가 발동한 얼굴로 무엇인가를 골똘하게 궁리했다.

"얘를 어떻게 깨워야 예쁘게 깨웠다는 소릴 들을지 모르겠네. 일단……."

정아는 햇살을 차단하고 있던 커튼을 활짝 걷었다. 창밖에서 웅성거리던 햇살이 한꺼번에 우르르 쏟아져 들어왔다. 그들의 소란거림에 귀가 따가웠던 것일까. 수지는 이불을 잡아당겨 머리끝까지 뒤집어썼다.

"안 돼. 안 되지요."

정아가 피식 웃고는 이불을 두 손으로 홱 걷어 올렸다. 그리고 난 뒤 정아는 난감한 표정을 지었다. 수지는 잠옷이 아닌 팬티와 브래지어 차림이었다.

"다 큰 아가씨가 이게 뭐야?"

입으로는 이렇게 말했지만 눈으로는 여간 놀란 것이 아니었다.

"아무리 이십대 초반이라지만 정말 대단하네. 소라 언니 뺨치겠는걸."

혼자서 중얼거리고 있는데, 수지가 좀비처럼 스르륵 상체를 일으키더니 한쪽 눈을 겨우 뜨고 정아를 보았다.

"언니……."

"수지야. 너 이러고 잤어? 너 잠잘 때 늘 이렇게 자니?"

"아뇨."

그제야 수지는 홱 이불을 끌어당겨 자신의 몸을 가렸다.

"잠옷을 안 가져왔어요. 너무 오래 입어서 좀 그렇긴 하지만요."

"그 잠옷에 공주님이라도 그려져 있는 건 아니겠지?"

"네?"

수지는 무슨 소리냐는 듯 한쪽 눈을 여전히 찡그린 채 정아를 올려다보았다.

"네 모습이 공주님처럼 보여서. 부럽다. 아주 예쁜 몸이야."

"제 몸이 그래요?"

"자기 몸이 얼마나 예쁜지도 몰랐나 보네. 좋아! 오늘은 내가 널 진짜 공주로 만들어줄게. 그러니까, 어서 일어나서 씻어. 씻고 공주 변신하러 가자."

"변신요?"

"응. 요즘은 공주로 변신하려면 백화점으로 가야 하거든."

정아가 한쪽 눈을 찡긋하고는 방에서 나갔다.

어젯밤 수지는 너무 취했다. 취해서 정아의 부축을 받고서야 겨우 움직일 수 있었다. 이 방에 어떻게 들어왔는지도 사실 기억이 흐릿했다. 너무 편히 깊게 잠을 잤다. 침대는 푹신했고, 이불은 부드러웠다.

다만 꿈속은 사나웠다.

끊임없이 파도가 쳤다.

파도가 슬퍼하듯 춤을 추듯 몸부림치듯.

수지가 욕실에서 나오자 정아는 이미 외출 준비를 모두 끝마치고 거실에 앉아 있었다.

두 사람이 사는 집인데 거실은 조금 과장해서 운동장처럼 넓었다. 곳곳에 알맞게 배치된 것 같은 물건들은 얼핏 봐도 하나같이 대단히 가치 있는 것들로 보였다.

"집이 정말 좋아요."

사실은 이런 집에 우리 두 사람만 산다는 게 이상해요,라고 말하려고 했다.

"너무 넓지? 사실 소라 언니도 이 집에 살아. 따로 집이 있지만 가끔 여기서 자기도 하거든. 저 방이야."

정아가 보지도 않고 그녀의 등 쪽으로 손으로 가리켰다. 문이 꼭 닫힌 방이었다.

"저 방은 비밀의 방이야. 들어가면 안 돼."

"비밀의 방요?"

"말이 그렇다는 거야. 나도 저 방에는 못 들어가. 언니가 부탁한 거야."

비밀의 방에 소라가 들어가는 경우는 혼자 견디기 어려울 때라고 했다. 함께 있지 않아도 옆에 누군가 있다는 위안을 받고 싶을 때. 그래서 정아가 있는 이곳으로 온다고 했다.

"저 방에 있으면 언니랑 함께 있는 건 아니잖아요?"

"그래도 가까운 곳에 누군가 있다는 게 중요하지. 수지가 이곳으로 와서 소라 언니도 좋을 거야. 어쨌든 나 말고도 또 한 사람 가까이 있는 거니까."

"하지만 왠지 모르게 좀……."

"좀 뭐?"

수지는 어떤 말을 해야 할지 잠시 고민했다. 사실은 어떤 단

어를 골라야 할지 선택하기가 힘들었다.

"좀…… 무서워요."

"무서워?"

정아가 갑자기 배꼽을 잡고 호호호 하고 웃었다. 웃음이 그치고 난 다음 정아는 이렇게 말했다.

"그래 처음 보는 사람은 그렇게 느낄 수도 있어. 하지만 좀 더 지내다 보면 세상에서 가장 외로운 사람이 소라 언니라는 걸 알게 될 거야. 자, 이제 이런 얘기는 그만하고, 저 방으로 와."

정아가 가리킨 방은 메이크업 방이자 드레스룸이기도 했다.

그 방에 들어간 수지는 눈이 휘둥그레졌다.

태어나서 이렇게 많은 옷은 처음 보았다. 마치 백화점에 온 것 같은 기분이었다. 정아가 말한 백화점이 이곳인가 하는 생각도 얼핏 들었다.

"앉아."

정아는 수지를 앉혀놓고 정성들여 화장을 해주었다.

"앞으로 화장하는 것도 배워야 할 거야. 텔레비전에 나오는 스타가 되기 전까지는 전담 메이크업아티스트나 코디네이터는 없을 테니까. 사실 우리 기획사는 방송국 쪽보다는 언더 쪽에서 주로 활동해. 그러니까 그럴 가능성이 별로 없다는 것도 염두에 두고."

"네."

그날 외출하기 전 수지는 정아가 골라준 옷과 구두를 신었다. 청순하면서도 섹시한 느낌이 나는 옷이었다.

두 사람은 집에서 나간 후 곧바로 백화점으로 갔다.

옷과 구두, 액세서리를 고르는 건 정아가 다 했다. 수지는 귀여운 스타일이 좋았지만 정아는 고개를 저었다. 그녀는 세련되고 고급스러운 옷, 그리고 좀 과하다 싶게 노출이 있는 옷들을 골랐다.

고르는 기준은 간단했다.

외출복과 무대복, 그리고 파티복. 이런 기준으로 고르다 보니 생각보다 엄청난 액수의 돈이 지불됐다.

옷과 구두가 든 종이백을 손에 들고 다닐 수 없어 두 차례나 차에 갔다 와야 했다.

쇼핑이 끝나고 두 사람은 점심을 먹기 위해 식당가로 올라갔다.

점심을 먹고 나와서는 차를 타고 강남 중심가에 있는 최고급 스파에 갔다. 그곳은 회원제로 운영되는 곳이라고 했다. 연예인들과 강남 사모님들이 회원들이라고 했다.

"넌 이곳 준회원으로 등록될 거야. 넌 내가 근래에 본 최고의 보물이니까. 이만한 선물은 받아도 되지."

2층으로 올라가는 계단에는 은은한 야간조명이 설치되어 있었다. 도심의 한 건물 안이 아니라 인적이 드문 오솔길을 걷고 있는 것 같은 느낌을 주었다. 수지는 정아의 뒤를 쫓아 3층으로 갔다. 그곳 로비에는 통유리 저편으로 자작나무가 보였다.

스파의 화려함에 수지는 주눅이 들 수밖에 없었다.

"어차피 우리를 위해 마련된 공간이야. 그만큼 내가 돈을 지불하는 거고. 당당해도 돼. 말했잖아. 넌 보물이라고."

"제가 기대하는 만큼 할 수 있을까요?"

"아마, 가능할 거야. 너를 시작으로 우리도 방송 쪽으로 진출해보는 것도 나쁘지 않다는 생각이고."

"그래도…… 겁나요."

"겁나야지. 그래도 익숙해지려고 노력해야지. 자, 이제 4층으로 갈까? 거기에 진단실이 있어."

"진단실요?"

"몸 상태를 꼼꼼하게 체크해 주거든."

그곳에서 나와서는 하이드로 스파와 트리트먼트 룸을 이용한 후 두피 관리를 받았다. 한 시간 후에는 고급스러운 인테리어가 돋보이는 피부마사지 숍으로 이동했다. 그곳도 회원제로 운영되는 곳이었다. 얼굴에 팩을 바르고 나란히 누워 두 사람은 수다를 떨었다. 그제쯤에 수지는 어느 정도 마음의 부담감이 줄어들어 있었다. 그곳에서 나와서는 압구정동에서 제일 잘나간다는 미용실로 갔다. 그곳에서 텔레비전이나 영화에서 보던 연예인 두 명도 보았다. 수지는 자기도 모르게 두 사람을 힐끔거렸다.

"모르는 척해."

정아가 경고하듯 말했다.

"지금 내가 텔레비전이나 영화 속에 있는 기분이에요."

"그렇겠지? 하지만 곧 익숙해질 거야."

찰랑찰랑 긴 생머리였던 수지의 머리는 세련된 웨이브로 바뀌었다. 짧게 툭 잘려있던 손톱은 길고 화사하게 변모했다. 수지는 자신의 변화가 신기했지만 정아는 변화되어 가는 그녀를 보며 흐뭇한 미소를 지었다.

오후 다섯 시쯤 두 사람은 카페에 들어섰다. 소라는 카운터에 앉아 있었다.

정아가 호들갑스럽게 소라에게 말했다.

"언니, 수지 어때? 너무 예쁘지 않아?"

소라는 수지를 쓱 훑어보고는 "이제 겨우 촌티는 벗은 것 같네."하고 말했다. 그런 소라의 반응에 정아는 깔깔거리며 웃었다.

"저거, 칭찬이야. 그것도 엄청난 칭찬. 너, 소라 언니 입에서 촌티 벗었다는 말 듣기가 얼마나 어려운지 아니? 이 가게는 물론 클럽에 서는 아이들 중 소라 언니가 촌티 벗었다고 말한 사람은 겨우 서넛밖에 안 돼. 오늘 기분 좋은데. 내 눈이 틀리지 않았다는 걸 확인했으니 기분이 왜 안 좋겠어. 좋아! 기분이다. 따라와."

무대 뒤쪽으로 문이 있었다. 그곳으로 나가자 복도가 있고 또

다른 문이 여러 개 있었다. 문마다에는 각기 팻말이 붙어 있었다. 가수 대기실이거나 분장실로 이용하는 방이었다. 정아는 그곳 가운데 한 곳으로 수지를 데리고 들어갔다.

"너, 노래 한번 불러봐. 어디 보자. 무대복은 아까 산 것 중에서 하나 골라 입어도 되지만, 내가 귀찮으니까 놔두고…… 아, 소라 언니가 입었던 거 입어. 너한테 어울릴 것 같아. 메이크업은 조명을 받으면 좀 약하긴 할 것 같은데, 그래도 이 정도면 됐고…… 좋아, 무슨 노래 부를 건지 준비하고 있어. 내가 무대복 갖다줄 테니까. 아, 반주는 피아노야. 기타도 좋지만 왠지 지금은 피아노가 더 어울릴 것 같아서."

그렇게 수지는 무대에 올라갔다.

대기실에 있으면서 수지는 무슨 노래를 부를까 고민을 많이 했다. 머릿속만 복잡할 뿐 이거다 하고 떠오르는 곡은 없었다. 정아가 옷을 갖고 왔을 때 수지는 비로소 한 곡이 떠올랐다. 소라가 불렀던 노래.

수지가 무대에 오르고 조명이 들어오자 손님들이 박수를 쳤다. 그리고 곧바로 웅성거림이 일었다. 소라인줄 알았는데 다른 사람이었던 것이다.

수지는 조금 당황했지만 애써 떨리는 가슴을 진정시켰다.

피아노 반주가 흘러나오기 시작했다.

파도여 슬퍼 말아라.

파도여 춤을 추어라.

끝없는 몸부림에……

뜻밖에도 수지의 음색은 소라와 몹시 흡사했다. 노래하기 전에 눈을 감았다가 노래를 시작하면서 눈을 뜨는 수지를 보면서 정아는 고개를 갸웃했다. 소라는 우아하고 수지는 청순하다. 그런데 노래하는 두 사람의 분위기는 쌍둥이처럼 똑같았다.

노래가 시작되고 손님들은 노래에 푹 빠져들었다.

노래가 끝나고 손님들이 환호성과 박수를 쳤다. 그중에는 소라도 있었다.

*

목포경찰서 지역형사과 1팀 김형철 팀장은 오래된 사건파일을 만지작거렸다. 앞으로 3년 후면 그는 퇴직이었다. 나이 때문인지 요즘 그는 자꾸 과거를 헤집는 습관이 생겼다. 그가 만지작거리고 있는 파일의 사건 역시 과거의 사건, 그것도 16년이나 지난 사건이었다.

살인사건. 그것도 두 사람이나 죽었다. 그런데 사건의 전모조차 밝히지 못했다.

그는 가끔 이 사건이 생각났다. 그리고 그때마다 궁금했다. 정말로 정민식이 두 사람을 살해한 것일까.

유일한 목격자였던 여섯 살 꼬마는 자기 아빠를 정민식이 죽였다고 주장했다. 하지만 나중에 그 꼬마는 사건현장을 뒤늦게 보았을 뿐 사건이 벌어지는 광경은 보지 못했다는 것이 밝혀졌다. 결국 그날 사건을 목격한 사람은 아무도 없었다. 마을 사람들도 사건을 목격하지 못했다. 마을 사람들은 두 사람의 죽음에 충격받아 정민식을 살인범으로 인식하고 무작정 뒤를 쫓았을 뿐이었다.

다른 이상한 점도 있었다.

평소 오상섭은 정민식에 대해 칭찬을 늘어놓았다고 했다. 그건 김은하도 마찬가지였다. 그러니까 세 사람은 굉장히 친한 사이인 것만은 분명했다. 더욱이 다른 세계에서 산다고 해도 과언이 아닌 정민식이 오상섭의 편지를 받고 곧장 외달도로 내려올 정도면 그건 악의나 살의가 아닌 우정이었을 것이다. 만일 정민식이 우발적으로 살인을 저질렀다면 그건 은퇴한 고 반장의 추측처럼 충동적인 성적 욕망 때문일 가능성을 무시할 수 없었다. 그런데 여기서 또 뭔가가 턱 하고 막혔다.

정민식의 성정체성.

그는 여자를 좋아하지 않는다. 그는 남자를 좋아하는 남자다.

한두 사람의 증언이 아니었다. 물론 그들의 증언에 대해 확실히 증명된 것도 없었다. 어느 누구 하나 정민식이 사귄 남자가 누구라고 말하지 못했기 때문이다.

어쨌든 이게 사실이라면 정민식은 성적 충동하곤 거리가 멀 수 있다.

김형철은 이런 과정을 통해 살인이 벌어지기 위한 조건에 대해 고민하지 않을 수 없었다. 그리고 엉뚱하지만 이런 가설을 세웠었다.

정민식이 오상섭을 좋아하고, 그날 두 사람 사이에 육체적인 무슨 일인가가 벌어졌을 가능성. 이를 김은하가 목격하고 다툼이 벌어졌고, 끝내 둘 중 한 사람이 김은하를 목 졸라 죽음에 이르게 했다는 것.

만일 이런 추측이 가능하다면 아마도 김은하의 목을 조른 사람은 오상섭일 가능성이 높다. 정민식은 그럴 인물이 못 된다. 수사진이 조사한 바에 의하면 여자보다도 더 여린 성격의 소유자가 정민식이었다. 그의 유일한 취미는 기타를 치며 노래하는 것이었는데, 노래는 항상 슬픈 노래였고, 노래를 부를 때마다 눈물을 보였다고 한다. 이런 사람이 사람을 죽일 수 있을까?

물론 가능하다.

그의 경험으로 살인은 사람의 인성이나 품성과는 전혀 상관 없으니까.

그의 추측은 오상섭이 김은하를 살해했고, 오상섭 스스로 목을 그어 자살했을 가능성까지 이어졌다. 이렇게 되어야 사건현장에서 드러난 상황과 엇비슷하게나마 비슷해지는 것이다.

그날의 사건현장에서 정확히 드러난 것은 김은하가 먼저 죽었고, 그다음 오상섭이 죽었다는 것이었다. 이유는 단 한 가지 분산된 피였다. 김은하의 몸과 주위에는 오상섭의 피가 튀어 있었다. 오상섭 주위에는 많은 피가, 그리고 점점 멀어질수록 적은 양의 피가 발견됐다. 이런 정황을 토대로 오상섭의 피는 누워 있는 상태의 김은하에게 튀었다는 것으로 결론이 났다. 즉, 김은하는 이미 죽은 상태였고, 이후에 오상섭이 죽었다는 의미였다.

여기서 또 다른 의문이 제기되었다.

정민식과 오상섭이 그렇고 그런 관계라면 정민식이 오상섭을 죽일 이유가 있을까. 설령 그렇게 하려고 했다고 해도 목포뿐 아니라 인근 지역에까지 소문이 났을 정도의 주먹패였던 오상섭을 정민식이 감당할 수 있었을까.

하지만 은퇴한 고 반장은 고개를 절레절레 흔들며 이렇게 말했다.

"남녀관계는 아무도 모르는 거야. 애들은 남남관계라지만 다들 똑같을 거 아냐. 또 술도 왕창 먹었고. 술 먹으면 확 변하는 사람이 한두 사람이야?"

이 말을 반박하려고 해도 반박할 수 있는 증거가 없었다.

단 고 반장의 주장에도 허점은 있었다.

지문.

오상섭이 늘 갖고 다니던 칼에 왜 정민식의 지문이 아닌 오상섭의 지문만이 있었던 것일까. 계획살인이 아니고 충동적인 살인이었다면 장갑을 끼고 범행을 저질렀을 가능성은 극히 낮았다.

이 점에 대해 고 반장은 그럴듯한 해명을 내놓지 못했다.

결과적으로 고 반장이든 김형철이든 모두 추측일 뿐이었다.

정민식의 얘기를 들어보지 못하는 한 결국 어떤 설명도 불가능했다.

김형철은 휴대폰을 꺼내어 누군가에게 전화를 걸었다.

"어, 박 소장. 그래 요즘 잘 지내고?"

전화를 건 사람은 박종수였다. 줄곧 강력팀에 있다가 승진하면서 파출소장으로 보직이 바뀌었다. 조기남은 그의 팀 넘버투였고, 전민준은 넘버쓰리였다. 전민준은 더 이상 꼴뚜기로 불리지 않았다. 대신 하중기라는 형사가 그 별명을 물려받았다.

"어, 형님. 오래간만이네요. 바쁘시죠? 한번 놀러오시라니까 왜 안 오세요?"

"나도 진작 파출소로 나가는 건데.. 자네가 부러워."

"뭔 소리예요. 형님이 거기에 딱 있어야지요."

"다름이 아니라……."

김형철은 하기 힘든 얘기를 꺼냈다.

"외달도에서 일어났던 사건 있잖아."

"외달도요? 그건 왜요?"

박종수의 목소리가 약간 시비조로 바뀌었다. 여러 번 박종수는 그에게 충고했었다. 이제 그 사건은 잊어버리라고. 특히 15년의 공소시효가 지난 다음에는 더더욱 그랬다. 그래도 김형철은 그럴 수가 없었다. 진실. 그것이 뭐라고 자꾸 그것에 미련이 남았다.

"우리 형님, 또 병이 도졌네. 그게 그렇게 마음에 걸리세요? 형님 말대로 그건 불명예 퇴직 그런 것도 아니라고요. 그리고 누누이 말했지만 정민식은 죽었어요. 죽었을 가능성이 아주 높다고요."

"알아, 아는데 며칠 전 이상한 소리를 들어서 말이야."

"무슨 소리요?"

"채영수라고 알지?"

"채영수요? 글쎄요, 기억이 잘……."

"정건섭 의원 운전기사 하다가 여기 지역사무실 운영위원회 회장하던 친구 말이야. 낚싯배도 운영했고."

"아, 채씨요!"

"그래, 채씨."

"채씨는 죽었잖아요."

"그래 죽었지."

채씨는 암으로 죽었다. 그리고 정건섭도 죽었다. 그는 원했던 국회의원에 두 번이나 당선됐다. 그러나 세 번째 선거에서는 공천을 받지 못했다. 그때의 울화병 때문인지 평소 좋지 않았던 심장 관련 병으로 결국 사망하고 말았다. 정건섭이 죽고 부인 장수희는 분당에서 혼자 살고 있었다.

"그 채씨 부인이 얼마 전에 자기 친구한테 이상한 소리를 했다는 거야."

"무슨 소리요?"

"정민식은 죽지 않고 살아 있다는 말."

"옛? 그거 그냥 막 하는 소리 아닙니까?"

"자기 남편이 정민식을 일본으로 밀항시켜 줬다고 했어."

"밀항요?"

"응. 그 당시에 채씨는 1톤짜리 어선이 있었잖아."

"그랬죠."

며칠 전 김형철은 채씨의 부인인 공씨를 만나러 갔다. 제법 떵떵거리면서 살았던 공씨는 채씨가 죽고 나서 형편이 아주 어려워졌다. 김형철은 공씨에게 밀항 얘기를 꺼냈다. 그게 사실인지를 물었다. 처음에는 말도 안 되는 얘기라면서 펄쩍 뛰었지만 정건섭네 얘기를 꺼내자 갑자기 태도가 달라졌다. 공씨는 '정 사장네'한테 불만이 많은 것 같았다.

남편이 죽고 아예 안면을 싹 바꿨다면서 몹시 섭섭해했다. 결국 공씨는 남편에게 들은 말을 김형철에게 해주었다. 그리고 가끔 자기를 통해 정민식에게 연락이 왔었다고 했다.

"연락요?"

박종수가 물었다.

"응. 한 달에 한 번씩 일본에서 연락이 오다가 1년 4~5개월 쯤 지나고 나서는 오지 않았다고 하더군."

"그럼 뭡니까? 정민식이 살아 있을 가능성이 높다는 거잖아요."

"그것뿐만이 아니지. 아직 공소시효가 남았을 가능성도 있어."

"그렇겠는데요. 사건이 일어난 게 98년 3월이었고, 지금은 7월이니까……."

공소시효 계산을 하는지 박종수가 잠시 말을 끊었다. 외국에 체류한 기간은 공소시효에서 제외된다. 공씨가 일본에 있는 정민식과 연락한 게 1년하고 4~5개월이라면 아직 공소시효가 지나지 않았을 가능성이 컸다.

"정확히 일본에 얼마나 있었는지 몰라도, 아직 공소시효가 지나지 않았을 가능성도 있겠네요."

박종수가 말했다.

"내 말이 그 말이야."

"그래서요. 다시 수사 해보려고요?"

"마음은 그런데……."

"형님, 그때도 그랬지만 지금은 더더욱 아무것도 없잖아요. 정건섭이나 채…… 거시기도 죽고 없는데 무슨 수로 조사를 합

162

니까? 그냥 잊어버리세요. 왜 쓸데없이 피곤한 일을 벌이려고
합니까. 그냥 눈 딱 감으세요. 그게 편해요."

"아니, 그러고 싶지 않아. 그래서 말인데……."

김형철은 박종수에게 한 가지 부탁을 했다. 공씨는 박종수가
소장으로 있는 파출소의 관할지역에 살고 있었다. 따로 사람을
그쪽으로 빼돌릴 수 없으니 박종수가 알아서 공씨에게 좀 더 많
은 정보 좀 빼달라는 거였다. 이것저것 알아보면 채씨가 남긴
무엇인가가 더 나올지도 모른다는 게 김형철의 생각이었다.

"아휴, 알았어요, 알았어. 암튼 전 그 일만 하는 겁니다. 나중
에 많이 안 도와줬다고 저 욕하면 안 됩니다. 아시겠죠?"

"알았어. 고마워."

"고맙긴요, 제가 더 미안하죠. 암튼 형님이 원하는 대로 그놈
의 진실이 뭔지 알게 되면 저한테 얘기 좀 해주세요. 형님이나
나나 그 사건이 찜찜했던 건 사실이니까요."

"물론이지."

김형철은 통화가 끝나고 전민준을 따로 불러 은밀하게 두 가
지 지시를 내렸다.

분당에 살고 있다는 장수희를 찾아서 정민식과 연락을 주고
받는지 알아보라는 지시였다. 어떤 식으로든 두 사람이 연락을
하고 있을 것이라는 게 그의 생각이었다. 다른 한 가지 지시는
정건섭이 죽은 뒤 재산이 어떻게 처리됐는지 알아보라는 것이

었다. 장수희는 평생 가정주부로 살았던 여자였다. 그런 여자가 정건섭의 그 많은 재산을 직접 관리하고 있다는 생각은 들지 않았다. 만일 정민식이 살아 있다면 어떤 식으로든 그에게 재산이 흘러들어 갔을 것이라는 게 그의 짐작이었다.

"꼴뚜기 데려가도 될까요?"

자리에서 일어나며 전민준이 물었다. 새로운 꼴뚜기는 막내인 하중기 형사였다.

"그래. 그렇게 해."

"알겠습니다. 안 그래도 그 사건이 제 첫 번째 살인사건인데 흐지부지 처리돼서 무지 찜찜했었는데 잘됐네요. 이참에 확실하게 결론을 짓도록 하겠습니다."

"그래. 그렇게 해."

전민준이 나가고 김형철은 의자에 깊숙이 몸을 묻었다. 마음이 복잡했다. 16년이 지난 사건. 그동안 아무런 낌새조차 없었던 자가 마침내 형체를 드러냈다. 비록 지금은 그림자지만 그 옆에는 진짜 형체가 있기 마련이다.

정민식. 그는 왜 도망쳤고, 왜 그동안 모습을 감추며 살았던 것일까. 그리고 그날 밤의 진실. 김형철은 정말로 그 진실이 알고 싶었다. 그래야만 마음 편히 남은 경찰생활을 편안히 마무리할 수 있을 것 같았다.

6

수지

기분이 나빴다. 그런 사람이 있다. 처음 보는데 왠지 기분이 나쁜 사람. 수지가 그랬다. 하필이면 이름이 같았다. 수지, 그것도 오수지. 은하는 오수지가 그의 딸이라고 했다. 그것 때문에, 지랄맞게도 그것 때문에 그날 그 사단이 벌어졌다.

수지는 묘한 느낌을 주는 아이였다. 경계를 하게 되면서도 왠지 모르게 끌리는 사람. 자꾸 그 애에게 눈길이 갔다. 애써 외면하려고 해도 저절로 그렇게 됐다.

그 때문인지 정아가 수지를 카페 무대에 세울 때도 아무런 제지를 하지 않았다. 초짜가, 이제 갓 기획사에 들어온 아이가 카페 무대라니.

사실 어림없는 일이었다. 적어도 클럽에서 6개월은 노래를 부른 다음에야 이곳 카페에서 노래를 부를 수 있었다. 클럽과 카페는 분위기가 전혀 다르다. 클럽이 젊은 층을 겨냥한 거라면 이곳 카페는 좀 더 성숙한 어른들을 위한 공간이었다. 기본적으로 회원제로 운영이 됐다. 회원이 되는 절차는 간단했다. 회원의 추천과 소라와 정아의 추천.

이곳 회원이 된 사람은 고급문화를 즐길 수 있었다. 일반 대중가수들의 노래는 물론 재즈와 국악, 성악가는 물론 실력을 인증받은 연주자들의 공연도 이곳에서 볼 수 있었다.

그런데…… 솔직히 놀랐다.

무대경험이라곤 광주의 한 카페에서 딱 한 번 뿐이었다고 하는 그 어린 아이가 떨지 않고 손님들의 열렬한 환호를 받았다.

더욱 놀라운 건 그날 수지가 불렀던 노래와 그 아이의 제스처와 목소리. 그 어느 것 하나 자신과 별다르지 않다는 느낌을 받았다는 것이었다.

쌍둥이.

정아는 쌍둥이 같다고 했다. 하지만 그녀는 좀 더 다른 느낌을 받았다.

오수지.

설마, 이 아이가 그 아이일까?

두려웠다. 그러면서도 가슴이 떨렸다.

만일 그 아이라면 어떻게 해야 하지?

한시도 잊은 적이 없었다. 은하의 말이 거짓이라고 부인했지만 언제인가부터는 진실일 것이라고 스스로 믿어버렸다.

그날, 그 일은 상상 속의 일이 아니었다. 은하의 강요에 의한 관계나 마찬가지였지만 진짜로 그 일은 벌어졌었다. 전혀 가능성 없는 얘기는 아니라는 것이다.

더욱이 수지는 나이도 같고, 부모가 없다는 것도 같았다. 부모는 죽었다고 했다. 그런데 사고라고 말했다. 사건이 아닌 사고. 그것이 달랐다.

기분이 울적했다. 거실에 들어서자마자 소라는 소파에 앉아 머리를 감싸 쥐었다.

잘살고 있겠지. 잘살고 있을 거야.

눈동자의 초점을 잃은 채 고개를 흔들며 넋을 잃은 듯 중얼거리던 소라는 벌떡 일어나 냉장고를 열었다. 과일과 음료수, 각종 술들이 냉장고에 가득했다. 술에 손이 갔다가 마음을 바꿔 작은 생수병 하나를 꺼냈다. 물을 마시며 오디오 리모컨을 눌러 음악을 켰다. 모차르트의 레퀴엠이 음울하게 공기 중에 퍼졌다.

그녀는 아무렇게나 옷을 벗고 방으로 들어갔다. 그녀의 육감적인 몸매가 고스란히 드러났다. 훤칠한 키에 투명하게 보이는 흰 피부는 고혹적이었다.

방은 서재였다.

거실과는 분위기가 확연하게 달랐다. 서재답게 책이 가득 꽂혀 있었다. 오래된 마호가니 책상과 의자, 책꽂이였다.

책상에는 노트북 한 대가 놓여 있었다.

소라는 노트북의 전원을 켜놓고 잠시 턱을 괴고 있었다. 그녀의 시선이 닿아 있는 곳은 사진 한 장이었다.

고등학교 시절, 상섭과 은하와 그녀 이렇게 셋이서 찍었던 사진.

그때 그녀는 그였다. 여자가 아닌 남자였다.

정민식이 신소라가 된 것은 일본에서였다.

일본으로 밀항한 뒤 어렵지 않게 민식은 그곳 생활에 적응했다. 개인교사를 두고 일본어를 배웠다. 한편으로 나름의 계획을 척척 준비해갔다. 그는 여자가 되고 싶었다. 이왕 이렇게 된 것, 남자가 아닌 여자로 살고 싶었다. 이렇게 평생 일본에서만 살 수도 없는 일이었다.

그는 태국과 일본을 왔다 갔다 하며 수술날짜를 조율했다. 그 과정에서 정아를 만났다. 정아 역시 수술을 받기 위해 태국에 머무르고 있었다. 두 사람은 마음이 잘 맞았고, 곧 언니동생 하는 사이가 되었다.

소라는 태국에서의 수술 후 정아와 함께 일본으로 왔다. 정아는 상관이 없었지만 민식에게는 새로운 신분증이 필요했다. 남자가 아닌 여자의 신분증이. 그래서 신소라라는 여자의 신분증을 얻게 되었다. 그녀는 재일한국인 3세였지만 국적은 대한민국이었다.

모든 준비가 끝났을 때 식구들과의 연락을 끊어버렸다. 그리고 정아와 함께 한국으로 돌아갔다.

식구들과의 연락을 끊은 것은 그녀가 한국으로 돌아오기를 바라지 않는 부모님 때문이었다. 하지만 그녀는 돌아오고 싶었다. 상섭과 은하의 문제는 나중이었다. 오수지. 이 아이를 만나 확인하고 싶었다. 정말로 그의 딸인지를.

하지만 한국으로 돌아오고 나서는 생각을 바꿨다. 대체 그 아이에게 무엇을 어떻게 설명해야 하는 것인가? 그녀는 남자가 아닌 여자였다. 그리고 친구를 죽인 살인범으로 쫓기고 있는 처지였다.

모든 것이 막막했다. 뒤죽박죽 얼키고설켜 설명이 불가능할 것 같았다.

그래, 좀 더 시간이 흐르고 나면 그때 만나자. 그때까진 모른 체 하자.

그녀는 이렇게 결심했다. 아이가 어른이 되면 어쩌면 이해할 수 있을지도 모른다고 생각했다.

그런데 흘러도 너무 흘렀다.

이제라도 아이를 찾아야 하는가? 찾았는데 만일 그 아이가 오늘 그녀가 보았던 오수지라면 어떻게 되는 것인가.

그녀는 마우스를 움직여 파일을 열었다.

파일 이름은 '루루'였다.

루루는 그녀의 일기장이나 같았다. 눈물로 쓴 일기장. 그래서 루루(淚淚)였다.

일기라고 해서 매일 쓰는 것은 아니지만 기분이 울적할 때나 술에 취했거나 잠이 오지 않을 때, 누군가 몹시 그리울 때면 일기를 쓰거나 그림을 그렸다.

일본에서 생활하면서 생긴 습관이었다. 일기는 벌써 16년 넘게 썼다. 그 양만으로도 소설 열 권이 훨씬 넘을 터였다.

내용은 그날 만났던 사람의 이야기나 보고 싶은 사람의 이야기 등 두서없었다.

그녀는 자판을 두드렸다. 무엇을 쓸 것인가 아무런 생각 없이 손이 가는 대로 그냥 내버려두었다.

하필이면 첫 글자가 '오수지'였다.

그리고 그 다음 글자도 같았다. 그녀는 오수지를 일곱 번이나 반복해서 썼다.

좋지 않았다. 이런 식이라면 또다시 우울증에 걸릴지 모른다.

한국에 돌아와서 그녀는 오랫동안 우울증에 시달렸다. 몰래 엄마를 보러 가기도 했고, 전화를 걸었다가 목소리만 듣고 끊기도 했다.

아버지가 돌아가셨을 때에는 병원 근처를 서성거렸다. 어쨌거나 그녀는 사람들 앞에 나설 수 없는 몸이었다.

소라는 노트북의 뚜껑을 덮었다.

그리고 그대로 책상에 엎드려 잠이 들었다.

다음 날 9시. 소라는 여느 때와 달리 한 시간 늦게 피트니스
센터에 도착했다. 소라는 트레이닝복으로 갈아입고 제일 먼저
러닝머신 위로 올라갔다. 원래처럼 7킬로미터로 설정해놓고 시
작했다. 하지만 곧 속도를 9킬로미터로 올려놓고 천천히 달리기
시작했다. 조금 더 지나서는 10킬로미터로 속도를 올렸다. 빠른
속도였다. 금세 이마에 땀이 송골송골 맺히기 시작했다.

소라의 입에서 헉헉 가쁜 숨소리가 흘러나왔다. 그리고 언제
인가부터 옆에서 똑같은 소리가 흘러나오고 있었다. 그녀 옆에
는 훤칠한 키의 잘생긴 남자가 러닝머신 위를 달리고 있었다.
그녀보다 속도가 훨씬 빨랐다. 두 사람의 시선이 마주치자 남자
가 소라를 향해 환하게 미소를 지어 보냈다.

"소라 씨, 오늘은 늦으셨네요? 안 오시는 줄 알고 걱정했어
요."

피트니스센터의 트레이너인 김동우였다. 남자는 소라에게 관
심이 많았다. 그가 그녀를 좋아한다는 걸 알았지만 소라는 언제
나 차갑게 그를 대했다. 남자였다가 여자가 된 나. 이 남자가 그
것을 이해할 수 있을까?

"소라 씨는 운동할 때도 아름다우세요."

유치해. 소라는 속으로 이렇게 생각했다. 하지만 기분은 그리 나쁘지 않았다. 오히려 좋았다. 이 남자는 여자에게 서툴렀다. 늘 이런 식으로 소라에게 말했다.

소라는 마치 동우의 말이 들리지 않는다는 듯 행동했다. 무심한 표정으로 러닝머신에서 내려와 옆의 웨이트트레이닝 기구로 옮겼다. 남자는 멋쩍게 러닝머신에서 내려오더니 소라를 좇아 바로 옆의 웨이트트레이닝 기구로 옮겼다.

"소라 씨……."

운동을 하면서도 남자는 소라에게 말을 붙였다.

"시간 괜찮으면 점심식사나 같이 하실래요? 제가 맛있는 집 알고 있는데요."

촌스럽다. 웃고 싶었지만 소라는 그렇게 하지 않았다. 소라는 귀찮다는 얼굴로 벌떡 일어나 크로스트레이너로 옮겨갔다. 남자는 기분 나빠하기는커녕 그럴 줄 알았다는 듯 히죽 웃었다. 평소 같으면 이쯤에서 남자는 포기하고 만다. 하지만 오늘은 달랐다. 오늘은 기어이 대답을 듣고야 말겠다는 듯 크로스트레이너로 따라 옮기려고 했다. 그러나 그 순간 소라는 크로스트레이너를 그만두고 샤워실로 향했다.

샤워실에서 나온 그녀는 옷을 갈아입고 센터를 나갔다. 남자는 뻣뻣하게 서서 그녀의 뒷모습만 바라볼 뿐이었다.

소라는 주차장으로 갔다.

172

자신의 애마에 몸을 싣고는 곧바로 센터 건물을 빠져나왔다. 오 분쯤 후 휴대폰 멜로디가 흘러나왔다. 그 남자인가 싶었는데, 다른 사람이었다.

"네."

스피커폰을 통해 젊은 남자의 목소리가 흘러나왔다. 그녀의 자금을 운용하는 펀드매니저였다. 곧 펀드매니저가 그녀에게 이것저것 설명을 늘어놓았다.

펀드매니저의 얘기가 끝나고 그녀의 차분한 목소리가 이어졌다.

"아니요, 현물에서 자금을 빼세요. 잘못 판단하신 겁니다. 지금 금리 보세요. 국내 주식은 아직도 1년 정도는 바닥일 거라는 게 제 판단입니다. 조선, 철강, 제철은 그냥 두시구요, 나머지 주식은 파세요. 중국하고 베트남처럼 인구증가율이 높은 나라의 주식하고 펀드에 분산해주세요. 네…… 알겠어요. 다음에 또 통화하죠."

어떻게 보면 오만하고 냉정한 말투였다. 그러나 그녀는 전혀 개의치 않는다는 표정이었다.

차는 카페에 도착했다. 카페가 있는 5층 건물도 소라의 것이었다.

주차장에 차를 세우고 내렸는데 뒤쪽에서 늙수그레한 목소리가 그녀를 불렀다.

"어이, 신 사장."

카페에서 그녀는 마담으로 통했다. 하지만 지금처럼 사장으로 부르는 사람도 있었다. '김 회장'으로 통하는 사람이었다. 김 회장은 IT업계에서 성공한 사람이었다. 김 회장은 카페의 단골 손님이기도 했다. 김 회장을 본 소라의 표정은 마치 다른 사람처럼 부드럽게 변했다.

"어머, 김 회장님. 오늘은 혼자 오시는 거예요?"

소라의 부드러운 목소리와 웃음만 봐도 기분이 좋은지 김 회장이 너털웃음을 터뜨렸다.

"그럴 리가 있나. 나중에 일행이 도착할 거야. 난 우리 신 사장 보고 싶어서 일찍 온 거고."

그 말에 소라는 요염한 표정을 지으며 슬쩍 김 회장의 팔짱을 끼었다.

"어서 올라가요. 오늘은 특별히 잘 모실게요."

카페로 올라가자 무대에서 정아가 노래를 부르고 있었다. 정아는 주로 외국곡을 불렀다. 우리나라 음악은 재즈만 불렀다. 소라는 그녀에게 재즈 음반을 내자고 여러 번 권유했으나 그때마다 그녀는 번번이 거절했다. 그녀는 항상 같은 변명이었다. 내가 가수로 활동하는 건 이곳뿐이에요.

정아에게도 비밀은 있었다. 그 비밀이 무엇인지 소라는 알고 있었다. 일본에서 함께 지낼 때 그녀가 얘기해주었다. 그녀가 사랑했던 남자는 재즈가수였다. 그 남자는 정아가 여자인 줄 알았다. 정아가 남자인 것을 알고는 매몰차게 그녀를 떠났다. 정아는 여자가 됐지만 여전히 그 남자 앞에 나서지 못했다. 흘러간 인연을 어떻게 다시 붙들 수 있겠어요. 매몰찬 구석이 있는 그녀였다. 정말로 그녀는 이후로 그 남자에 대해 한마디도 꺼내지 않았다. 그러나 그녀가 부르는 재즈곡은 하나같이 그 남자가 불렀던 노래였다. 정아만의 방식이었다. 지나간 사랑을 그리워하고 또 조금씩 잊어가는 방식.

그때였다. 카페의 한쪽에서 작은 소란이 일었다. 젊은 두 남자가 수지를 둘러싸고 있었다. 수지는 카페의 정식 가수가 아니었다. 수지는 본인이 원해서 클럽이 아닌 카페에서 직원으로 일하면서 기회가 되면 무대에 오르는 것으로 정아와 합의가 됐다.

수지는 젊고 예쁜 아이였다. 술에 취했는지 젊은 두 남자가 그녀에게 치근덕댔던 것이다. 수지는 울고 있었다. 정아는 노래를 부르고 있었고, 상황을 정리해야 할 사람은 소라였다.

소라는 그쪽으로 다가갔다.

그런 뒤 곧바로 수지의 뺨을 올려붙였다.

"손님이 무례했기로 이게 무슨 추태지?"

그녀의 목소리는 얼음처럼 차가웠다. 수지는 얼얼한 뺨을 손으로 감싼 채 구슬 같은 눈물을 뚝뚝 흘렸다.

"그만 가봐."

수지는 도망치듯 그 자리를 떠나 주방 옆쪽의 종업원 휴게실로 사라졌다.

수지가 사라지고 소라는 두 젊은 남자를 물끄러미 바라보았다. 그들은 희희낙락하고 있었다. 두 사람이 누구인지 잘 알고 있었다. 그들은 규모가 꽤 큰 중견기업의 3세들이었다.

"당신 두 사람, 오늘부터 이곳 출입금지예요. 당장 나가세요."

소라의 목소리는 조금 전 수지에게 말할 때보다 더욱 차갑고 매서웠다. 두 남자가 벌떡 자리에서 일어나 뭐라고 말하려고 하는데, 소라의 다음 말이 이어졌다.

"두 사람, 아버지한테 오늘 일을 말해도 됩니다. 하지만 당신 둘은 영원히 이곳에 발을 들이지 못합니다."

"신 마담, 우리가 잘못한 줄 아는데 그냥 장난으로……."

"그러니까 회원 박탈이라는 거예요. 장난이 아니라 연애를 하려고 했다면 이해하지만 장난이기 때문에 이해할 수 없는 겁니다."

"그래도 여긴 술을 파는 곳이고……."

"아뇨. 여긴 음악을 팔죠. 술은 덤이고요. 여자는 다른 곳에서 찾으세요."

그 말을 마지막으로 소라는 돌아서서 김 회장 쪽으로 걸어갔다.

김 회장이 소라를 향해 엄지를 척 치켜 올렸다.

"저치들 신 사상의 정체를 잘 모르는구먼. 강남의 큰손이 신 사장인데 말이야."

그러면서 껄껄 웃었다.

수지의 뺨을 때린 건 손님에 대한 마지막 예의였다. 그렇지 않았으면 수지에게 무조건 손님에게 사과하라고 했을 것이다. 그러니까 그녀의 입장에서는 수지를 편들어준 것이었다. 하지만 수지가 이것을 알까?

기분이 좋지 않았다. 수지의 뺨을 때렸을 때 왠지 모르게 가슴이 시린 느낌이었다. 자신이 누군가에게 뺨을 맞은 것처럼 뺨이 얼얼했다.

소라는 김 회장과 몇 마디 대화를 나누다가 자리를 떴다. 마침 김 회장의 손님들이 그곳에 나타났다. 소라를 대신해 정아가 그들 일행을 맞이했다.

무대 뒤쪽의 사장실에 앉아 있는데, 노크 소리가 들렸다.

"네."

문을 열고 들어온 사람은 웨이터 실장이었다.

"무슨 일이죠?"

"사장님을 찾는 분이 있습니다."

"누군데요?"

"김동우라는 분입니다."

그러면서 명함을 그녀에게 건넸다. 명함을 굳이 볼 필요도 없는 사람이었다. 아마도 실장이 김동우에게 명함을 요구했을 것이다.

"그냥 핑계를 둘러댈까요?"

"아뇨. 한데 이 분이 우리 카페 손님인가요?"

"네. 분명 회원으로 가입돼 있었습니다."

"난 못 봤던 것 같은데……."

"워낙에 조용한 사람이라서요. 늘 혼자 와서 조용히 나가는 사람입니다."

소라는 명함을 살폈다. 명함에는 피트니스센터의 '트레이너'라는 직함밖에 없었다. 이런 직함 가지고는 이곳 카페의 회원이 될 가능성이 없었다. 아무리 믿는 사람의 추천이 있다고 해도 격이 떨어지면 정중히 거절하는 게 이 카페의 원칙이니까.

"알았어요. 곧 나갈게요."

소라는 사장실에서 나와 복도를 걸어갔다. 대기실에서 울음소리가 들렸다. 누구인지 단박에 짐작이 갔다.

소라는 어떻게 할까 잠시 망설이다가 문을 열었다. 조금 전의 일일랑 없었던 사람처럼 차분한 어투로 말했다.

"수지, 무대에 오를 준비해. 세 곡 정도만 불러봐."

수지는 서둘러 눈물을 훔치더니 네, 하고 대답했다.

홀로 나오자 실장이 그녀를 한 곳으로 안내했다.

동우는 어이없게도 술이 아닌 물 한잔을 시켜놓고 앉아 있었다. 소라가 나타나자 얼른 일어나 히죽 웃었다.

"여기 회원이신 줄 몰랐어요."

소라는 동우의 맞은편에 앉았다.

"네, 어쩌다 보니 그렇게 됐어요."

소라는 어떻게 회원이 됐죠?라고 물으려다가 도로 입을 다물었다. 실례였다. 어쨌거나 이 남자는 자기를 좋아하는 사람이었다.

"우리가 알게 된 지 한 해가 다 되어 가는군요. 하지만 소라 씨는 저를 여전히 낯선 사람처럼 대하죠."

"섭섭하시겠어요."

소라는 남의 일처럼 얘기했다. 그것이 섭섭했는지 동우가 또다시 히죽 웃었다. 아무래도 히죽 웃는 것은 이 남자의 버릇인 것 같았다.

"그렇게 웃는 거 맘에 안 들어요."

남자가 놀란 사람처럼 휘둥그렇게 눈을 떴다. 그의 얼굴에 금세 웃음기가 사라졌다.

"그럼 바꿀까요? 어떻게 바꿀까요?"

이 남자…… 솔직히 소라는 싫지 않았다. 한결같은 남자였다. 그녀를 좋아한다는 건 눈빛을 보면 알 수 있었다. 거짓을 담고 있는 눈빛과 그렇지 않은 눈빛을 구분하는 건 이미 오래전에 터득했다. 이 남자는 진실했다. 오직 한 곳만 바라보고 달리는 경주마와 같았다. 그가 바라보는 것은 물론 그녀였다.

"그런 뜻이 아니에요. 한데 오늘은 왜 저를 보자고 한 거죠? 전에는 노래만 듣다가 가셨다고 들었는데……."

"점심 때문에요. 점심을 함께 못 먹었으니 이렇게 함께 있고 싶어서요."

"손님하곤 개인적인 친분을 갖지 않아요. 제 원칙입니다."

"소라 씨…… 제가 그렇게 싫으세요?"

남자는 정말로 몹시 궁금해하는 표정이었다. 이런 표정을 가진 사람에게 어떻게 대꾸해야 좋을지 소라는 조금 난감했다.

"저뿐만 아니라 이곳에서 일하는 사람들에게 얼마나 많은 사람이 그런 고백을 하는 줄 아세요? 일일이 그 고백을 다 받아주다가는 끝도 없을 거예요."

그녀의 목소리가 더욱 냉정하게 바뀌었다.

"그거야 그렇지만……."

동우는 물잔을 들어 입으로 가져갔다.

"그럼 이만……."

그 사이 자리에서 일어난 소라는 홀을 가로질러 어딘가로 사라졌다.

그리고 무대의 조명이 켜지더니 한 여자의 노래가 흘러나오기 시작했다.

가레스 게이츠의 'Listen to My Heart'였다.

수지였다. 홀은 갑자기 조용해졌고 사람들은 노래에 푹 빠져들었다. 하지만 한 사람은 자리에서 일어나 그곳에서 나갔다.

동우였다.

그리고 또 누군가는 그의 등을 멀리서 지켜보고 있었다. 그 사람은 당연히 소라였다.

Endlessly

Every time I look into your eyes

I see forever I don't know why

But every time we touch I feel alive

There's nothing like it

"언니는 저 사람이 왜 싫어?"

질문을 한 사람은 정아였다.

"싫은 거 아냐."

"그럼?"

"두려워."

"그런 거 회피한다고 될 일 아니잖아. 언제까지 그럴 거야. 이젠 부딪혀봐야 하는 거 아냐?"

"그게 쉬운 게 아니니까. 그리고 난……."

"사랑했던 사람이 언니 때문에 죽었다고 한 거? 그건 과거야.

언제까지 과거와 씨름할 순 없잖아."

"맞아. 네 말이 다 맞아. 하지만 그래도…… 어려워. 나한테는 아직."

"왜?"

"글쎄. 왜일까?"

이 문제에 대해 소라는 생각해보지 않았던 게 아니다. 분명 여러 번 생각해봤었다. 그리고 결론도 내렸다.

그녀가 내린 결론은 16년 전의 그 일이 아직 끝나지 않았다는 것이었다. 끝나지 않은 이유는 그 어린 꼬마아이 때문이었다. 그 아이…… 찾아야 했다. 만나야 했다. 만나서 뭘 어떻게 할지 아직 아무것도 결정된 것은 없었다. 그래도 만나지 않는 한 그녀는 과거에 얽매여 있을 것이 뻔했다.

"동우 씨가 언니를 어떻게 알게 된 것 같아?"

"왜지?"

"일 년쯤 전 친구랑 길을 걷다가 우리 카페의 이름이 특이해서 들어와 봤대. 물론 거절당했지. 나중에 회원으로 가입하고 나서 혼자서 다시 찾아왔대."

"그 사람이 끌레망과 루이즈의 의미를 알고 있었어?"

"응. 동우 씨가 그러더라고. '누가 그 짧고 뜨거웠던 사랑을 기억하고 서울의 거리에 옮겨놨나 궁금했죠.'라고. 그리고 그 노래를 부르는 언니를 보게 된 거야. 첫눈에 반했대. 그러면서 이렇게 말하더라. 아마 끌레망도 루이즈에게 그렇게 첫눈에 반했을 거라고."

끌레망(Jean, Baptiste Clement)은 프랑스 대혁명 때 파리코뮌의 지도자였다. 1871년 5월 파리코뮌의 마지막 보루였던 퐁텐느 오로와 거리의 바리케이드에 위생대원인 루이즈가 참가하게 되고 두 사람은 짧지만 운명적인 사랑에 빠지게 된다. 시인이었던 끌레망은 '버찌의 계절(Le Temps Des Cerises)'이라는 시를 썼고, 나중에 이 시를 루이즈에게 헌정한다. 이 시에 르나르(Antoine Renard)라는 당시 유명한 작곡가가 곡을 붙여 멋진 노래가 탄생된다. 이 노래는 나나무스쿠리가 부르기도 했다.

"근데 넌 어떻게 그 사람에 대해 그렇게 잘 알고 있지?"

"왜 몰라. 그 사람이 운영하는 피트니스센터에 일 년이나 다녔는데."

"운영한다고?"

"그곳 회원권도 내가 아닌 그 사람이 선물한 거야. 그 사람 명함에는 트레이너라고 적혀 있지만 그런 사업체가 여섯 곳이나 돼."

"어쩐지 우리 카페 회원이더라니, 그런 이유가 있었군. 그런데 나한테는 왜 아무 말도 안 했지? 적어도 저 사람이 어떤 사람인지에 대해서는 알려줬어야 하잖아."

"동우 씨가 신신당부하더라고. 그냥 트레이너로서 다가가고 싶다고."

"그래. 나름 제법이네. 촌놈인 줄 알았더니……."

소라의 입가에 엷게 미소가 매달렸다. 그러나 정아는 그것을
보지 못했다.

그때 실장이 다가와 김 회장 일행이 소라를 찾는다는 말을 전
했다.

소라가 사라지고 곧 무대 쪽에서 박수 소리가 들렸다.

수지의 노래가 끝났다.

*

실내 포차였다.

김형철과 전민준, 그리고 하중기 이렇게 셋이서 마주앉아 있
었다. 파출소에서 근무하다가 형사로 발령이 난 지 이제 일 년
이 채 안 된 신참 형사 하중기는 자주 김형철의 눈치를 살폈다.
나이 차이도 많지만 어쨌거나 그는 자신이 속한 팀의 팀장이었
다. 어려울 수밖에 없는 자리였다.

"꼴뚜기, 넌 팀장님이 무섭냐? 왜 이렇게 눈치를 봐. 사내자
식이."

못마땅하다는 듯 미간 사이의 주름을 좁힌 채 전민준이 나무
랐다.

"그거야 뭐⋯⋯."

하중기가 헤헤 웃으면서 목덜미를 긁적였다.

"이럴 때 보면 영락없이 꼴뚜기 같지 않아요?"

"옛날 누구 생각나는데 왜 그래?"

"누구요? 조 선배요?"

전민준은 시치미를 뗐다. 김형철은 후후 웃고는 그냥 넘어갔다.

"그래 좀 조사는 됐나?"

"장수희한테서는 별다른 것을 알아내지 못했는데요. 한 가지 좀 이상한 것은 있었습니다."

"그게 뭔데?"

"정건섭의 재산 말입니다."

"응."

"전보다 두 배쯤 늘어나 있던데요. 우리로선 상상하기 힘들 정도로 점점 불어나는 추세고요."

"회사를 전문경영인이 운영한다고 하지 않았어?"

"아, 그건 그거고요. 사실 요즘 경기가 안 좋잖아요. 그래서 회사는 겨우 손해만 안 보고 있는 처지예요. 재산은 다른 곳에서 늘고 있더라고요."

"그게 뭐지?"

"주식과 부동산이요."

"장수희가 그런 것도 하나?"

"아뇨. 주식은 펀드매니저에게 맡겼고요. 부동산도 전문가에 맡겼더라고요. 근데 이게 좀 이상합니다. 이 둘 모두를 컨트롤하는 회사가 있어요."

"장수희가 따로 회사를 차렸다는 거야? 그게 뭐냐? 아, 지주회사처럼!"

"그건 잘 모르겠고요. 암튼 소라기획이라는 곳에서 그걸 맡고 있더라고요."

"소라기획은 뭐하는 회사인데?"

"그거 있잖습니까. 가수나 배우들을 키우고 관리하는 회사요."

"좀 엉뚱한데."

"그러게 말입니다. 암튼 그 소라기획이 생각보다 규모가 꽤 크더라고요. 가수만 전문적으로 관리하는데요, 방송국보다는 언더 쪽에서 유명한 가수들이 꽤 많이 소속되어 있더라고요. 그뿐만이 아닙니다. 거기서 운영하는 클럽하고 카페도 있는데요, 클럽은 아무나 출입이 가능한데, 카페는…… 잠깐만요……."

전민준이 휴대폰을 눌러 무엇인가를 찾는데, 옆에서 하중기가 "끌레망과 루이즈요."하고 말해주었다. 전민준이 하중기의 어깨를 한 번 툭 쳐주고는 계속해서 말했다.

"이 카페가 참 대단해요. 아무나 들어갈 수 있는 곳이 아니고요. 회원제랍니다. 그 회원들은 우리나라에서 이름깨나 날리는 사람들이고요."

"그래서 요점이 뭐야? 소라기획이 정민식과 관련이 있다는 거야, 없다는 거야?"

김형철이 짜증을 부리듯이 말했다.

"에구, 우리 팀장님 또 성깔 나오신다. 자, 일단 한잔 쭉 드세요."

전민준이 잔을 치켜올리며 건배를 제의했다.

김형철도 마지못해 잔을 들고 낼름 술잔을 비웠다.

"이건 제 감인데요. 소라기획이 정민식의 사업체 같아요."

"소라기획 회장이나 사장이 정민식이야?"

"그럴 리가요."

"그럼 뭐야?"

"소라기획 사장은 신소라라는 여자예요. 아름다운 여자라고 하던데요. 나이는 37세이고, 아직 싱글이랍니다."

37세? 여자? 그럼 이 여자가 정민식의 애인이라도 돼?"

"빙고! 가능성을 무시할 수 없죠. 그렇지 않으면 소라기획이 장수희의 재산을 관리할 이유가 없잖아요."

틀린 소리는 아니었다. 친인척이 아니라면 그 막대한 재산을 함부로 맡길 리 없으니까.

"그래서 이제 어쩌려고?"

"그거야 팀장님이 결정하기 나름이죠."

김형철은 전민준이 무엇을 말하는지 알고 있었다. 갑자기 그의 얼굴이 무겁게 변했다.

"이번 출장도 억지로 된 건데⋯⋯."

"그래도 어쩝니까. 목포에서 수사를 진행할 순 없잖아요."

"알았어. 어떡하든 과장님한테 허락을 받을 테니까, 넌 무조건 이 사건에 매달려."

"꼴뚜기는요?"

"야, 우리 팀이 몇 명이나 된다고 얘까지 데려가려는 거야?"

"목포는 좁지만 서울은 엄청 넓다고요. 또 넓은 데서 놀아보면 나중에 큰 도움이 되고요. 저처럼요."

"아주 퍽이나 큰물에서 놀아본 것처럼 말하네."

여하튼 김형철은 전민준의 요구를 들어줄 생각이었다. 공식적인 출장은 역시 어렵다는 생각이었다. 공소시효가 지난 사건에 대해 관심을 가질 사람은 아무도 없었다. 김형철은 비공식적으로라도 전민준을 출장 보낼 각오였다.

정민식과 소라기획.

왠지 몰라도 감이 좋았다. 뭔가 진실에 한 발짝 다가선 것 같은 느낌이었다.

7

소라

휴일이었다. 소라와 정아, 수지는 로데오거리에 있는 이태리 요리집에 갔다. 운치 있는 인테리어와 실내 정원 덕분에 지중해의 작은 마을에 온 듯한 기분이었다. 오븐에 구운 닭고기에 파마산 치즈와 배, 호두, 채소를 얹고 파슬리 소스를 곁들인 샐러드와 카리브 풍의 모차렐라 토마토 샐러드, 이탈리안 셰프가 직접 요리한 농어요리를 시켰다.

식사가 시작되고 소라가 수지에게 물었다.

"수지는 왜 가수가 되고 싶은 거야?"

"모르겠어요. 그냥 어릴 때부터 노래가 좋았어요. 혼자 노래를 흥얼거리는 걸 좋아했어요."

"다른 건 잘하는 거 없고?"

"그림을 좀 그려요."

"그림?"

이렇게 말한 사람은 정아였다.

"수지야, 소라 언니도 그림 잘 그려. 내가 보기엔 엄청난 실력자야. 개인전도 두 번이나 열었는걸."

"그래요? 소라 언니는 어떤 그림을 그리는데요?"

"수지는 어떤 그림을 그리지?"

대답 대신 소라는 수지에게 오히려 질문을 했다.

"저는 그냥 다 그려요. 보육원에 있을 때는 아이들의 얼굴을 그려주었어요. 원장님이나 선생님들 얼굴도 그렸고요."

"어머! 그것도 소라 언니랑 똑같네. 언니도 사람들을 그리잖아. 얼굴의 이목구비는 항상 흐릿하지만."

정아가 끼어들며 말했다.

"이목구비가 흐릿하다고요? 왜요?"

소라가 수지 쪽을 슬쩍 본 다음에 눈길을 창가 쪽으로 던졌다. 창밖으로 도로가 보였다. 신호가 바뀌었는지 차들이 쏜살같이 튀어나갔다. 그러고 나서야 대답이 흘러나왔다.

"생각이…… 안 나서."

"넷?"

"생각이 안 나니까 그런 거라고."

수지는 무슨 소리인지 모르겠다는 듯 살짝 미간을 찡그렸다.

수지는 참 묘한 말이라고 생각했다. 생각 안 나는 사람을 왜 그리지? 그리다 보면 생각이 나는 걸까? 한데 이목구비가 흐릿한 그림은 다 미완성이라는 건가? 묻고 싶은 질문이 많았으나 왠지 모르게 선뜻 입이 떨어지지 않았다.

수지의 얼굴을 보더니 정아가 입가에 미소를 떠올렸다.

"궁금한 게 많은 얼굴이네. 넌 아직 어려서 모르지만 좀 더 살다 보면 정말로 생각이 안 나는 사람도 있고, 생각이 나는데 생각이 나선 안 되는 사람도 있다는 걸 알게 될 거야. 언니는 아마 후자 쪽일 거야."

알듯 모를 듯한 소리였다.

그녀는 그런 적이 없었다. 늘 눈앞에 있는 사람만 그림 속에 얼굴을 그렸다. 눈앞에 없는 사람은 그리지 못했다. 몇 번인가는 그리려고 애를 썼던 적이 있었다. 엄마와 아빠였다. 하지만 얼굴이 생각나지 않았다. 그리다 보면 생각이 나겠지 싶어 시작을 했지만 결국 원장님이나 다른 선생님의 얼굴로 바뀌곤 했다. 아주 가끔이지만 학교에서 열리는 대회도 나간 적이 있는데, 그때는 풍경화나 정물화를 그리라고 했다. 그녀는 대부분 풍경화를 선호했는데, 그리다 보면 묘하게도 바닷가 마을이 그려지곤 했다.

바닷가. 거기에 살았던가? 스무 살이 되고 나서야 정말로 바닷가에서 살았다는 것을 알게 되었다. 그곳이 어디인지도 알게 되었다. 하지만 그곳엔 가고 싶지 않았다. 서너 번 가려고 마음을 먹었지만 그때마다 결국 가는 것을 포기했었다.

이유가 뭘까?

아무리 생각해도 이유가 없었다. 그곳에 가면 부모님의 무덤이 있을 것이라고 어렴풋이 짐작했고, 그러니 가봐야 한다고 스스로를 부추겼지만 매번 발길이 멈추곤 했다.

"언제 언니가 수지 한 번 그려주세요. 설마 눈앞에 있는데 이목구비가 안 그려질까."

"말했잖아. 난 눈앞에 있는 사람은 안 그린다고."

"대체 이유가 뭐예요?"

정아가 정말로 궁금하다는 듯 미간의 주름을 깊게 모았다.

"눈앞에 보이는 사람은 그냥 그렇게 보면 돼. 그걸로 행복할 수 있으니까. 일부러 그림까지 그려가면서 볼 필요 없는 거잖아."

"그게 무슨 귀신 씨나락 까먹는 소리예요? 난 도무지 무슨 소리인지 모르겠네."

정아가 거칠게 나이프질을 하며 씩씩거렸다.

"너희만 좋다면…… 언제 그림 한번 그리러 가자. 여행 삼아서."

"정말로?"

정아가 나이프질을 멈추더니 빤히 소라의 얼굴을 바라보았다.

"응. 정말로."

"와! 별일이네. 수지야, 너도 좋지?"

수지는 얼른 고개를 끄덕였다.

"그리고 한번 화실에 와. 그림을 그린다니까 함께 그림을 그리거나 서로 모델이 돼주는 것도 괜찮겠지. 정아 너도."

"정말 별일이네. 오늘 언니 기분이 좋은 모양이야."

"나쁘지 않아."

그 말에 세 여자는 동시에 깔깔거리며 웃었다.

식사가 끝나고, 정아는 소라와 수지를 자기 차에 태웠다. 그러고는 무작정 도로를 달렸다.

"도대체 어딜 가려는 거야?"

소라가 물었다.

"난 별로인데 수지가 꼭 가보고 싶은 곳이 있다잖아. 휴일인데 집에만 있으면 뭐하겠어. 나온 김에 가보자고."

"거기가 어딘데?"

"아쿠아리움."

"애들도 아니고……."

"우린 애가 아니지만 수지는 아직 애잖아."

정아의 그 말에 소라는 입을 다물었다.

하지만 아쿠아리움을 원한 것은 수지가 아니었다. 이번 아쿠아리움행은 모종의 음모가 있었다. 정아와 수지는 알고 있고,

모르는 사람은 소라뿐이었다.

코엑스 아쿠아리움에 도착하고 가장 즐거워한 사람은 수지였다.

수지는 어린아이처럼 들뜬 모습으로 입장을 서둘렀다.

아쿠아리움 수족관에는 은은한 조명 아래 수많은 물고기들이 헤엄치고 있었다. 수지는 물고기들의 설명서를 하나하나 읽으며 연이어 감탄사를 터뜨렸다. 어린아이처럼 천진난만한 얼굴이었다. 그런 수지를 소라와 정아는 애정 어린 눈길로 바라보았다.

"언니, 수지 뒷모습이 꼭 언니 닮지 않았어?"

"넌 별 소리를 다한다."

"아냐. 잘 봐봐. 내가 보기엔 언니랑 판박이 같은데."

소라는 수지의 뒷모습을 가만히 바라보았다. 사실 그녀와 여러모로 비슷한 점이 많았다. 노래 부를 때의 목소리와 제스처, 그림에 대한 취미, 그리고 지금처럼 뒷모습도.

모딜리아니처럼 갸름한 두상, 약간 아래로 처진 제비추리, 가늘고 긴 목, 둥그스름하고 좁은 어깨, 항아리처럼 부드러운 곡선을 이루는 허리와 힙의 선. 거의 모든 것이 똑같았다.

두 사람은 앞서가는 수지를 뒤쫓아 갔다. 그러다 보니 넓은 통유리가 설치되어 있는 대형 수족관에 이르게 되었다. 그곳에서는 잠수부가 물고기와 상어에게 먹이를 주며 수중 쇼를 한다. 세 사람의 발길은 자연스럽게 그곳에서 멈추었다. 앞서가던 사

람들도 마찬가지였다. 마침 물속에 잠수부가 나타났다. 남자 잠
수부였다. 잠수부가 옆구리에 끼고 있는 통에서 물고기를 꺼내
자 대형 고기들이 모여들었다. 상어도 남자에게 다가왔다. 사람
들은 그 모습을 신기한 눈으로 쳐다보았다.

세 여자는 수족관 가까이 다가갔다. 그런데 뜻밖에도 잠수부
가 세 여자를 향해 천천히 헤엄쳐 왔다. 그러더니 뒤쪽을 보라
는 손짓을 했다. 고개를 돌려 가리키는 곳을 보니, 바다거북이
뒤로 '소라 씨 사랑합니다.'라는 문구가 적혀 있는 현수막이 따
라왔다.

지켜보던 사람들 모두가 박수를 쳤다. 소라가 누구인지 찾아
보기 위해 두리번거리는 사람도 있었다. 거기 있는 사람 중 가
장 놀란 사람은 누구보다도 소라였다.

가만히 보니 잠수부는 동우였다.

소라는 어이없다는 표정을 지었다. 그러다 문득 무엇인가 깨
달았는지 정아 쪽을 흘겨보았다. 정아가 혀를 날름 내밀더니 수
지의 손을 잡고 멀리 달아났다.

잠시 후 네 사람은 커피숍에 앉았다.

소라의 표정은 쌀쌀했고, 동우는 어쩔 줄 몰라 했고, 정아와
수지는 안절부절못했다.

"언니, 정말로 거절할 수 없었다니까. 동우 씨가 하도 졸라대
서……."

정아가 변명했다.

"그래도 이건 아니지."

소라의 야멸찬 목소리에 동우가 낮게 한숨을 내쉬고 난 뒤 말했다.

"저는 정말로 안 되는 겁니까?"

"저는…… 이미 시든 꽃이에요. 시든 꽃은 꽃이 아니죠. 동우 씨한테 어울리는 사람이 있을 거예요. 그런 여자를 찾아보세요."

소라는 그 말만을 한 뒤 자리에서 일어났다.

화장실이라도 가는 거겠지 했는데 그 길로 소라는 아예 그곳에서 나가버렸다.

정아가 휴대폰을 했지만 소라는 전화를 받지 않았다.

"일이 참 묘하게 꼬였군요."

소라가 사라진 곳을 바라보며 동우가 난감한 표정을 지었다.

"언니가 저렇게 굴어도 동우 씨가 싫진 않을 거예요. 언니는 자기 속을 쉽게 드러내는 사람이 아니에요. 마음을 보이는 게 어렵지, 한번 보여주면 그다음부터는 일사천리고요. 그러니까, 힘내요, 동우 씨."

"말씀은 고맙지만 힘이 빠지는 건 사실입니다. 대체 소라 씨는 저의 어디가 그렇게 싫은 걸까요?"

동우는 다시 한 번 길게 한숨을 내쉬고는 턱을 괬다. 야단을 맞고 풀죽은 아이처럼 시무룩했다.

그러더니 잠깐만 기다리라고 하더니 자리에서 일어나 어딘가로 걸어갔다.

다시 돌아온 그는 쪽지 하나를 정아에게 건넸다.

"이거 소라 씨에게 전해주세요."

"알겠어요."

동우는 그 길로 그곳에서 나갔다.

둘이 남은 정아와 수지도 커피를 남겨놓고 그곳에서 나왔다.

두 사람은 집으로 갔다. 별로 기대하지 않았지만 소라는 그곳에 없었다.

"너, 소라 언니 집에 안 가봤지? 이참에 한번 가볼래?"

"그건 좋은데, 저 혼자요?"

수지는 겁이 났다. 왠지 정아가 벌인 일에 자기가 덤터기를 쓰는 것 같은 기분이었다.

"수지야, 네가 이 언니 좀 봐줘. 내가 가면 나 죽어. 소라 언니, 한번 화내면 정말 무섭거든."

"저도 무서워요."

수지는 울상을 지었다.

"걱정 마. 넌 괜찮을 거야."

"왜요?"

"글쎄 왜일까?"

정아가 골똘하게 뭔가를 생각하듯 고개를 갸웃했다. 정아는 "암튼."이렇게 말한 다음 계속해서 말했다.

"넌 괜찮아. 소라 언니가 누군가를 이렇게 쉽게 받아들인 건 네가 유일할 거야."

"제가요?"

"응. 그렇대두. 오늘만 해도 네가 아쿠아리움에 가보고 싶었다니까 찍소리도 안 하더라고. 그러니까 이 언니를 믿고 소라 언니한테 가봐. 아마 지금쯤 그림을 그리고 있을 거야."

"그림은 왜요?"

"기분이 울적하면 그림을 그리거든."

"이건 정말로 궁금해서 묻는 건데요. 소라 언니는 왜 동우 아저씨가 싫은 거예요?"

"싫은 거 아냐."

"그럼 왜 프러포즈를 거절하는 거예요?"

"그건…… 나중에…… 말해줘도 네가 이해하기 힘들어."

정아가 고개를 돌리더니 두리번거리면서 무엇인가를 찾았다. 담배였다.

담배는 탁자 위에 있었다. 정아는 담배를 입에 물고는 창가로 다가갔다. 잠시 후 그녀의 어깨너머로 희끄무레한 담배연기가 넘어왔다.

"죄송해요. 제가 묻지 말아야 할 말을 했나 봐요."

수지가 사과했다.

"아니야. 이건 네 잘못이 아냐. 이건…… 누구의 잘못도 아냐. 잘못이 있다면 신의 잘못이겠지."

수지는 이해할 수 없는 말이었다. 어차피 이해할 수 없다면 고민하지 않는 게 좋다. 정아와 소라를 만난 뒤로 수지는 이런 경우를 여러 번 경험했다.

"언니, 제가 소라 언니한테 갈게요."

"그래, 고맙다. 휴대폰으로 주소 알려줄 테니까, 택시 타고 가. 오 분 거리니까 걱정 같은 거 하지 말고."

수지는 문을 닫기 전 정아 쪽을 힐끔거렸다. 정아는 여전히 창 앞에 서서 담배를 피우고 있었다.

비밀이 많은 여자. 아니 여자들이었다.

택시에 앉아 수지는 갈등을 겪었다.

쪽지를 펴보고 싶은 마음이 굴뚝같았다. 펴 봐도 된다, 안 된다를 두고 마음속에서 서로 드잡이를 했다.

결국 수지는 유혹을 뿌리치지 못하고 쪽지를 폈다.

시든 꽃은 꽃이

아니다 라고 말했던

당신의 입술을, 꽃 같은 그 말을

꽃이 된 당신을

기억합니다.
사랑합니다.

—동우

소라의 집에 들어가기 위해서는 경비실에서 신분증을 확인하고, 주인의 허락을 구한 뒤에야 가능했다.

다행히 소라는 수지의 방문을 거부하지 않았다.

엘리베이터에서 내리자마자 곧바로 집 문으로 이어졌다. 그층에 집은 하나였다. 소라는 정아의 예상처럼 그림을 그리고 있던 참이었다. 이제껏 보지 못했던 모습인지라 수지는 왠지 모르게 소라에게 정감 같은 것을 느꼈다.

"집이 참 좋아요."

정아와 함께 살고 있는 집도 아주 좋은 집이었다. 하지만 이집은 뭔가 독특했다. 주인의 취향을 반영한 듯 깔끔하면서도 정갈했다. 일단 물건이 많지 않았다. 꼭 필요한 물건만 있는 것 같았다. 인테리어도 화려하지 않고 거의 무채색에 가까운 색감으로 단장되어 있었다. 한옥이 아닌데 어딘지 모르게 한옥을 연상시켰다.

"화, 많이 나셨어요?"

수지는 소파에 앉으며 소라의 눈치를 살폈다.

"아니, 그렇지는 않아. 그냥 기분이 우울했을 뿐이야."

"그림 작업 중이셨나 봐요."

"응."

"화실이 저곳이에요?"

거실 한쪽에 문이 열려 있는 곳이 있었다.

"그래. 가볼래?"

뜻밖의 제안이었다. 정아의 말처럼 소라는 그녀에게 몹시 친절했다. 이유가 뭘까?

수지는 소라의 뒤를 쫓아 화실로 들어갔다. 화실에는 여러 그림이 방 구석구석에 있었다. 정아에게 들었듯이 그림은 하나같이 사람이었다. 혼자 있는 사람, 둘이나 셋이 함께 있는 사람, 옆모습을 그린 사람, 무엇인가를 생각하고 있는 사람, 쪼그려 앉아 있는 사람, 무엇인가를 보고 있는 사람. 하나의 공통점은 역시 이목구비가 흐릿하다는 것.

"마치 기억상실증에 걸린 사람들 같아요."

그림을 보면서 불쑥 이런 말이 입 밖으로 튀어나왔다. 하지만 왜 이런 말이 나왔는지 수지 자신조차 이유를 몰랐다.

"기억상실증? 그래…… 어쩌면 그럴지도 모르지. 기억상실증의 주체는 저 그림 속의 사람들이 아니라 바로 나인지도 모르고."

"그게 아니라요…… 저는 그냥…….."

말이 이어지지 않았다. 그냥 불쑥 나간 말에 어떤 설명이 가능할까.

"그림을 보고 느낀 다른 점은 없니?"

있었다.

"왠지…….."

"응. 왠지?"

"왠지…… 같은 사람들 같아요."

순간 소라가 깜짝 놀란 얼굴로 수지를 바라보았다. 어떻게 보면 화난 사람처럼 보이기도 했다.

"죄송해요, 제가 아무것도 몰라서 실수를…….."

"아냐…… 그게 아니라…….."

이번에는 소라가 말을 하다가 멈추었다.

소라는 서 있기가 힘든 사람처럼 한쪽에 있는 의자에 앉았다. 의자는 1인용이고 하나밖에 없었다. 수지는 어정쩡하게 서서 소라 쪽을 흘끔거렸다. 조금 전과는 표정이 달랐다. 어쩐지 허탈한 것 같은 모습이었다.

수지는 미안한 생각이 들었다. 여기에 온 것은 단순한 심부름이었다. 그런데 또다시 소라의 마음을 복잡하게 만든 것 같아 여간 미안한 마음이 아니었다.

"저…… 언니."

마침 쪽지가 생각났다.

팔짱을 끼고 있던 소라가 살짝 고개를 들고 그녀 쪽을 보았다.

"전해드릴 게 있는데요, 이걸 보면 화내실 수도 있는데요……
그래도 꼭 전해드려야 할 것 같아서요."

"그게 뭐지?"

"쪽지요."

"무슨 쪽지?"

"사실은 동우 아저씨가…….."

소라가 버럭 화라도 낼까 걱정했는데 소라는 전혀 그런 반응
이 아니었다. 오히려 다행이라는 듯 입가에 엷게 미소가 떠올랐
다. 수지는 자기도 여자지만 여자의 마음을 모르겠다는 듯 샐쭉
입술을 내밀었다.

수지는 쪽지를 소라에게 전했다.

쪽지에서 시선을 떼지 않은 채 소라가 말했다.

"이거 봤니?"

수지는 뒷머리를 긁적거리며 헤헤, 하고 웃었다.

"너 같으면 어떻게 할래?"

"그야 당연히…….."

"그래 당연히 받아들이겠지."

"네, 그랬을 거예요."

"넌 여자니까. 나도 너 같은 여자였으면 주저 없이 그랬을 거야."

"넷?"

이번에도 뭔지 모르게 모를 소리였다. 넌 여자니까? 너 같은 여자였으면? 그럼 소라는 여자가 아니라는 말인가? 도통 이해하기 힘든 말이었다.

"전 솔직히 무슨 소리인지 모르겠어요."

"몰라도 되는 말이니까, 신경 안 써도 돼."

"언니는 어떡하실 거예요?"

"뭐가?"

"동우 아저씨요."

"거절할 거야."

소라의 대답이 너무 쉽게 나왔다. 순간 수지는 자기가 동우라도 된 것처럼 가슴이 아렸다.

"아까 네가 했던 말……."

소라가 한참 만에 말했다.

"같은 사람을 그렸다는 거……."

"네……."

소라는 왠지 모르게 목이 움츠러들었다. 야단을 맞는 건가 싶었던 것이다.

"내가 사랑했던 남자야."

수지는 속으로 역시 그랬구나 싶었다.

"그런데 왜 얼굴을 정확히 그리지 않는 거예요? 생각이 안 나서요?”

“아니. 너무 생각이 잘 나서, 또렷해서 그릴 수가 없는 거야.”

저절로 고개가 비스듬하게 기울어졌다. 도무지 이해하기 힘든 얘기였다.

“잊으려고 하는데, 잊을 수가 없으니까…… 잊혀지길 바라니까. 그 사람은…… 이미 죽은 사람이니까.”

죽은 사람? 그럼 이미 죽은 사람을 잊지 못해서 동우의 프러포즈를 거절했던 것인가.

“사람은…… 아니, 내 나이쯤 된 여자는 잊을 수 없는 남자가 한두 사람쯤 있는 법이야. 너도 내 나이가 되고 나면 이해할 수 있을 거야.”

그럴까? 정말로 그럴까? 잠시 생각을 접어두고 수지는 네, 하고 모기소리처럼 작게 대답했다.

“우리, 뭐 좀 먹을까?”

소라가 의자에서 일어나며 말했다.

“네, 그렇지 않아도 좀 출출했어요.”

두 사람은 화실에서 나와 부엌 쪽으로 갔다.

소라는 냉장고를 열어 무엇이 있나 살폈다. 그리고 그때 그녀의 휴대폰에서 음악이 흘러나왔다. 휴대폰 화면에 뜬 발신자는 ‘정아’였다.

“왜? 걱정돼서 전화했니? 자기가 직접 안 오고 수지를 시킨

게 미안해서……?"

"언니…… 그게 아니라…….."

소라는 정아의 목소리가 조금 이상하다고 생각했다.

"왜? 무슨 일 있니?"

"언니…… 밖에 누가 찾아왔는데…… 형사래."

"형사?"

"응. 목포경찰서에서 왔대."

소라의 얼굴이 얼음장처럼 차갑게 굳었다.

"이유는…… 뭐래?"

"아무래도 그것 때문인 것 같아. 언니…… 그거…… 어떡하지?"

"난 잘못 없어. 내가 너한테 말했잖아."

"알아. 난 믿는데 저 사람들은…… 참, 언니 이제 공소시효 지나지 않았어?"

"아니. 아직 일주일 남았어."

"일주일?"

"응."

"그럼…… 당분간 어디에 가서 숨어 있자. 일주일 금방 가."

"또 숨자고……."

"그냥 여행 간다고 생각해. 언니도 여행 한번 가자고 했잖아. 그러니까, 이번 참에 우리 여행 한번 가자. 응? 눈 딱 감고 일주

일만 버티면 돼. 언니, 내 말 듣고 있지?"

"응, 듣고 있어."

"내 말대로 해. 언니 간단하게 짐 챙겨. 형사들은 내가 어떡하든 둘러댈 테니까. 오늘 당장 떠나는 걸로 해. 알았지?"

"그래…… 그러자."

전화를 끊고 소라는 쓰러지듯 바닥에 주저앉았다. 놀란 수지가 얼른 소라를 부축하려고 했지만 이미 한 발 늦은 뒤였다.

"소라 언니! 왜 그래요? 무슨 일 있어요?"

소라는 아무 말 없이 눈앞에서 한 손을 홰홰 저었다.

하지만 그녀의 뺨에서는 주르륵 눈물이 미끄러지고 있었다.

*

문 앞에 서서 전민준은 투덜거렸다. 하중기는 선배형사가 그러거나 말거나 신경 쓰지 않는다는 듯 휴대폰만 만지작거렸다. 그 모습이 전민준에게 좋게 보일 리 없었다.

"야, 꼴뚜기!"

갑자기 선배가 목소리에 힘을 주고 부르자 하중기는 얼른 고개를 들고 전민준을 바라보았다. 하지만 그의 손은 여전히 휴대폰에 머물러 있었다.

"너, 평생 꼴뚜기로 살고 싶냐?"

"그게 무슨 소리예요. 재수 없게."

"재수 없어? 난 너 하는 짓만 보면 재수가 없다, 인마."

"선배님 왜 저한테 시비세요. 안 그래도 휴일에 근무하는 거라 우리 와이프가 얼마나 짜증을 냈는데요."

"인마. 누군 와이프 없어? 난 애도 둘이야!"

"저는 신혼이잖아요. 선배님은 이미……."

"이미 뭐?"

전민준의 손가락이 하중기의 얼굴 근처에서 왔다 갔다 했다.

"이러지 마세요. 이러다가 폭력경찰이니 뭐니 하는 소리 듣기 딱 좋거든요."

"햐, 이 자식 봐라! 그래 너 오늘 폭력경찰 맛 좀 봐라!"

전민준의 손이 머리 위로 슬그머니 올라갔다. 그때였다. 띠리리리, 하는 소리가 들리더니 기다리던 문이 열렸다. 전민준은 얼른 손을 내리고 열린 문 안으로 들어갔다. 늘씬하고 키 큰 여자가 가운만 입은 채 두 사람을 맞이했다. 모습을 보니 막 샤워하고 나온 참이었다.

"이거…… 이럴 줄 알았으면 나중에 오는 건데…… 헤헤."

전민준은 여자에게서 시선을 떼지 못했다. 수많은 여자들을 봤지만 눈앞의 여자처럼 예쁜 여자는 실제로 처음 보았다.

"아까 그랬잖아요. 샤워하고 있다고!"

여자가 꽥 고함을 질렀다.

"미, 미안합니다. 우리 일이라는 게 늘 급해서요."

"한데 무슨 일로 온 거죠?"

"다름이 아니라⋯⋯."

전민준은 대답하는 척하면서 주위를 빠르게 둘러보았다. 꽤 넓은 집이었다. 눈에 보이는 방문도 여섯 개나 됐다.

"엉뚱한데 보지 말고 용건이나 말해요!"

여자가 신경질적으로 쏘아붙였다.

"집이 좋아서요. 암튼 여기에 신소라 씨 사시죠?"

"아뇨."

대답이 너무 간단하고 쉽게 빨리 나왔다. 전민준은 당황해하며 다음 말을 어떻게 할지 궁리조차 못했다. 그때 꼴뚜기 하중기가 나섰다.

"주소지가 이곳으로 돼 있던데요? 신소라 씨 모르십니까?"

제법 의젓했다.

"모르긴요. 알죠. 저희 기획사 사장님이신데요."

"그럼 이곳이 신소라 사장님 댁 맞죠?"

"맞긴 맞는데, 여긴 없어요."

"그게 무슨 말이죠?"

"그냥 여기 안 산다고요. 여긴 저랑 저희 소속사 가수 한 사람, 이렇게 둘이서 살아요. 소라 언니는⋯⋯."

여자는 소라 언니라고 말했다가 얼른 '사장님'이라는 호칭으로 바꿨다.

"사장님은 다른 곳에 살아요. 어디에 사는지 저는 잘 몰라요."

"죄송하지만 방 좀 둘러봐도 됩니까?"

"미쳤어요! 이거 아마추어처럼 왜 이러세요? 영장 있어요?"

여자가 화들짝 놀란 얼굴로 소리쳤다. 이제까지 제법 잘 나가던 꼴뚜기가 갑자기 당황해하며 전민준 쪽을 보았다.

전민준이 나섰다.

"이 친구가 농담 한번 해본 겁니다. 이해하세요."

"저도 웬만하면 보게끔 하는데요, 방이 지저분해서요. 여자들이 사는 곳이라고 해서 결코 깨끗하고 그런 게 아니거든요."

"그, 그렇죠. 헤헤."

"일단 소파에 앉아 계세요. 옷 좀 갈아입고 올게요."

"아, 예. 그러세요. 아무래도 좀 더 여쭤봐야 할 게 있을 것 같아서요."

여자는 십오 분쯤 후에 다시 나타났다. 그동안 여자는 화장까지 끝마쳤다. 여자의 변신을 눈앞에서 목격한 전민준과 하중기는 입이 쩍 벌어졌다. 그렇지 않아도 미인이라 가슴이 벌렁거렸는데, 화장을 하고 나타난 여자는 조금 전과는 또 판이하게 달랐다. 글래머에다가 섹시하기까지 했다.

두 형사는 자기도 모르게 꿀꺽 침을 삼켰다.

"저기요……혹시 연예인이세요?"

여자가 맞은편 소파에 앉자 전민준이 조심스럽게 물었다. 여자는 다리를 포갠 채 가볍게 고개를 끄덕였다.

"유명하지는 않아도 가수예요. 음반도 냈고요. 방송 출연을 안 하니까 두 분은 모를 수도 있겠네요."

"어쩐지…… 포스가 딱 그쪽이더라고요."

"뭐 여기에 오신 건 제 신상조사가 목적은 아닌 것 같고, 하다 만 질문 계속해 보세요."

여자는 조금 전보다 여유로운 느낌이었다. 화장을 해서 그런가? 전민준은 왠지 모르지만 약간 아쉬운 마음도 있었다. 자기도 모르게 자꾸 침이 꼴깍꼴깍 넘어갔다. 그것을 숨기려고 슬쩍 하중기 쪽으로 고개를 돌렸는데, 후배라는 놈은 여자의 다리에 눈이 꽂힌 채 꿈쩍하지 않고 있었다.

돌연 화가 났다.

이런 미친 놈!

딱!

전민준은 하중기의 뒤통수를 손바닥으로 후려쳤다. 그제야 하중기의 제멋대로 풀어졌던 눈동자가 원래대로 돌아왔다. 그래봤자 꼴뚜기였지만.

"어머! 제가 차 한 잔도 안 드렸네. 잠시만요."

여자가 자리에서 일어나더니 어딘가로 걸어갔다.

두 형사는 넋이 나간 얼굴로 여자의 뒷모습에서 눈을 떼지 못했다. 여자의 모습이 눈앞에서 사라지자 두 형사의 얼굴은 몹시 아쉽다는 표정으로 바뀌었다.

더운 여름이 더욱 뜨거워지는 밤이었다.

8

여행

은빛의 아우디 한 대가 빠르게 도로를 내달렸다. 차에는 세 여자가 앉아 있었다. 운전석에 앉은 사람은 정아였다. 그 옆에는 수지, 뒷자리에는 소라가 앉아 있었다. 세 사람은 아무 말이 없었다. 무거운 침묵이 이어지자 제일 먼저 입을 연 사람은 정아였다.

"다들 왜 이래? 우리 여행 가는 거잖아. 여행이면 즐거워야지, 표정이 왜들 그러냐고!"

수지가 반색하며 정아의 말을 받았다.

"맞아요. 여행 간다고 해서 쫓아왔는데, 이게 뭐예요?"

"정아 넌 왜 수지까지 데려왔어?"

소라는 아까부터 이 문제로 정아를 타박했다.

"쫓아오겠다는데 어쩌냐고. 내가 아니라 정말로 수지가 함께 가겠다고 했다니까!"

정아가 룸미러를 힐끔거리며 억울하다는 듯 한쪽 입술을 일그러뜨렸다.

"맞아요. 정아 언니는 잘못 없어요. 그러니까 너무 야단치지 마세요."

둘이 척척 죽이 맞았다.

소라는 그 모습이 싫지 않다는 듯 미소를 지었다. 하지만 아주 짧은 미소였다. 그녀의 표정은 원래처럼 곧 쓸쓸한 모습으로 돌아갔다.

"언니, 그동안 우리 너무 바쁘게 지냈잖아. 이참에 한번 쉬는 거지 뭐."

"그래도 이것저것 마음에 걸리는 게 너무 많아."

"걱정 마. 우리 없어도 클럽과 카페는 아무 문제 없어. 언젠 우리가 크게 역할이나 했나. 그냥 슬쩍 확인하는 정도였지."

"하여튼 말은……."

"언니. 목적지나 정해. 이참에 가고 싶은 데 다 가보자고."

"난……."

"어휴. 말하라니까 금방 대답이 나오네. 가고 싶은 데가 있긴 있는 모양이네."

"응, 있어."

"말해. 이 차는 어디든 갈 수 있으니까."

"남쪽."

"남쪽 어디?"

금방 목적지를 얘기할 것 같았던 소라는 한동안 입을 꾹 다문 채 아무 말도 안 했다. 그녀는 빠르게 스쳐지나가는 고속도로 저편의 어둠에 시선을 매달고 있었다. 어둠 속에 간간이 불빛들이 보였다. 그 불빛은 조금 가까워진다 싶으면 또 빠르게 뒤로 처졌다. 그리고 새로운 불빛이 그녀의 앞에 나타났다.

"잠깐 어디서 쉬자."

이윽고 소라가 말했다. 마침 2킬로미터 앞에 휴게소가 있다는 푯말이 나왔다.

평일이고 늦은 밤이어서인지 휴게소에는 사람들이 적었다.

휴게소에 주차한 뒤 세 사람은 차에서 내렸다.

"뭐 좀 먹을까? 이런 데서 먹는 음식도 맛있잖아. 언니 뭐 먹을래? 내가 가서 사올게."

"난 됐어. 그냥 커피나 사다줘."

"알았어. 수지 넌?"

"저랑 같이 가요. 화장실도 가야 해서요."

"그래, 그러자. 한데 언니는 화장실 안 가도 돼?"

"응. 괜찮아."

두 사람이 팔짱을 끼고 음식물을 파는 곳으로 가고 난 뒤 소라는 담배를 입에 물었다.

일주일.

조급한 척 한 적은 없었다. 하지만 그녀의 머릿속에는 늘 공소시효가 계산되고 있었다. 비록 그녀가 두 사람을 죽인 것은 아니지만 결국 시발점은 자기라는 생각이 강했다.

만약에 그날 은하의 청을 거절했더라면, 지금의 이런 삶을 살지 않았을 것이었다. 은하도 상섭도 죽지 않았을 것이었다. 모든 것이 자기 때문이었다.

왜 그랬을까. 은하를 좋아했던 것도 아닌데 왜 그때의 청을 거절하지 못했을까. 분명 좋아하는 사람이 따로 있었으면서 대체 왜?

솔직히 그때는 모든 것이 혼란스러웠다.

남자가 남자를 사랑해도 되는지, 원하지 않아도 남자의 삶을 받아들여야 하는 것인지, 그래서 은하의 말처럼 자신을 시험하고 싶었다.

아무런 감정도 없었다. 그저 은하가 하는 대로 내버려두었다.

하지만 욕정은 살아 있었다. 남자였든 여자였든 욕정은 구분하지 않았다.

그날 그 일이 있고 나서 그는, 아니 그녀는 남자를 버리기로 결심했다. 남자로 살아간다는 건 아무런 의미가 없다는 걸 깨달았다.

채씨 아저씨를 통해 아버지가 일본행을 얘기했을 때도 차라리 잘됐다는 생각을 했었다. 이곳이 아닌 그곳이라면 한번 시도해볼 수 있을 것이라고 생각했다. 그녀의 예상은 맞았다. 과정이 복잡하긴 했지만 여자가 될 수 있었다. 그리고 그 과정에서 평생의 친구인 정아도 만났다. 정아는 같은 처지이기에 얼마든지 자신을 이해해주었다. 좀 더 훗날의 일이지만 정아에게는 그날의 일에 대해 모든 것을 얘기해주었다. 그리고 그날 밤 둘은 서로를 껴안고 밤새도록 울었다.

먹을 것을 사러갔던 두 사람이 돌아왔다. 그사이 소라는 담배 세 개비를 연기로 태웠다.

정아가 건네준 커피를 받아들고 한 모금 삼켰다. 소라의 우중충했던 얼굴은 한결 밝아져 있었다.

"결정했어."

"그래? 어디?"

"목포."

목포라는 말에 정아의 얼굴이 사색이 되었다.

"언니, 거긴……."

"목포에 갈 거야."

"언니 무슨 생각하는 거야? 일주일이면 끝나는데 설마……."

"아냐. 그런 거 아냐."

소라가 절레절레 고개를 저었다.

"그런데 왜?"

"거기서 더 갈 거야."

"더 간다면……!"

정아가 머릿속 무엇인가를 더듬는 듯 미간을 좁혔다. 그러다 화들짝 놀란 듯 눈을 동그랗게 뜨며 소리쳤다.

"언니, 미쳤어?"

소라가 소리 없이 웃었다.

"안 돼! 거긴 절대 안 돼! 지금 거길 가서 어쩌자는 거야?"

"아냐. 나 미치지 않았어. 멀쩡해. 그러니까 진정하고 내 말 들어봐. 수지 눈 좀 봐. 놀라서 울 것 같잖아."

정말로 수지는 험악해진 두 사람의 대화를 듣고 어쩔 줄 몰라 하는 얼굴이었다. 마치 자기가 무슨 큰 잘못이라도 한 것처럼 큰 눈망울에 물기가 어른거렸다.

"언니. 다시 말하지만 거긴 안 돼."

"일단 내 말을 들어봐. 이건 일종의 통과의례, 아니 이건 마지막 시험 같은 거야. 시험 앞에 서는 건 나고, 그 시험을 지켜보는 건 어딘가에 있는 신이고."

"언니 마음은 알아. 하지만 신이 다른 데 보고 있으면 어떡해. 졸고 있거나 그러면 어떡하냐고?"

"그럼 내 운명을 탓해야지."

"그 이상한 운명 때문에 그동안 고생했잖아. 무려 16년이 넘었어. 그런데 운명으로 돌려버리자고? 그러다 잘못되면 너무 억울하잖아!"

"그래도 어쩔 수 없어. 만일 이번 시험을 통과하게 되면, 난…… 나답게 살 거야. 나처럼 살 거야. 동우 씨랑도 만날 거고, 또 딸도 찾을 거야."

"언니…… 정말로 결심했구나…… 정말로."

정아가 소라의 품에 파고들며 아이처럼 우왕 하고 울음을 터뜨렸다. 그런 정아를 소라의 손이 부드럽게 보듬어 주었다.

수지는 두 사람을 보면서 조용히 눈물을 흘리고 있었다. 무슨 소리인지는 몰랐지만 그냥 가슴이 아렸다. 그리고 질투가 났다. 가슴도 벌렁거렸다.

소라가 딸을 찾을 거라고 했던 말을 듣고 난 다음이었다.

딸을 찾는다…….

자기가 그 딸이었으면 좋겠다는 엉뚱한 생각을 잠깐 했다. 하지만 곧 고개를 저었다. 그럴 일은 없을 것이었다. 절대로!

그런데 왜 가슴이 벌렁거리지?

왠지 싫지 않았다. 왠지 모르게 자꾸 가슴이 울렁거렸다.

목적지는 외달도였다.

하지만 정아는 무조건 그쪽으로 직행하지 않겠노라고 선언했다. 자기 마음대로 이고저곳 가겠다고 했다. 어차피 차에 탔으니 운전사 마음대로라며 주먹을 흔들면서 우겼다.

결국 소라도 그녀의 고집을 꺾지 못했다.

아침이 밝고 차는 동쪽으로 치달았다. 구비구비 고갯길을 돌아 차는 속초에 도착했다.

세 사람은 한적한 곳에 있는 펜션 하나를 숙소로 잡고 그곳에 짐을 풀었다.

사실 몹시 피곤했다.

서둘러 짐을 챙겨오느라고 챙겼지만 변변한 잠옷조차 없었다. 소라와 수지를 펜션에 남겨두고 정아는 혼자 마트에 갔다 오겠다면서 밖으로 나갔다.

세 시간 뒤 정아는 그야말로 먹을 것과 입을 것을 차에 가득 채워갖고 돌아왔다.

"오늘은 바비큐 파티야. 술도 왕창 마시고. 여행을 왔으니 실컷 놀아보자고!"

정아의 말에 수지가 목청껏 외쳤다.

"맞아요! 가수가 셋이잖아요, 셋!"

수지의 말에 소라와 정아가 깔깔거리며 웃었다.

고기를 굽는 담당은 정아였다. 그녀는 못하는 것이 없었다. 정아와 함께 살아봤던 수지는 그녀의 음식 솜씨에 매번 감탄하곤 했었다. 대체 요리는 언제 배웠던 걸까?

수지는 똑같은 질문을 정아에게 했다.

"이래봬도 내 꿈이 현모양처였어."

"지금도 늦지 않았어요, 언니!"

"늦지 않았지. 나도 동우 씨 같은 남자 나타나면 얼른 꿰찰 거니까."

그런 다음 갑자기 큼큼 헛기침을 하더니 목소리를 굵직하게 만들면서 싯구 같은 동우의 편지글을 읊어댔다.

"시든 꽃은 꽃이 아니다,라고 말했던…… 당신의 입술을…… 꽃 같은 그 말을…… 꽃이 된 당신을…… 기억합니다. 사랑합니다. 사랑합니다."

정아의 낭송이 끝나고 정아는 몸을 배배 꼬았다. 그 모습을 보면서 소라는 화를 내지 않고 빙그레 웃기만 했다.

"덩치는 산적 같은데 어떻게 그런 편지를 쓸 수 있는지 몰라. 짧지만 임팩트가 있더라고. 매력 있어. 그치 언니?"

소라는 아무 말 없이 살짝 고개를 한 번 끄덕였다. 그 모습에 정아와 수지는 자지러지게 웃음을 터뜨렸다.

"우리 언니 결혼하면 그 부케는 내가 받아야지. 그래야 나도 결혼하지!"

정아가 장난스럽게 말하고는 새 신부라도 된 것처럼 일부로 호호호 하면서 웃었다. 그 모습에 수지는 또다시 웃음을 터뜨렸다. 결국 소라도 소리 내어 웃고 말았다.

즐거운 여름밤이었다. 시끄러운 벌레의 울음소리마저 깔깔거리는 웃음으로 들려오는 밤이었다.

"참!"

정아는 잊고 있던 무엇인가가 방금 떠올랐다는 표정이었다.

"자, 모여, 모여! 언니도 이리 오고, 우리 귀엽고 예쁜 수지도 이리 와. 어서."

수지는 얼른 정아 곁으로 갔다. 정아의 닦달에 소라도 마지못해 그녀의 옆으로 갔다.

정아는 수지를 가운데 서게 하더니 휴대폰을 허공으로 높이 치켜 올렸다.

"자, 웃어요! 스마일~"

찰칵. 찰칵. 찰칵.

연이어 휴대폰의 플래시가 터졌다. 그때마다 사진이 찍혔다.

그리고 그렇게 하루가 지났다.

*

하중기는 휴대폰의 자판을 두드리느라 손이 바빴다. 지금 그는 메신저로 와이프와 대화중이었다. 가끔 하트가 뿅뿅 화면에 나타났다. 무엇이 그리 좋은지 하중기의 얼굴은 싱글벙글이었다.

반면에 전민준은 심각했다. 그는 팔짱을 낀 채 전면의 한 곳을 뚫어져라 주시하고 있었다. 그의 눈앞에는 수영복 차림의 여배우가 활짝 웃고 있었다. 물론 광고지 속에서.

"감은 가는데, 자꾸 뭔가가 안 맞네…… 안 맞아…… 대체 이게 뭐지?"

그는 셜록 홈즈라도 된 것처럼 갖은 폼을 다 잡았다. 김형철은 이럴 때마다 꿀밤을 먹였지만 지금은 그럴 사람이 아무도 없었다.

두 사람이 앉아 있는 곳은 북카페였다. 북카페답게 벽을 장식한 책꽂이에는 책이 가득했다. 그러나 아무리 둘러봐도 책을 보고 있는 사람은 아무도 없었다. 사람들은 노트북이나 휴대폰, 태블릿을 펼쳐놓고 그것만 들여다보고 있었다.

머리가 아픈지 전민준은 두 손으로 머리를 감싸 쥐고 흔들었다.

"시간 됐는데요?"

메신저에 정신이 팔려 있던 하중기가 문득 말했다.

11시 30분.

"그래, 가자."

김형철 팀장을 만나기로 했다. 그는 KTX를 타고 12시 용산역 도착 예정이었다.

어제 소정아를 만났던 일에 대해 김형철에게 전화로 보고했다.

소정아는 소라기획의 대표인 신소라가 37세이고, 재일한국인으로 대한민국 국적을 가진 여자라고 했다. 신소라의 사진을 볼 수 있느냐고 했더니 나중에 찾아오면 보여주겠다고 했다. 전민준은 휴대폰 번호를 알려주면서 신소라의 사진을 구하면 보내 달라고 부탁했다. 소정아는 알았다고 했지만 요즘 사장이 여행 중이라서 좀 많이 기다려야 할지도 모른다고 말했다.

전민준이 걸리는 건 신소라의 정체였다.

재일한국인인 신소라와 장수희 또는 죽은 정건섭이 어떤 관계가 있느냐 하는 것이 관건이었다. 소정아는 그에 대해 전혀 아는 바 없다고 했는데, 충분히 그럴 수 있는 일이었다.

하지만 김형철은 생각이 달랐다. 김형철은 그의 보고를 받자마자 전화도 끊지 않은 채 한참을 침묵했다. 깊은 생각에 잠겼는지 가끔 흐흠, 하는 신음 소리가 휴대폰으로 들렸었다.

어쨌든 어제 통화가 끝나고 전민준은 나름 한참을 고민했다.

그러나 이제까지 그의 머릿속에서는 그 어떤 스파크도 없었다. 아하! 하고 가끔 톡 튀어 오르는 것이 있어야 하는데 그것이 없었다.

문제는 뭔가 잡힐 듯 말듯한 느낌이었다. 그래서 쉽게 포기가 안 됐다. 뭔가 있는 것이 분명한데 그것이 무엇인지 도무지 알아낼 수가 없었던 것이다.

김형철을 만난 것은 12시 25분쯤이었다.

김형철은 목포에서 늘 보던 그 차림새 그대로였다. 도대체 저

놈의 패션은 언제 바뀌나 싶을 정도로 지겹게 보던 차림새였다.

헌 양복에 헌 구두. 가르마 없이 마구 헝클어진 듯 보이는 머리카락. 몇 년 전 부인이 암으로 죽고 그는 점점 엉망이 되었다. 현재 아들과 함께 살고 있는데 올해 말이나 내년쯤에 결혼할 예정이라고 했다.

아들은 겨우 스물넷이었다. 김형철은 스물다섯에 결혼했다고 한다. 하지만 아이를 낳은 것은 한참 후였다. 그래서인지 아들의 이른 결혼을 반대하지 않았다.

전민준이 걱정되는 건 아들이 결혼하여 분가하면 그의 차림새가 더욱 엉망이 되지 않을까 하는 것이었다. 지금은 그나마 아들이 집안일을 거의 도맡아하다시피 하고 있었다. 비록 낡았지만 헌 양복도 다림질은 언제나 깔끔하게 된 상태였다. 하지만 혼자 살게 되면 꼬락서니가 어떻게 될지는 불을 보듯 뻔한 일이었다.

"어디 밥이나 먹으러 가자."

그럴 줄 알고 근처에 적당한 식당을 알아두었다.

"근처에 굴밥집이 있던데 가실래요?"

다른 메뉴도 봐두었다. 왕돈가스집. 맛집으로 유명한 집이라고 했다. 블로거들이 입소문을 퍼뜨렸고, 지금은 트위터나 페이스북을 통해 더욱 유명해진 집이다. 사실 전민준은 이 집에 가고 싶었다. 당연히 이 집이 첫 번째로 추천하고 싶은 집이었다.

그러나 김형철은 익숙한 것을 좋아하는 사람이었다. 옷도, 음식도, 심지어는 사람도.

점심시간이어서인지 굴밥집은 사람들로 가득했다. 세 사람이 앉을 자리도 없었다.

"예약 좀 해놓지 그랬어?"

김형철이 전민준을 타박했다.

"이런 데는 예약 안 된답니다."

"다른 데 없어?"

전민준은 얼른 왕돈가스집을 말했다. 그래봤자 소용없었다. 김형철은 마치 그의 말을 못 들은 사람처럼 대꾸조차 없이 매연 탓에 회색으로 칠해진 서울 하늘을 물끄러미 올려다볼 뿐이었다.

"이런 하늘 아래에서 어떻게 숨을 쉬고 사는지 몰라."

"왜요. 미세먼지와 황사로 난리인 중국 사람들도 멀쩡히 잘 살아가는데요. 이 정도면 생수 수준이죠."

전민준이 투덜거리듯이 말했다.

결국 세 사람은 줄을 서서 기다렸다가 굴밥을 먹고 나왔다.

밖에 나란히 서서 담배 한 대씩 피운 다음에는 근처의 커피전문점으로 자리를 옮겼다.

"팀장님이 직접 올라오셨다는 건 뭔가 느낌이 왔다는 거죠?"

커피 잔을 앞에 두고 전민준이 궁금하던 것을 물었다.

김형철은 대답하기 싫은 사람처럼 그제야 커피 잔을 입으로 가져갔다. 그는 유리벽 너머로 보이는 사람들에게 넌지시 눈길을 던져두며 한동안 그 상태를 유지했다.

전민준은 잠자코 그가 커피 잔을 내려놓기를 기다리며 커피를 홀짝거리며 마셨다. 그 와중에도 하중기는 와이프와 메신저를 주고받느라 바빴다.

"소라기획 사장이라는 여자 말이야……."

김형철이 커피 잔을 여전히 손에 든 채 입을 열었다.

"이름이 신소라예요. 그 여자가 의심스럽다는 건가요?"

전민준은 커피 잔을 탁자에 내려놓고 김형철을 바라보았다.

"의심스러운 구석이 한 가지 있긴 있었어."

"그게 뭐죠?"

그러면서 전민준은 메신저 대화에 열중하고 있는 하중기의 뒤통수를 손으로 한 대 쳤다. 하중기는 그제야 메신저 대화를 그만두고 휴대폰을 주머니에 넣었다.

"신소라의 출입국 기록을 조회해봤는데, 외달도 사건이 일어나고 1년 4개월 후야. 이후로 외국에 나간 기록이 없고."

"저는 무슨 소리인지 도통 모르겠는데요. 정민식과 신소라가 무슨 연관이 있다는 거죠?"

"정민식의 취향을 잊은 모양이군."

"취향이라면……."

전민준은 그제야 복잡했던 머릿속이 환해졌다. 어둔 동굴을 헤매다 겨우 동굴 밖에 나온 것 같은 기분이었다.

"팀장님. 설마 정민식이 남자에서 여자가 됐다는 건가요?"

"그럴 수 있죠."

이렇게 말한 사람은 하중기였다.

"꼴뚜기. 꼴뚜기는 낄 때 낀다. 괜히 나서서 어물전 망신시키지 말고. 알았어?"

"선배님, 그 꼴뚜기라는 말 좀 안 하면 안 돼요?"

하중기는 짜증난다는 듯 얼굴을 험상궂게 구겼다. 하중기는 유도선수 출신이었다. 그래서 그런지 몰라도 하체보다는 상체가 더욱 발달했다. 또 인상이 무서운 편이라서 살짝만 얼굴을 구겨도 웬만한 사람은 기가 죽고 만다.

"인마. 지금 하늘같은 선배한테 대드는 거야? 엉?"

두 사람은 별명으로 옥신각신 말다툼을 벌였다. 그러거나 말 거나 김형철은 혼자만의 생각에 사로잡혀 있었다.

그러다 뭔가 결심한 사람처럼 벌떡 자리에서 일어났다. 너무 갑작스러운 일이라 전민준과 하중기는 멍한 표정으로 김형철을 쳐다만 볼 뿐이었다.

"자, 두 꼴뚜기 중 누가 앞장설래?"

"아, 팀장님! 꼴뚜기는 제가 아니라 저 녀석이라니까요."

전민준이 자리에서 일어나며 짐짓 짜증을 부려놓듯 말했다.

하중기도 쫓아 일어서며 알아듣지 못할 소리로 구시렁거렸다.

"아무래도 소라기획인지 뭔지에 가봐야겠다. 사무실은 알고 있지?"

"네. 그렇지 않아도 주소와 연락처를 알아놓았습니다."

전민준은 휴대폰 화면을 몇 번 터치한 뒤 화면을 김형철에게 보여주었다.

"강남입니다. 그리고 신소라가 운영하는 카페와 클럽도 근처에 있고요."

"좋아. 일단 기획사부터 가보자고."

세 사람은 커피전문점에서 나와 택시를 잡아탔다. 주소지를 불러주자 택시기사는 내비게이션에 주소를 입력한 뒤 엑셀을 밟아 바람처럼 도로를 내달리기 시작했다. 교통체증이니 뭐니 말들이 많았지만 택시는 요리조리 잘 빠져나가며 목적지로 향했다.

차창을 스치는 쉭 하는 바람소리를 들으며 세 사람은 각자 침묵에 사로잡혔다. 김형철은 피곤한지 눈을 감았고, 전민준은 왼쪽 차창에 시선을 두었다. 하중기는 인상 깊은 건물이 나올 때면 어김없이 휴대폰으로 사진을 찍었다. 그 사진은 곧바로 메신저를 통해 자기 와이프에게 전송되었다.

"근데요……."

목적지에 거의 다다랐을 즈음 전민준이 입을 열었다.

"아까 팀장님께서 신소라가 1년 4개월 동안 해외에 머물렀다고 했는데, 그럼 공소시효가 어떻게 되는 겁니까? 이미 지난 건가요?"

"아니. 정확히 5일 남았다. 잡으려면 그 안에 잡아야겠지."

"5일이면 너무 짧은 거 아닙니까? 만일 신소라가 정민식이 맞는다고 해도, 내가 그 입장이라면 회사엔 있을 것 같지 않은데요. 아무래도 여행 갔다는 소정아의 말이 사실인 것 같습니다."

"뭐, 그럴 수도 있고. 우리나라가 아무리 좁다고 해도 그깟 5일 숨어 지낼 만큼 좁지는 않으니까."

"여행 갔다면 어떻게 찾으실 겁니까? 무슨 방법이라도 있는 겁니까?"

"없어."

"넷?"

너무 쉽게 나온 김형철의 대답에 오히려 당황한 사람은 전민준이었다.

"분명한 건 방법이 없다고 마냥 여기에 앉아 있을 순 없다는 거야. 쑤시다 보면 뭔가 나오는 게 있겠지. 그때 뭔가 방법을 찾을지도 모르고."

택시가 깜박이를 켜더니 점점 속도를 줄였다.

목적지에 도착한 것이다.

택시비를 지불하고 세 사람은 소라기획이 있는 건물을 찾아

주위를 두리번거렸다.

"5층짜리 건물이고요…… 아, 저기네요!"

전민준이 한 곳을 손가락으로 가리켰다. 이렇다 할 표시가 없었지만 '끌레망과 루이즈'라는 카페 이름은 제법 크게 간판이 붙어 있었다.

"저기 저 카페도 소라기획에서 운영하는 거라고 하더라고요."

"일단 들어가 보자고."

김형철이 성큼성큼 건물을 향해 걸음을 떼었다. 뭐든지 말보다는 행동이 앞서는 사람이었다. 생각 없이 무작정 행동으로 옮긴 뒤 생각을 정리하는 것인지, 생각이 정리된 뒤 무소의 뿔처럼 행동으로 옮기는 것인지는 아직도 전민준은 어떤 확신을 갖지 못했다.

정문을 통과하자마자 남색의 경비복을 입은 두 사람이 일행을 막아섰다. 늙수그레한 나이가 아닌 삼십대 중반으로 보이는 건장한 사내들이었다. 전민준이 나서며 경찰 신분증을 보여주었다. 그렇다고 함부로 통과가 되는 것은 아니었다.

"무슨 이유로 찾아오셨죠? 강남서도 아니고 멀리 목포에서 말입니다."

목소리나 태도에서 지방에서 올라왔다고 은근히 깔보는 것 같은 뉘앙스가 풍겼다.

"이 건물이 소라기획 거 맞죠?"

전민준이 계속해서 상대했다.

"그런데요?"

경비원은 여전히 고압적인 태도였다.

"소라기획 사장님을 만나려고 왔습니다."

"우리 대표님을 만나고 싶다고 해서 다 만날 수 있는 건 아닙니다."

그러니까 자격 심사를 해서 만날 자격이 안 된다고 생각되면 가차 없이 쫓아버리겠다는 의미였다. 전민준은 난감했다. 경찰 공무원증은 이미 보여줬다. 그런데 통하지 않았다. 그럼 이제 어떻게 해야 하는 거지?

"대표님 존함이 신소라 씨죠?"

느닷없이 끼어든 사람은 하중기, 꼴뚜기였다. 전민준은 어디 한번 해보라는 듯 옆으로 슬쩍 물러났다. 하중기가 알아서 한 발 앞으로 나오더니 경비원을 뚫어져라 바라보았다. 웬만한 사람은 하중기의 이런 표정만으로도 기가 죽기 마련이다. 경비원도 예외는 아니었다. 그렇다고 무작정 비켜줄 생각은 아닌 것 같았다.

"근데 무슨 일로……?"

경비원의 태도가 조금 저자세로 바뀌었다. 이것이 하중기 효과였다. 별로 쓸모가 없는 녀석인데 이럴 때는 곧잘 통하는 게 굼벵이도 구르는 재주가 있다고 딱 그 짝이었다. 이참에 꼴뚜기라는 별명 대신 굼벵이로 바꿔버려? 전민준이 이런 생각을 하고 있을 때 꼴뚜기의 입에서 엉뚱한 말이 튀어 나갔다.

"소라기획 신소라 대표께서 살인혐의를 받고 있거든요."

엥? 대체 이 녀석은 생각이 있는 놈이야, 없는 놈이야? 전민준은 답답해서 주먹으로 가슴이라도 치고 싶은 심정이었다. 현재의 시점에서는 얼토당토않은 소리였다. 김형철은 당황했는지 보이지도 않는 먼 산이라도 보듯 고개를 들고 휘휘 주위를 둘러보았다. 어쨌든 일은 벌어졌고, 이제 그것을 수습하는 것도 꼴뚜기의 몫이었다.

"살인…… 혐의라뇨? 저희 대표님께서요?"

"하, 그렇다니까요. 암튼 만나봐야 하니까 좀 비켜주세요. 이러다……."

"이러다 공무집행방해죄가 된다고요?"

이제까지 뒤로 처져 있던 팔자눈썹의 경비가 앞으로 나서더니 하중기가 할 말을 대신 해버렸다. 팔자눈썹은 척 보기에도 앞의 경비보다 기가 센 사람처럼 보였다. 웬만한 사람에게는 기가 눌리지 않는 하중기가 자기도 모르게 몸을 뒤로 빼듯이 움찔거렸다.

"그러려면 영장이라도 있어야 하는 거 아닙니까? 좀 봅시다. 그 영장."

완전히 외통수였다. 목포에서나 통하는 짓을 서울에서도 통할 줄 알았던 꼴뚜기의 참패였다.

김형철이 나섰다. 그는 어울리지 않게 처음부터 저자세였다.

"젊은 사람들이 빡빡하게 구네. 이러지들 말고 좀 들어갑시다. 잠깐 만나뵙기만 하면 되는 거요. 한마디만 물어보면 된다니까."

"댁들 사정은 알겠는데, 우리 대표님 사정이 그렇게 안 되는 걸 어떡합니까?"

"대표님 사정이라는 게 뭐죠?"

"출장 가셨습니다."

"출장요? 어디로요?"

"우리한테 대표님이 일일이 보고하고 다닙니까? 당연히 우린 모르죠."

"그럼 알 만한 사람이라도 좀 만납시다. 거 뭐시냐……."

김형철이 전민준을 곁눈질로 보았다. 눈치 하나만큼은 빠른 사람이 전민준이었다. 그가 그의 귀에 대고 "소정아 씨요."하고 속삭였다.

"소정아 씨라는데, 이 사람은 만나볼 수 있죠?"

"안됐네요. 소 이사님도 출장 중입니다."

말하고 나서 남자가 콧숨을 튕겨냈다.

"그럼 다른 사람이라도 좀 만나봅시다."

"다른 사람 누구요?"

"대표하고 이사가 없으면 회사일을 도맡아 하는 사람이 있을 거 아닙니까?"

"보통은 조 이사님께서 맡아 하시는데, 역시 안 계십니다. 그러니 그만 돌아가세요."

"좋습니다. 그럼, 대표님 얼굴 사진이라도 한번 보고 갑시다. 사진 같은 거 있으면 좀 보여줄 수 있겠소? 홈페이지에 가 봐도 대표 얼굴은 나오지 않아서 말입니다."

"우리 대표님이 워낙에 비밀주의라서요."

"사진이라면 뭐 어렵지 않을 수도 있죠. 잠깐만요."

팔자눈썹이 다른 경비를 향해 살짝 턱짓을 했다. 팔자수염은 남고 다른 경비가 경비실로 들어가더니 휴대폰 하나를 손에 들고 돌아왔다. 팔자수염은 건네받은 휴대폰의 잠금장치를 풀더니 화면을 톡톡 몇 번 두드려 이미지 하나를 띄웠다.

노래를 부르고 있는 한 여자의 모습이었다. 삼십대 중반쯤으로 보이는 키가 크고 늘씬한 여자였다. 옷도 그렇고 조명도 그렇고 언뜻 보아도 가수처럼 보였다.

"여기 대표님이 가수입니까?"

"가수죠."

"유명합니까?"

"방송이나 언론에 노출되는 걸 워낙 꺼려서 그렇지 유명하지 않은 건 아닙니다. 알 만한 사람은 다 아니까요."

"여기 노래 부르는 곳은 어디죠?"

"이 건물에 있는 카페 끌레망과 루이즈입니다. 물론 아무나 들어갈 수 있는 곳은 아니고요. 회원제로 운영되거든요. 혹시 회원이세요?"

팔자눈썹이 약 올리듯 말했다. 김형철은 화가 머리끝까지 오른 것 같았지만 용케도 꾹 눌러 참았다. 평소의 그라면 어림없는 일이었다.

"이 사진 말고 다른 사진은 없습니까? 얼굴이 희미하게 나와서요."

"왜 없겠어요."

그러면서 팔자눈썹은 휴대폰의 사진을 몇 장 더 뒤로 넘겼다. 이번에는 제법 선명하게 찍힌 사진이 화면에 떴다.

팔자눈썹의 말마따나 사진상태가 아주 좋았다.

김형철은 주인의 허락도 없이 휴대폰 화면을 몇 번 터치하더니 잠시 후에 휴대폰을 팔자눈썹에게 건네줬다.

"지금 뭘 하신 겁니까?"

팔자눈썹이 불쾌하다는 듯 미간 사이를 좁혔다. 그 때문에 팔자눈썹이 더욱 뚜렷하게 팔자가 되었다.

"주인 허락을 받아야 하는데 미처 그러지를 못했네요. 덕분에 좋은 사진을 구했어요."

"그 사진으로 뭘 하려고요?"

팔자눈썹은 은근히 걱정이 되는 얼굴이었다.

"뭘 하긴요. 조금 전에 제 부하직원이 말했잖습니까. 당신 대
표님께서 살인혐의를 받고 있다고. 조금 전 그 사진은 아마 공
개수배 하는 데 사용하게 될 겁니다. 당신 대표가 사진의 출처
가 어디인지 물어보면 당신의 친절에 대해 잊지 않고 말해드리
도록 하겠습니다. 그럼."

"이, 이봐요!"

팔자눈썹이 다급하게 김형철의 어깨를 붙잡았다.

"이거 뭐야? 감히 형사에게 무력행사를 하겠다는 거야?"

김형철은 나직하지만 묵직한 목소리로 팔자눈썹을 향해 으르
렁거렸다.

팔자눈썹은 조금 전의 도도했던 태도와는 백팔십도 달라졌다.

"왜 이러십니까, 형사님. 이러지 마시고, 경비실로 가셔서 차
라도 한잔 하시죠."

이렇게 하여 세 형사는 경비실로 들어갔고, 그곳에서 신소라
와 소정아에 대해 이것저것 질문을 할 수 있었다. 팔자눈썹은
순한 양처럼 고분고분 질문에 대답해 주었다.

하지만 쓸 만한 정보는 거의 없었다.

한 가지 분명한 것은 신소라와 소정아 두 사람이 어제부터 출
장 중이라는 것이었다. 그러니까 전민준과 하중기가 소정아를
만나고 난 뒤 소정아의 출장이 결정되었다는 것이었다. 소정아

는 원래 한 달에 한 번 정도 지방 출장을 간다고 했다. 지방의 클럽을 돌아다니며 그야말로 싹수가 보이는 신인을 발굴하는 것이 그녀의 중요한 일 중 하나라고 했다. 하지만 이번 달은 이미 다녀왔다고 했다.

대표인 신소라의 경우 원래부터 사무실에 나오지 않을 때가 많다고 했다. 그래서 오늘부터 출장이라는 말을 전해 들었을 때 굳이 그런 말을 해줄 필요가 있을까 하는 생각을 잠시 했었다고 했다.

뭔가 어색한 출장이었다. 이런 느낌은 전민준뿐만 아니라 김형철도 똑같이 느끼는 것 같았다.

"이제 어쩌죠?"

밖으로 나온 세 사람은 목적지 없이 천천히 걸었다. 걷다 보니 원래의 그 자리로 돌아와 있었다. 그들은 똑같은 자리에 서서 5층짜리 건물을 올려다보았다. 누가 시킨 것도 아닌데 그렇게 한참을 건물을 응시한 채 그곳에 머물러 있었다.

"기분도 그런데 어디 가서 낮술이나 한잔 하시죠. 제가 살게요."

하중기가 말했다. 전민준은 그런 하중기에게 눈을 부라렸다. 눈치도 없는 놈! 얼빠진 놈! 공무원이 업무시간에 낮술을 마실 것 같냐! 지금 팀장님이 술이나 마실 기분인 것 같냐! 그러니까 네가 꼴뚜기인 거야! 이렇게 버럭 소리라도 질러주고 싶었지만 애써 참았다.

"그럴까? 오늘 기분도 좀 그런데 막내한테 술 한 잔 얻어먹어
볼까?"

잘 참은 것이었다. 김형철이 이렇게 나올 줄은 몰랐다.

김형철이 마침 좋은 생각을 해냈다며 꼴뚜기의 어깨를 툭 쳐
주더니, 이왕 먹는 거 좋은 데 가서 먹자면서 어디론가 성큼성
큼 발길을 떼었다.

*

세 사람은 계곡이 보이는 곳을 지나다 잠시 휴식을 취하고 있
었다. 휴가철인지라 계곡은 사람들로 가득했다. 세 사람은 그런
사람들을 내려다보며 음료수를 마셨다.

소정아의 휴대폰이 울린 것은 그때였다.

소정아는 별로 말은 하지 않았다. 내내 응, 응,이라고 말하다
가 가끔 짧게 질문을 할 뿐이었다.

통화가 끝나고 정아는 표정이 어두워졌다.

"무슨 일이야?"

소라가 물었다.

"사람들이 왔다 갔대. 언니를 찾더래. 출장 중이라고 하니까
나를 찾았고."

소라는 '사람들'이 누구인지 금방 눈치 챘다.

가슴이 답답했다. 16년 넘게 숨어 살았는데 아직도 끝나지 않았다니. 저절로 한숨이 흘러나왔다.

"왜요? 무슨 일인데 그러세요."

수지가 소라와 정아를 번갈아보면서 물었다.

"넌 몰라도 돼. 이건…… 뭐랄까, 어른들의 일이라서."

그렇게 말하고 정아는 장난스럽게 한쪽 눈을 찡긋했다.

"저도 어른인데요, 뭐."

"그래 분명히 어른인 건 맞는데, 나나 소라 언니 눈에는 왜 네가 아이로 보이는 걸까?"

"네엣? 뭐예요, 정말!"

수지가 씩씩거리며 두 사람을 흘겨보았다. 그 모습이 귀엽다는 듯 정아와 소라는 소리 높여 웃었다.

세 사람은 그렇게 잡담을 하다가 다시 차에 올랐다.

차는 국도를 따라 한참을 달렸다.

그러다 수지가 화장실이 급하다고 해서 음식점이 있는 곳에서 잠깐 차를 세웠다. 수지가 화장실에 간 사이 소라와 정아는 수지 때문에 하지 못했던 둘만의 이야기를 나눌 수 있게 되었다.

"언니, 나 휴대폰 껐어. 언니도 꺼줘. 이제 나흘만 참으면 되니까, 그때까지는 답답해도 휴대폰 꺼줘."

무슨 의미인지 알았다. 혹시나 모를 휴대폰 위치 추적을 염려하는 것이었다.

"아직 생각의 변화는 없고? 정말로 외달도로 갈 거야?"

"응, 가야 해."

"언니 고집도 알아줘야 해."

"그 사람들은 뭐라고 했대?"

"살인혐의 어쩌고저쩌고 했대. 하지만 영장 같은 걸 가져온 건 아닌 것 같아. 근데 어떻게 알고 언니를 뒤쫓은 걸까?"

"엄마 쪽은 아닐 거 아냐. 연락도 내가 했고, 그것도 내가 사람을 시켜서 한 건데."

정아가 엄마라고 하는 사람은 장수희였다.

"나도 그 점을 곰곰이 생각해봤는데, 엄마 쪽은 아닌 것 같아."

"그럼? 누구 짚이는 사람이라도 있어?"

"아무래도…… 채씨 아저씨 쪽인 것 같아."

"채씨 아저씨는 이미……."

"부인. 아줌마가 있잖아. 부부니까, 뭔가 얘기하지 않았을까 싶어. 아줌마 명의로 만든 휴대폰으로 내게 연락하고 그랬으니까 말하지 않았더라도 뭔가 눈치 챘을지도 모르고."

"내내 잘 있다가 갑자기 왜 그랬을까? 우리가 섭섭하게 한 것도 없는데. 할 만큼 충분히 했고."

"아저씨가 돌아가시고 전하고는 좀 달랐던 게 사실이니까. 그게 섭섭했던 모양이지."

"그래도 그렇지, 사람이 어떻게 그럴 수 있어."

"따지고 보면 다 내 잘못이지 뭐. 나 때문에 조마조마하게 살았을 거 아냐. 날 밀항시켜주고, 또 남 몰래 연락하고 그랬으니까."

"암튼 사람을 시켜서 입단속 좀 시켜야겠어."

"아니. 그냥 놔둬. 네 말대로 이제 나흘만 버티면 되잖아. 그땐 나도 떳떳이 세상에 나갈 거야. 그날의 진실도 밝힐 거고."

"꼭 그럴 필요가 있을까. 진실에 상관없이 언니만 상처를 받을 수도 있어."

"그거야 어쩔 수 없지. 죽은 사람도 있는데…… 그것도 둘이나."

"그 때문에 언니 인생이 엉망이 된 건 억울하지 않고?"

"억울하지 않아. 암튼 난 세상에 나설 수밖에 없어. 그래야 딸도 찾고, 또……."

"또 뭐? 동우 씨? 난…… 솔직히 반대야. 동우 씨가 언니나 나 같은 사람을 이해할 수 있다고 해도 오상섭과 김은하의 문제는 또 별개잖아."

"그럴 수 있지. 그 사람이 그것까지 날 이해하고 받아줄 거라고 믿지 않아. 그래도 그 일을 숨길 순 없어. 동우 씨를 위해 딸을 포기할 순 없으니까. 어차피 딸을 찾으면 그 애하곤……."

갑자기 소라가 한숨을 내뱉었다.

"생각만해도 머리가 지끈지끈하지?"

정아가 이해한다는 듯 자기도 낮게 한숨을 뱉어냈다.

"그 애는 날 살인자로 알고 있을 텐데……."

"언니. 그건 나중에 고민해. 만나고 난 다음에. 지금부터 생각해봤자 아무 소용도 없는 거구."

그때 조수석 차문이 벌컥 열리며 수지가 안으로 들어왔다.

"뭘 나중에 고민해요? 혹시 소라 언니 딸 이야기 하셨던 거예요?"

"응? 우리 얘기가 화장실까지 들렸니?"

정아가 흠칫한 얼굴로 물었다.

"아뇨. 여기 차창이 열려 있었잖아요."

수지가 조수석 차창을 손가락으로 가리켰다. 그래서 뒷말만 듣게 된 모양이었다.

"전 솔직히 좀 충격이었어요. 소라언니 아직 결혼하지 않은 줄 알았거든요."

"물론 결혼은 하지 않았어. 하지만……."

정아가 룸미러를 통해 소라의 눈치를 살폈다. 소라는 차창 밖을 바라보고 있었다. 그리고 그 상태로 목소리가 흘러나왔다.

"그래도…… 아이가 있는 것은 사실이야."

"그 아이, 어디에 있는지 모르는 거예요?"

"응. 몰라. 내가 엄마노릇을 제대로 못했거든. 아니, 아예 모른 척했어. 그 애한테 난 죄인이야."

"왜 그러셨어요!"

수지가 고개를 홱 돌리더니 따지듯이 소리쳤다. 수지의 눈동자는 분노와 슬픔이 뒤섞여 있었다.

"수지야!"

정아가 얼른 말리듯이 수지를 불렀다. 소라는 한쪽 손으로 그런 정아를 말렸다. 소라의 손은 그대로 고개를 돌리고 있는 수지의 뺨으로 다가갔다. 그녀의 손이 닿는 순간 수지의 볼을 타고 두 줄기 눈물이 미끄러졌다.

"수지, 넌 이해하기 힘들어. 어쨌든 난 나쁜 엄마인 건 맞아. 아주 나쁜 엄마지."

수지의 눈물이 소라의 손등으로 뚝뚝 떨어졌다.

정아는 크리넥스 티슈를 뽑아 수지의 얼굴을 닦아주었다.

"우리 수지는 아직 어린애가 맞아. 우리 아기 눈물 닦자."

그리고 소라의 손등에 떨어진 눈물도 닦아주었다.

"언니, 얘 너무 예쁘지 않아?"

"응, 예뻐."

"그럼 딸 삼지 그래. 내 딸 하는 것보다는 아무래도 언니 딸하는 게 좋은 것 같은데. 언니 생각은 어때?"

느닷없는 얘기였다.

하지만 그 순간 수지의 눈동자가 반짝 하고 빛나는 것을 소라는 분명히 보았다. 그 눈동자에는 기대감과 기쁨이 함께 어우러져 있었다.

"수지만 좋다면 난 얼마든지 그럴 수 있어. 수지 넌 내가 엄마가 되어도 괜찮겠니? 말했지만 난 아주 못된 사람인데, 그래도 괜찮겠어?"

"네…… 난 좋아요. 정말로 소라언니가 좋거든요."

"그럼 됐네. 그럼 지금부터 두 사람은 엄마하고 딸이야. 이의 없지? 이의 있으면 셋 셀 동안 말해. 하나, 둘……."

그리고 셋.

정아가 판사봉을 두드리듯 박수를 세 번 짝, 짝, 짝! 하고 쳤다.

"두 사람의 이의가 없었음으로 이로써 두 사람은 엄마와 딸이 되었음을 정식으로 선포합니다!"

정아가 깔깔깔 웃더니 어디 가서 축하주를 한잔 하자고 했다.

엄마와 딸이 된 소라와 수지도 기꺼이 그러자고 했다.

차는 신나게 어딘가를 향해 달렸다. 차가 가는 곳이 어디든 상관없었다. 하지만 지금은 되도록 가까운 곳이었으면 좋겠다는 생각이었다. 그만큼 세 사람의 마음은 들떠 있었다. 특히 소라와 정아의 마음이 그랬다. 늘 둘뿐이었다. 이 세상에 둘밖에 없다고 생각했었다. 낳아준 부모가 있어도 부모라고 부를 수도 없고 만나지도 못하는 사이였다. 만나봤자 좋을 것도 없었다.

여자가 된 남자. 그들의 눈물과 아픔을 사람들은 비웃음과 비난으로 받아쳤다.

세상은 두 사람을 거부했다.

그래서 두 사람은 세상을 속일 수밖에 없었다.

그날 밤 세 사람을 태운 차는 허름한 농가주택 마당에서 멈춰섰다. 지방도를 따라 달리다 우연찮게 보게 된 '민박'이라는 두 글자에 이끌려 차를 멈춘 것이다. 그곳의 주 메뉴는 토종닭과 오리였다. 두 사람은 오리를, 한 사람은 닭을 시켰다. 술은 소주와 맥주였다.

세 사람은 밤이 늦도록 술을 마셨다. 안주는 푸짐했고, 시간은 넉넉했다.

거나하게 취한 상태에서 정아는 깜짝 이벤트를 제안했다.

"엄마와 딸이 있고, 난 조카가 생겼어. 그러니까 선물을 안 줄 수가 없지. 난 조카에게 이걸 줄 거야. 이건 그동안 내가 목숨처럼 아꼈던 거야."

그것은 반지였다. 똑같은 반지를 소라도 끼고 있었다.

"이 반지는……."

"그건 내가 설명할게."

소라가 흐뭇한 얼굴로 설명을 이었다.

"정아와 내가 자매가 된 기념으로 나눠 가진 거야. 일본에서. 나도 그걸 줄게. 넌 내 딸이기도 하지만, 우리 딸이기도 하거든."

그러면서 손에 끼고 있던 반지를 빼서 수지의 손가락에 끼워
주었다.

"이 반지 두 개를 끼고 다니는 건 불편할 거야. 나중에 잘 보
관해 두도록 해. 반지에 우리의 이름이 새겨져 있으니까 절대
잃어버리면 안 돼. 알았지?"

"네……."

수지의 눈에서 또다시 눈물이 흘러내렸다. 울먹이는 목소리
로 수지가 말했다.

"전 두 분에게 줄게 없어요."

"난 됐어. 나한테 뭐 주고 싶으면 나중에 현금으로 줘. 난 현
금이 좋더라."

정아가 이렇게 말하고는 장난스레 낄낄거리면서 웃었다. 그
모습에 울먹이던 수지와 소라가 배꼽을 잡고 웃었다.

웃음이 그친 뒤 수지가 말했다.

"지금 제가 줄 수 있는 건 한 가지밖에 없어요. 그래서 이모
한테는 제가 나중에 꼭 좋은 걸로 따로 사드린다고 약속할게요.
그리고 엄…… 마한테는 이걸……."

수지가 쑥스러워하면서 목에서 목걸이를 빼냈다.

그 목걸이를 보는 순간 소라의 눈의 화들짝 커졌다.

그 목걸이는 세 잎 클로버 펜던트 목걸이였다. 정민식이었을

때 어머니에게 받았고, 그것을 상섭에게 주었었다. 상섭은 몰랐겠지만 그건 그에게 준 정표와도 같았다. 그 불행한 사건이 벌어졌던 그날, 세 잎 클로버 목걸이는 수지가 목에 걸고 있었다. 그런데 16년이 넘은 지금 그와 비슷한 목걸이가 정민식이 아닌 신소라가 된 그녀 앞에 또다시 나타났다.

"아……!"

소라는 자기도 모르게 낮게 신음소리를 토해냈다. 점점 가까이 다가오는 수지의 손을 떨리는 가슴으로 바라보았다.

수지가 그 목걸이를 목에 걸어주고 난 뒤 소라는 슬그머니 세 잎 클로버의 뒷면을 살폈다.

가슴이 쿵 내려앉았다.

클로버의 세 잎에는 J, M, S가 각기 새겨져 있었다.

그 글자는 그가 보석가게에 들러 직접 새겨달라고 부탁했던 것이었다.

"아……."

소라는 갑자기 현기증을 느꼈다. 주위의 사물이 뱅글뱅글 돌아가는 것처럼 어지러웠다. 자기도 모르게 뜨거운 눈물이 왈칵 쏟아졌다.

"수지야…… 수지야…… 내 딸……."

수지가 소라를 부드럽게 안아주었다. 소라는 그런 수지를 으스러져라 세게 껴안았다.

"내 딸…… 내 딸……."
이 말만을 계속해서 반복했다.

9

추적

김형철은 서장과 통화했다. 통화내용은 그리 길지 않았다. 그는 확신했고, 서장은 확신하지 못했지만 그가 문자메시지로 보내준 신소라의 사진을 보고서는 더는 할말이 없는 듯 다시 전화하겠다면서 일방적으로 전화를 끊었다. 그로부터 한 시간쯤 후 서장에게 다시 전화가 왔다.

"영장 신청했고, 종수한테 가지고 가라고 했으니까, 그런 줄 알아."

"박종수 말입니까?"

"응."

그제야 서장이 한 시간 동안 무엇을 했는지 짐작할 수 있을 것 같았다. 서장은 예전에 같은 고도상 반장 밑에 있었던 수사팀에게 정민식과 지금의 신소라의 사진을 보여주었을 것이다. 물론 지금 현직에 남아 있는 사람 중 목포에 있는 사람은 박종수와 조기남뿐이었다.

형사2팀을 맡고 있는 조기남과 파출소장을 맡고 있는 박종수는 아마 똑같은 말을 했을 것이다.

이놈이 정민식이 맞다고. 이 미친놈이 감쪽같이 여장을 하면서 우리를 속인 거라고.

속였다.

과연 속인 것일까?

"종수가 투덜투덜했겠군요."

"그렇지. 이꼴 저꼴 험한 꼴 보기 싫어서 파출소로 간 놈인데 좋아할 리 없잖아. 그래도 이 일은 그리 싫지만은 않은 것 같아."

"왜 안 그렇겠습니까. 어쨌든 자기도 완결 짓지 못한 유일한 사건일 테니까요."

"영장 나오는 대로 KTX로 보낼 테니까, 마무리 깔끔하게 잘하고 와. 나도 전국구로 대문짝만하게 텔레비전과 신문에 좀 나와 보자. 응?"

서장이 읍소하듯이 말했다.

그렇게 통화는 끝이 났다. 그리고 여섯 시간 뒤 그는 박종수를 만났다.

박종수를 보자 제일 놀란 사람은 전민준이었다.

전민준은 초짜 형사일 적부터 박종수에게 여간 괴롭힘을 당한 게 아니었다. 박종수는 툭 하면 전민준을 괴롭혔다. 꼴뚜기라는 별명을 지어준 건 김형철이었지만 그 별명을 관내 경찰 모두에게 알려지도록 만든 사람은 박종수였다.

박종수는 전민준을 부를 때면 무조건 '꼴뚜기'또는 '꼴형사'였다. 그때마다 사람들의 웃음이 터졌다. 얼마나 괴로웠으면 전민준은 술에 취해 고도상 반장에게 사직서를 제출하기도 했었다. 그 일 이후 박종수는 예전처럼 전민준을 괴롭히지는 않았다. 그렇다고 해도 상황이 변한 것은 아니었다.

세월이 흘렀지만 박종수에게 전민준은 여전히 꼴뚜기였다. 문제는 그 꼴뚜기라는 별명을 전민준 스스로 후배인 하중기에게 물려줬다는 것이었다. 그러니까 팀에는 꼴뚜기가 둘이었던 것이다.

박종수가 손을 번쩍 치켜들며 "어이 꼴뚜기!"하고 전민준을 불렀다.

전민준은 못 들은 척 외면했는데, 하중기가 천연덕스럽게 "왜요?"하고 대답했다. 박종수는 잠시 헷갈려하는 듯하더니 이내 상황을 이해하곤 "여기에 꼴뚜기1, 2가 있다는 건 처음 안 사실이네."하면서 김형철을 보면서 박장대소했다.

김형철은 세 명과 함께 정민식, 아니 신소라의 집으로 갔다.

수색영장도 있었기에 문제될 것은 아무것도 없었다.

그러나 속내마저 그런 것은 아니었다.

김형철은 차를 타고 가는 내내 생각을 정리했다.

아직 확인된 것은 아니지만 김형철은 신소라를 여자라고 확신했다. 단순히 여장을 하고 다니는 남자가 아닌 완전한 여자라는 것이 그의 생각이었다.

그는, 아니 그녀는 트렌스젠더다. 지금의 신소라라는 신원은 일본에서 세탁된 신원일 것이다. 이것이 그의 확고한 생각이었다.

그러니 단순히 속임수의 문제가 아니었다.

원래부터 정민식은 여자 같은 남자였다. 정민식을 조사할수록 더더욱 그런 생각이 강해졌다. 아니, 어느 순간 완전히 생각이 바뀌었다. 정민식은 원래부터 여자였는데 신이 실수로 엉뚱한 몸을 갖게 만든 것이라고. 그러니까 신의 실수였다. 여자를 남자로 만들었으니 엄연하게 신의 실수였다.

결론적으로 그는 정민식과 신소라는 다르지 않은 사람이지만 예전보다 지금이 훨씬 정민식 혹은 신소라답다는 것이 그의 생각이었다.

그는 정민식을 인정했다. 이름이 정민식이든 신소라든 인정하지 않으려야 않을 수 없었다.

정민식은 여자다.

이렇게 인정하고 나자 마음이 편했다. 그리고 모든 것이 새롭게 보였다.

16년하고도 몇 개월 전, 정민식은 정말로 두 사람을 살해했을까?

그 당시에도 그는 고도상 반장과 달리 정민식이 두 사람을 죽였다는 것에 대해 확신하지 못했었다. 아무리 앞뒤를 따져봐도 정민식에게는 그럴 이유가 없었다. 남자를 사랑하는 남자. 이것이 생각의 한계였다. 하지만 지금은 아니다. 남자를 사랑하는 여자. 이렇게 생각하니 모든 것이 다르게 보였다. 그렇다면 정민식이 김은하를 강간하려고 했다는 고도상 반장의 추리는 완전히 빗나갔다. 둘은 절대 그럴 수 없는 것이다.

하지만 정체성의 문제였다. 정체성의 혼란을 겪었다면 어땠을까? 자신조차 여자임을 확신하지 못하고 있었다면? 만일 그렇다면 얘기는 달라진다. 김은하가 먼저 꼬리를 치고, 이에 대해 정민식이 어떤 실험을 시도했는지도 모를 일이다. 그러다 그 상황을 오상섭에게 들켰다면?

오상섭은 급한 성격이라고 했다. 그를 아는 모든 사람들이 그렇게 증언했다. 악바리였고, 타고 난 싸움꾼이라고 했다. 칠 대 일로 싸워서 이겼다고도 했다. 술에 취한 상태에서도 웬만한 사내 두셋은 간단히 꺾을 수 있는 진짜 싸움꾼이 오상섭이라고 했다. 그런 그가 정민식의 공격에 당했다고? 고도상 반장은 급습을 했을 것이라고 했다. 하지만 급습은 상대방이 빈틈을 보였을 경우에만 가능한 것이었다. 부인과 친구가 엉겨 붙어 있는 것을 보았다면 오상섭은 길길이 날뛰며 두 사람 모두 죽이려고 날뛰었을 것이다.

이런 상황에서 김은하가 목이 졸린 상태로 오상섭보다 먼저 죽었다는 것이 중요했다. 과연 누가 김은하의 목을 죄었을까? 자신을 유혹의 구렁텅이에 빠뜨렸다고 원망하는 정민식? 아니, 가능성이 낮았다. 어쨌든 정민식은 벌레 하나 못 잡는 성격이었다. 물론 여기에 고도상 반장의 말처럼 분노와 술이라는 것이 플러스되면 얘기는 달라진다.

그러나 상식적으로 생각하면 오상섭 쪽이 더 가능성이 높았다. 오상섭이 김은하의 목을 죄어 죽였는데, 이때 뒤에 있던 정민식이 다가가 오상섭의 목을 한 줄로 그었다? 충분히 가능한 설정이었다. 하지만 오상섭은 항상 칼을 자기 허리춤의 가죽칼집에 꽂고다녔다는 게 동네사람들의 증언이었다. 오상섭은 그 칼로 여러 가지 일을 했다. 그 칼은 오상섭에게 일종의 부적이었고, 수호신이었다. 알고 보니 그 칼은 죽은 아버지가 남겨준 유일한 유산이기도 했다. 어쩌면 오상섭은 그 칼을 아버지의 몸 일부처럼 생각했을지도 모른다. 그런 칼을 정민식이 어떻게 손에 넣을 수 있었을까?

전혀 다른 방향의 추측도 있었다.

오상섭이 김은하를 죽이고 난 뒤 자기 스스로 목을 그어 자살했다는 추측. 아마도 오상섭은 정민식을 위해, 그에게 피해가 가지 않도록 자기가 모는 배 '수지호'의 키를 그에게 맡겼을지도 모른다. 그러나 도망을 간다고 해서 뭐가 달라지는 것은 없었다. 더욱이 그곳은 섬이었다. 도망친다는 것 자체가 범행을 인정한 셈이었다.

택시에서 내려 네 사람은 신소라의 집으로 올라갔다.

정문 옆 경비실에서 나온 사람이 그들을 막아섰다. 영장을 보여주자 경비는 옆으로 물러났다.

"지금 신 사장님 집에 안 계시는데요."

"있으면 좋지만 없어도 상관없습니다. 집만 보면 되니까. 한데 여긴 마스터키 같은 게 있나요?"

김형철이 경비에게 물었다.

"있지만, 주인의 허락이 있어야 사용이 가능합니다."

"여기 영장이 있는데도요?"

"영장이 집주인의 허락서는 아니잖습니까."

어디 가도 만만치가 않았다.

김형철은 그럼 어떻게 하죠? 하는 얼굴로 경비를 바라보았다. 경비는 손으로 턱을 쓸고 난 다음에 혼잣말처럼 중얼거렸다.

"보통은 강제로 열고 들어가던데……."

그러니까 열쇠전문가를 부르라는 거였다.

김형철은 경비에게 물어서 근처에 있는 전문가를 불렀다. 출장비까지 무려 10만 원이었다. 목포에서는 이런 경우 3만 원이면 가능했다.

열쇠전문가가 돌아가고 박종수가 누구에게랄 것 없이 불평을 늘어놓았다.

"하여튼 서울놈들 다 도둑놈이라니까. 무슨 문 하나 여는데 10만 원씩이나 받아처먹는 거야? 겨우 일이 분 있다 가면서."

이 말을 듣고 옆에 있던 경비가 넌지시 말을 흘렸다. 누가 봐도 박종수에 대한 답변이나 같았다.

"이 집 잠금장치가 2백만 원은 족히 될 겁니다."

그다음부터 박종수의 투덜거림은 조용히 사라졌다.

형사들이 문 안으로 들어가려고 할 때 갑자기 경비가 그들 앞을 막아섰다.

"잠깐만요. 집에 신발 벗고 들어가시고요. 제가 집주인의 허락을 받지 않은 이유로 형사님들이 일하시는 모습을 간간이 사진 찍도록 하겠습니다. 양해 부탁드립니다."

형사들은 경비의 말을 무시하려고 했다. 하지만 문을 열고 안으로 들어간 순간 자기도 모르게 신발을 벗고 말았다.

문 입구부터 거실 바닥까지 모두 대리석이었다. 사람이 다닐 만한 곳에는 카펫이 보도블록처럼 깔려 있었다. 언뜻 보아 모든 것이 수수하게 보이는데도 진짜로 수수하고 값싼 물건은 하나도 없는 것 같았다. 그것을 확인시켜 주듯 경비가 나직한 어조로 경고하듯 말했다.

"만약에 잘못하여 물건이 깨지거나 하면, 오랫동안 형사님들 월급은 없다고 생각하고 살아야 할 겁니다. 허투루 듣지 말고 명심하시기 바랍니다."

이후에 형사들은 잔뜩 기가 죽었다. 특히 박종수는 아예 아무것도 건드리지 않았다. 김형철의 뒤를 쫓아다니며 구경하는 것이 전부였다.

집 안에서 나온 것은 거의 별것이 없었다. 김형철이 손에 들고 나온 것은 노트북 하나가 전부였다.

다행히 노트북은 비밀번호가 걸려 있지 않았다.

그럴 수밖에 없는 게 노트북에는 음악 프로그램을 제외하곤 별다른 프로그램이 전혀 보이지 않았다. 그중 눈에 띄는 건 '루루'라는 폴더였다.

폴더를 열고 들어가니 '루루'로 시작되는 파일이 수없이 많았다. 가만히 살펴보니 '루루1985'부터 '루루2014'까지였다. 그러니까 1985년부터 2014년 지금까지의 파일인 것 같았다. 김형철은 루루 파일 중 아무거나 하나를 클릭했다.

'루루1999'파일이었다.

모든 준비는 끝났다.

마음의 준비도……

내일이면 태국을 떠나 다시 일본으로 간다.

이제부터 새로운 인생이 시작된다. 나는 내가 아닌 나로서 한국으로 돌아갈 것이다. 가야만 한다. 만나야 할 사람이 있고, 해결해야 할 문제가 있다. 엄마, 아빠. 그리고 상섭과 은하. 그리고 수지.

수지를 만날 수 있을까? 과연 그 애를 만날 수 있을까? 그 애는 나를 이해할 수 있을까?

이해하지 못하겠지. 나 때문에 엄마 아빠가 죽었다고 생각할 테니까. 아니, 내가 엄마 아빠를 죽였다고 생각할지도 모르니까.

그래도 기다려야겠지. 당장은 아니더라도 기다려야겠지. 언젠가 앞에 나설 수 있을 테니까. 만날 테니까.

그때를 위해.

계속해서 파일을 읽었다. 읽으면서 그는 가끔씩 낮게 신음소리를 내뱉었다.

놀라운 내용의 연속이었다. 그가 예상했던 것들이 어느 정도 대부분 맞아떨어지고 있었다.

한국에 돌아온 정민식은 더는 정민식이 아니었다. 정민식은 신소라로 신분을 바꿨다. 그때부터 정민식은 남자가 아닌 여자로 살아갔다. 법적으로도 몸도 마음도 모든 것이 여자였다.

일기를 읽으면서 그가 놀랐던 것은 정민식은 자신이 오상섭과 김은하를 죽이지 않았다고 말하고 있다는 것이었다.

그리고 수지.

수지가 누구인지 알고 있었다.

그날 밤 사건이 일어나고 비극적인 운명에 휩싸인 여섯 살배기 여자아이.

일기 내용으로 봐서 그 아이는 정민식의 딸이었다. 이게 도대체 어떻게 된 일일까?

그는 '루루1999'를 닫고 '루루1998'을 클릭했다.

아이에 대해 알려면 훨씬 앞의 파일을 클릭해야 했지만 그보다 마음이 당기는 것이 사건이 발생했던 1998년도였다.

파일이 열리고 김형철은 사건이 일어날 시기쯤으로 커서를 움직였다.

찾았다.

사건이 벌어지고 일주일 만에 쓴 일기였다.

그 일기를 읽으면서 그는 정민식이 어떻게 일본으로 건너갔는지 알게 되었다. 그리고 그날 밤의 진실도 어느 정도는 알 수 있게 되었다. 그래봤자 정민식 본인의 주장일 뿐이지만.

간단히 정리하면 그날 밤 정민식은 오수지가 자신의 딸이라는 것을 알게 된다. 그리고 그 사실을 오상섭이 듣게 되고, 분노한 오상섭이 김은하의 목을 졸라 죽이고, 자신은 자살한다. 자살하기 전 수지를 정민식에게 부탁했다. 그리고 '수지호'의 키를 주고 그곳을 떠나라고 했다.

약간 다르긴 해도 이런 추측은 김형철도 했었다. 하지만 오수지가 정민식과 김은하 사이에 낳은 아이라는 사실은 짐작도 못했던 일이었다. 이것을 확인하기 위해 김형철은 다른 루루 파일을 클릭해야 했다.

정민식과 김은하, 두 사람 사이에 벌어졌던 일은 '루루1992' 파일에 그 내용이 있었다.

두 사람은 동굴 속에서 그 일을 벌였다. 단 한 번. 김은하가 그를 유혹했다. 그리고 임신을 했다.

불운한 운명은 그렇게 시작됐던 것이다.

"형님, 이걸 믿어야 하는 겁니까?"

일기를 함께 읽은 박종수가 판단이 잘 안 선다는 듯, 말하고 나서 쯔쯔, 하고 혀를 찼다. 김형철은 아무 말 없이 팔꿈치를 세우고 턱을 괬다.

일기 내용을 믿어야 하는가?

다 믿을 순 없는 일이었다. 그렇다고 믿지 않을 이유도 없었다. 솔직히 판단이 서지 않았다. 자살자들이 대부분 유서를 남기지만 그 유서의 90퍼센트 이상이 거짓 내용이라는 것이 현장에서 형사생활을 하는 사람들의 상식이었다. 일반인들 생각으로는 어떻게 죽는 사람이 거짓말을 할 수 있겠는가, 라고 생각하겠지만 현실은 엄연하게 다른 것이다.

일기라는 것도 별다르지 않았다.

정민식이 누군가에게 보여주기 위해 일부러 이런 일기를 쓰지 않았다고 누가 장담할 수 있겠는가. 하지만…… 내용이 문제였다. 솔직하다는 게 일기를 읽은 그의 느낌이었다. 이 일기는 거짓이 아닌 진실을 말하고 있다는 걸 알 수 있었다.

이것의 확인을 위해 다른 파일을 여러 번 클릭하여 열어봐야 했다.

역시 거짓이라고 생각할 내용은 전혀 없었다. 오히려 정건섭이 죽은 이후 장수희가 어떻게 안정적으로 자산을 관리할 수 있었는지 등의 과정도 자세히 알 수 있었다.

정민식은 나름 기부도 많이 했고, 착한 일도 많이 하고 있었다. 과거의 사건에 대한 죗값? 아니 그런 것은 아니었다. 정민식은 선천적으로 착한 사람이었다.

그의 일기 중 초등 때 쓴 내용은 남자도 여자도 아닌 자로서의 성정체성에 대한 고민이었고, 이런 고민은 중고등생이 되었을 때 극대화된다. 그리고 김은하와 관계를 가진 뒤 그는 한 가지 결심을 했다. 성정체성의 혼란에 대해 마침내 마침표를 찍은 것이다.

난 여자다.

정민식은 여자였다.

비록 남자의 몸으로 살고 있었지만 그는 분명 여자였다. 그의 꿈은 몸도 여자가 되는 것이었다. 그는 일본에 머무르면서 자신의 계획을 실천에 옮겼다. 일본에서도 수술이 가능했지만 역시 남자가 여자가 되는 수술은 태국이 한 수 위였다. 그는 오랫동안 계획한 뒤 태국으로 넘어갔고, 여자가 되어 돌아왔다.

일본으로 돌아온 뒤에는 한국행을 차곡차곡 준비했다.

먼저 신분을 또다시 바꿨다. 전에는 남자였는데 이젠 법적으로도 여자가 된 것이다. 이런 결과로 실제 나이보다 세 살이 어려졌다.

한국으로 돌아온 뒤로는 바쁘게 시간을 보냈다.

그녀는 먼저 대학에 들어갔다. 대학 졸업 후에는 사업에 뛰어들었다. 그것이 소라기획이다.

소라기획에서는 부동산뿐만 아니라 크고 작은 여러 사업도 함께 했다. 그, 아니 그녀의 사업을 적극적으로 도와주는 사람이 소정아였다. 일기에 따르면 소정아도 트렌스젠더였다. 그녀와 신소라는 태국에서 만났다. 소정아는 대한민국 국적의 순수 한국인이었다. 그녀는 한국으로 돌아온 뒤 법적인 절차를 거쳐 주민등록도 여자로 바뀌었다.

결과적으로 정민식을 쫓던 형사들은 있지도 않은 허상만 좇은 셈이었다.

그렇게 16년이 흘렀고, 이제 공소시효는 이틀이 남았다.

"형님, 어떻게 할 거요? 일단 잡긴 잡아야 뭔가 마무리가 될 것 같은데 말입니다."

"그래야겠지. 형사는 잡는 사람이니까."

"뭐, 그렇긴 하죠."

박종수가 무슨 시답잖은 소리냐는 듯 한쪽 볼을 실룩거렸다.

"전민준."

그때부터 김형철은 각자 역할을 맡겼다.

휴대폰 위치추적과 통화내역은 물론 신용카드 조회가 먼저였다. 정민식, 아니 신소라는 물론 소정아도 똑같이 알아보라고 지시했다. 박종수는 분당에 있는 장수희의 집으로 가라고 했다. 그곳에서 장수희의 곁에 딱 붙어 있으라고 했다.

그로부터 한 시간 후 신소라와 소정아의 통화내역과 휴대폰 위치추적 결과를 갖고 세 형사가 순댓국집에 마주 앉았다.

"강원도는 왜 갔을까요?"

전민준이 국밥을 한 입 가득 입에 넣고 으적으적 씹으면서 말했다.

"모르지."

"이게 사흘 전입니다. 다음 날엔 같은 강원도지만 좀 더 남쪽에 있었고요. 남쪽으로 계속 내려가는 중일까요?"

"모르지."

김형철은 같은 대답을 반복했다. 답답해진 쪽은 전민준이었다.

"목적지가 있긴 있는 걸까요? 그냥 정처 없이 여행을 떠난 것일까요?"

"그건 아닐 거야. 38시간 전부터 카드와 통화내역, 휴대폰 위치추적도 안 되고 있으니까."

드디어 김형철이 대답다운 대답을 했다.

"그럼 도주 중이라는 거잖습니까?"

"그렇긴 하지. 하지만 목적지가 아예 없다고는 할 수 없지."

"그럼 팀장님은 목적지를 짐작한다는 말씀이신 겁니까?"

그때였다.

"범인은 반드시 범행현장에 돌아온다."

이렇게 말한 사람은 밥을 먹으면서도 휴대폰의 메신저를 기웃거리고 있던 하중기였다.

"우리 막내가 보통 꼴뚜기는 아냐. 감이 있는 꼴뚜기라니까."

김형철이 헐헐거리며 웃었다.

"그러니까 지금 얘가 한 말이 팀장님의 생각과 같다 이 말입니까?"

"맞을 수도 있고 틀릴 수도 있지."

"그럼 뭡니까?"

"우린 정민식이 범인인지 아닌지 확신할 수 없는 입장이야. 그래도 정민식은 외달도로 갈 거야."

"왜요?"

"글쎄."

"가도 공소시효가 끝난 다음에 가지 않겠어요?"

"그럴 가능성이 높지. 하지만 우리 입장에서는 달리 방법도 없어. 암튼 먹고 목포로 내려갈 생각해. 이젠 여기에 있을 필요가 없으니까."

"정민식이 공소시효를 의식하고 있다면 거기에 나타날 이유가 없잖아요?"

"누가 뭐래?"

"그런데 목포로 내려가자고요?"

"그럼 여기서 뭐할 건데? 서울에 죽치고 앉아서 서울구경이라도 하자는 거야?"

"그건 아니지만……."

"그러니까 내려가자는 거야. 우리로선 달리 선택이 없어. 무조건 그곳에 내려가 기다리는 수밖에는."

"그건 그렇긴 하지만……."

김형철이 뚝배기 그릇을 들고 후르륵 국물을 마셨다. 그 모습을 보며 전민준이 살짝 미간을 찡그렸다. 요즘도 저렇게 국물을 마시는 사람이 있나? 하는 얼굴이었다. 암튼 전민준은 뭔가 마뜩하지가 않았다. 김형철이 무슨 생각을 하는 것인지도 궁금했고, 가끔 불쑥 끼어들어 한마디 툭 던지고 빠지는 하중기도 못마땅했다. 이럴 줄 알았으면 박종수를 따라갈 걸 하는 생각이 들었다. 그러나 이내 그는 고개를 거세게 옆으로 흔들었다. 안되지, 박종수는 아니잖아. 그 인간이 얼마나 나를 못 살게 굴었는데.

다른 두 사람은 거의 식사가 끝났다. 전민준은 아직 뚝배기 그릇에 국밥이 반쯤 남아 있었다. 전민준은 서둘러 숟가락을 움직여 국밥을 떠먹었다. 여기에 딱 소주 한잔만 걸쳤으면 좋겠다는 생각을 했지만, 그런 말을 꺼낼 수 있는 분위기가 아니었다. 이럴 때 하중기가 나서서 낮술 어쩌고저쩌고 해줬으면 좋겠지만, 미련 곰탱이 같은 하중기는 한창 휴대폰 자판을 두드리느라 정신이 없었다. 아무리 신혼이라지만 저렇게 좋나? 아무튼 둘 다 마음에 안 들었다.

그때 그의 휴대폰이 드르륵 하고 몸을 떨었다. 발신자는 앞의 두 사람보다 더 마음에 안 드는 박종수였다.

"왜요?"

부루퉁한 목소리로 휴대폰을 받았다.

"야! 이거 일이 이상하게 됐다."

"왜요?"

"형님 옆에 있지? 뭐하느라고 휴대폰은 안 받는 거냐? 사람

짜증나게시리."

박종수는 괜히 전민준한테 신경질이었다.

"그런 말은 팀장님한테 직접 하셔야죠."

"뭐야! 이 자식이! 꼴뚜기1 오랜만에 이 선배한테 기합 한번 받아볼래?"

물론 말뿐이었다. 박종수는 늘 말뿐이었다. 말이 밉상이어서 그렇지 실제로 전민준한테 완력을 행사한 적은 거의 없었다.

"전화는 왜 하신 거예요? 무슨 일 있어요?"

"아 참. 다름이 아니라……."

박종수의 말에 따르면 장수희가 위독하다고 했다.

신분증을 보여주고 집 안으로 들어갔고, 그에게 대접한다면서 차를 가져오다가 갑자기 쓰러졌다고 했다.

"뇌경색이란다. 갑자기 이게 무슨 날벼락이냐. 하필이면 내가 방문했을 때 이게 무슨 일인지…… 나도 찜찜해 죽겠다."

"그래서요? 장수희는 지금 사망한 겁니까?"

"아니. 내가 119를 불러서 근처 분당 서울대학병원에 옮겨놨어. 근데 하루 이틀을 못 버틸 가능성이 높대. 지금 인공호흡기를 꽂고 있어. 이거 어떡해야 할지 모르겠다."

"일단 팀장님한테 말씀드린 다음에 다시 전화할게요."

"그래라."

통화가 끝나고 전민준은 자초지종을 김형철에게 설명했다.

김형철은 아무 말 없이 손가락으로 탁자를 탁, 탁, 탁 두드렸다. 깊은 생각에 빠질 때면 가끔 저렇게 하곤 했다.

"일단…… 박종수는 병원에 있으라고 해. 그리고 넌……."

소라기획 측에 이 사실을 알려주기로 했다. 장수희가 입원해 있는 병원과 병실과 전화번호 등을 알려주면 신소라가 어떤 식으로든 반응을 보일 거라는 계산이었다.

"너무 치사하지 않아요?"

김형철의 얘기를 듣고 난 뒤 하중기가 말했다. 달갑지 않다는 표정이 역력했다.

"우리 막내 마음에는 안 드는 모양이네. 그래도 어쩔 수 없어. 이런 식으로 신소라를 잡자는 게 아니라 이렇게 해서라도 신소라에게 어머니의 위급함을 알려야 한다는 게 내 진의니까."

"그거…… 였어요?"

하중기가 뒷목을 긁적거리며 멋쩍어했다.

"인마. 우리 팀장님이 그렇게 치사한 사람인 줄 알아!"

전민준이 하중기를 향해 빽 소리를 질렀다.

"근데요, 팀장님. 그럼 우리도 목포가 아닌 병원으로 가야 하는 거 아닙니까?"

전민준의 이 말에 하중기도 고개를 끄덕거렸다.

"박종수를 지원하긴 해야 하니까, 중기가 그곳으로 가도록 해. 민준이 너는 나와 목포로 가고."

"양동작전이네요. 이건 마음에 드네요."

전민준이 기분 좋게 짝! 하고 박수를 한 번 쳤다.

식당에서 나와 하중기는 곧바로 박종수가 있는 병원으로 향했다. 이런 사실을 전민준은 박종수에게 휴대폰으로 알려주었다. 전화를 끊기 전 은밀한 목소리로 박종수에게 한 가지 부탁을 하기도 했다.

"선배님, 꼴뚜기 교육 좀 잘 부탁드립니다. 제 말 무슨 뜻인지 아셨죠?"

박종수는 피식 웃고 나서 이렇게 대답했다.

"무슨 말인지 접수했다. 내가 다른 건 몰라도 꼴뚜기 교육은 누구보다 잘하니까. 그건 누구보다 원조 꼴뚜기인 네가 잘 알잖아. 믿어. 믿으라고!"

원조 꼴뚜기? …… 젠장.

통화가 끝나고 전민준은 왠지 모르게 불안했다. 아무래도 원조 꼴뚜기가 그의 새로운 별명이 될 것 같은 느낌이었다.

*

차 한 대가 목포 시내를 가로질렀다. 그리고 금세 한적한 바닷가로 들어섰다. 그곳에는 집들이 거의 보이지 않았다. 그렇게 십 분쯤 달리고 나서야 차는 속도를 줄였다. 내비게이션에 찍힌 목적지는 이곳이 맞았다.

소라는 차에서 내려 주변을 둘러보았다. 도로가에 세 채의 집이 적당한 거리를 두고 떨어져 있었다. 그중 소라는 제일 왼쪽에 있는 집으로 걸어갔다.

"계세요?"

문은 나무문이었고, 열려 있었다. 살짝 문을 밀며 사람이 있는지를 확인했다.

"누구세요?"

마당에 사람이 있었다. 할머니 한 분이 쪼그리고 앉아 조그만 생선을 고추 말리듯이 말리고 있었다.

소라는 노파를 첫눈에 알아보았다.

"저는……."

소라는 자신을 어떻게 설명할까 잠시 고민했다.

"뉘쇼?"

"저는 정민식이라고……."

"정…… 민식?"

노파는 화들짝 놀랐다.

"색시가 민식이…… 안사람……?"

소라는 멋쩍게 웃고 나서 살짝 고개를 숙였다.

"이…… 일단 안으로 들어…… 갑시다."

노파는 소라를 방으로 안내했다.

작은 어촌마을의 전형적인 살림살이였다. 퀴퀴한 냄새가 코를 찔렀고, 방바닥은 한여름인데도 온기가 느껴졌다. 벽 한쪽에는 가족사진이 붙어 있었고, 그 옆에는 채씨 아저씨의 얼굴도 보였다. 소라는 채씨 아저씨의 사진을 한동안 올려다보았다.

"색시가 저 사람을 알아요?"

"알죠."

"민식이가 얘기했다고 해도 얼굴은……."

"저 잘 보세요, 아주머니."

"사람 민망하게시리……."

그러면서도 노파는 눈씨를 돋우려고 눈을 가늘게 만들었다. 그렇게 잠시 소라를 살펴보던 노파가 한순간 깜짝 놀란 표정을 지으며 상체를 얼른 뒤로 뺐다.

"서…… 설마……."

노파의 목소리가 덜덜 떨렸다.

"네, 저예요, 민식이. 제가 천안댁이라고 불렀던 것 기억하시죠?"

노파는 젊을 적 목포로 시집와서 목포에서 죽 살았지만 본가는 천안이었다.

"민식이가 어떻게…… 어떻게 여자로……."

"놀라지 마시고, 제 말 들어보세요."

그때부터 소라는 자신이 어떻게 남자에서 여자로 되었는지 말해주었다. 그녀의 말을 다 듣고 나서도 노파는 반신반의하는 얼굴이었다.

"그럼 우리집 양반이 어떻게 일…… 일본에 보내줬는지도 알겠네?"

일종의 시험이었다.

"당연히 알죠. 채씨 아저씨 배를 타고 갔잖아요."

그날 밤의 일을 소상히 아는 사람은 죽은 채씨 아저씨와 정민식이었던 신소라, 그리고 죽은 아버지였다. 그리고 어느 정도 그날 밤의 일에 대해 알 수 있는 사람이 있다면 바로 눈앞의 천안댁이었다. 물론 채씨 아저씨가 어느 정도 얘기를 해줬을 거라는 전제하에서였다.

"맞구먼, 맞아!"

노파는 갑자기 나오지도 않는 눈물을 찔끔찔끔 짜냈다. 그러면서 자기가 잘못했다면서 쭈글쭈글한 주먹으로 그만큼 쭈글쭈글해진 장판이 깔린 방바닥을 내리치며 끄억끄억 울었다.

"미안하구먼, 미안혀. 내가 죽일 년이여. 이 주둥이를 잘못 놀려서…… 죽은 양반한테도 미안하고 민식이 너한테도 미안하고……."

소라는 어림짐작하고 있었다. 그리고 천안댁의 말을 듣고 보니 형사가 자신을 찾아왔던 것이 결국 천안댁의 입에서 나온 소리로 시작됐다는 것을 확신했다.

"괜찮아요. 난 이렇게 아무렇지 않잖아요."

"죽은 양반이 그랬구먼. 민식이는 아무 잘못도 없다고. 그 양반은 철석같이 민식이를 믿었구먼."

"알아요. 저도 채씨 아저씨를 믿었어요. 하지만 지금은 그걸 따지려고 온 게 아니에요. 아줌마에게 한 가지 부탁이 있어요."

"부탁이 뭔데? 내가 다 들어줄 거구먼."

"외달도에 가고 싶어요."

"거긴 왜?"

노파가 뜨악한 눈초리로 소라를 쳐다보았다.

"꼭 가야 할 일이 있어서요."

"그런 거라면……."

노파는 갑자기 큰아들 얘기를 꺼냈다. 채현우라고 했다. 채현우는 소라보다 네 살 어렸다. 소라는 직접 그를 본 적은 없었지만 사진으로는 본 적이 있었다. 지금 채현우는 신안에 살고 있는데, 2톤짜리 배도 갖고 있다고 했다. 그 배를 타면 몰래 외달도로 갈 수 있다고 했다.

"내가 당장 연락해서 오라고 할 테니까……."

"아뇨. 그냥 전화번호만 알려주세요. 제가 그리로 찾아갈게요. 아줌마는 그냥 아드님에게 전화 한 통만 해주세요. 제가 찾아갈 거라고요."

"그래, 알았어. 그놈이 타고 다니는 배도 사실은……."

안다. 소라가 보내준 돈이 그 배를 사는 데 큰 보탬이 됐을 것임을. 채씨 아저씨 소원이었다. 아들 셋 사람답게 멀쩡히 살아가는 거 보고 죽는 게 소원이라고 자주 얘기했었다. 하지만 늘 큰아들이 문제였다. 사고뭉치였다. 다른 두 자식은 공무원이 돼서 앞가림을 잘하는데, 유독 큰아들 놈은 걸핏하면 사고를 쳤다. 큰아들이 정신을 차린 것은 채씨 아저씨가 병에 걸려 몸져누운 다음이었다. 그때 채씨 아저씨로부터 연락이 왔었다. 마지막으로 한 번만 좀 도와달라고. 소라는 기꺼이 그렇게 했다. 그로부터 한 달 후쯤 큰아들이 배를 샀다는 말을 전해 들었다. 그리고 일주일 후에 채씨 아저씨는 저세상으로 떠났다.

소라는 자리에서 일어나며 지갑에서 수표 한 장을 꺼내서 건넸다.

"이 돈으로 먹고 싶은 거 드시고, 입고 싶은 거 맘껏 사서 입으세요. 채씨 아저씨나 아줌마는 제게 부모 같은 분이시잖아요."

"고…… 고마워."

노파는 또다시 울음을 터뜨렸다. 눈물이 나오지 않더라도 거짓 울음이 아니라는 건 누구보다 소라가 잘 알았다.

"아줌마, 그럼 저 가볼게요. 다음에 올 때는 좀 더 오래 있다가 갈게요."

"그래, 고마워. 고마워……."

노파는 그녀의 손을 꼭 붙잡고 몇 번이나 같은 말을 반복했다.

차는 또다시 도로를 달려 신안으로 향했다. 그곳에 도착해서는 공중전화로 노파가 알려준 휴대폰으로 전화했다.

채현우는 즉각 전화를 받았다.

"안 그래도 어머니한테 연락받았어요. 지금 바다에서 들어가는 중인데요⋯⋯."

그러면서 채현우는 자기 집을 알려주었다.

그곳은 바닷가에 인접한 아파트였다. 크지 않고 아담한 크기였다. 거기에서 채현우는 아내와 아들딸과 살고 있었다. 두 아이는 초등생이었다.

소라는 채현우의 식구들을 위한 선물을 한 아름 사갔다.

키도 크고 멋있고 예쁜 여자 셋이 아빠의 뒤를 따라 집으로 들어오자 두 아이는 눈이 휘둥그레졌다. 채현우의 아내도 마찬가지였다.

대충 얘기를 들은 채현우 아내는 이미 저녁상을 차려놓고 있었다. 준비한다고 준비했지만 반찬이 형편없다며 쑥스러워했다.

저녁식사가 끝나고 아이들은 자기들 방으로 들어갔다. 소라 일행이 사가지고 온 선물을 풀어보는지 방에서 간간이 와! 하는 함성이 들렸다.

식사자리가 끝나고 본격적으로 술자리가 시작되었다.

안주는 현우가 가져온 문어 숙회였다. 거기에 현우가 직접 뜬 돔회가 상에 올라왔다.

"제가 이렇게 사는 거, 다 형님…… 아니 누님 덕분입니다."

채현우는 모든 것을 알고 있는 눈치였다.

"사실 어머니보다 누님에 대해 잘 알고 있는 사람은 접니다. 아버지가 돌아가시기 전에 저한테 그러더라고요. 언제고 기회가 되면 꼭 은혜를 갚으라고 하더라고요. 지금에서야 말하지만 말썽만 피우던 저를 사람답게 살도록 도와준 거 정말 고맙습니다."

그러면서 채현우는 꾸벅 고개를 숙였다. 그의 아내도 덩달아 얼른 고개를 숙였다.

"아냐, 아냐. 동생이 열심히 사니까 나도 좋고 또 아저씨도 기뻐하실 거야."

그렇게 다섯 사람은 주거니 받거니 하면서 술잔을 비웠다.

술이 얼큰하게 오르고 나서야 채현우는 외달도에 가려는 소라의 진의를 물었다. 그러면서 거긴 지금도 앞으로도 되도록 안 가는 게 좋을 거라면서 그녀를 염려했다. 하지만 소라의 결심을 되돌리지는 못했다.

"얘가…… 내 딸이야."

소라는 옆에 다소곳이 앉아 있는 수지를 바라보며 말했다.

"얘가 내 딸인데…… 진짜 내 딸이 되려면 거길 가야 해."

"저는 누님의 말이 무슨 소리인지 모르겠습니다. 딸이면 딸이지 거길 가야지만 진짜 딸이 된다니요? 그러나 누님이 가자면 가야지요. 한데 몇 시쯤 가시겠습니까? 새벽에요, 아니면 밤늦게요?"

"글쎄, 몇 시쯤이 좋을까? 난 아무 때나 상관없어."

그때 옆에 앉아 있던 정아가 소라를 손으로 툭 치며 두 사람의 대화에 끼어들었다.

"언니. 거긴 그냥 내일모레 가자. 하루는 그냥 여기저기 돌아다니면서 쉬고, 다음 날 거기 가자. 응?"

소라가 정아의 마음을 모르는 건 아니었다. 내일은 공소시효 마지막 날이었다. 내일 하루만 버티면 그날 밤의 진실과 상관없이 그녀는 자유의 몸이었다.

하지만 그건 소라가 원하는 게 아니었다. 16년 넘게 도망다녔다. 마지막까지 도망치고 싶지 않았다. 단 한 번이라도 당당하게 나서서 운명을 시험하고 싶었다. 그래야만 상섭이나 은하에게 덜 미안할 것 같았다. 수지에게도 조금은 떳떳해질 수 있을 것 같았다.

"안 돼. 난 꼭 가야 해. 내일이 아니면 더는 기회가 없어."

"하여튼 고집은 누구도 못 꺾는다니까."

정아가 토라진 것처럼 얼굴을 돌렸다.

"그럼 아침 먹고 느긋하게 출발하죠."

채현우가 말했다.

"그래, 그러는 게 좋겠어."

그날 채현우 부부는 안방을 소라 일행에게 내주었다. 부부는 거실에서 잠을 잤다.

다음 날 새벽같이 일어난 사람은 채현우의 아내였다.

그녀는 아침을 준비한다면서 분주하게 움직였다. 소라 일행이 일어났을 때에는 이미 아침상 준비가 거의 끝나 있었다.

아침상에는 생선요리가 가득했다. 채현우가 선착장에 나가 새벽에 들어온 배에서 사왔다고 했다.

아침식사가 끝나고 소라 일행은 채현우를 따라 배를 타러 갔다.

소라는 집을 나오기 전 채현우의 아내에게 따로 성의를 표시했다. 봉투 속에는 천안댁에게 준 액수만큼의 수표가 한 장 들어 있었다. 그 돈으로 아이들 공부시키는 데 쓰라고 했다.

배가 출발하자 시원한 바닷바람이 머리를 휘날렸다. 소라와 정아는 선글라스를 썼다. 수지는 선글라스가 없었다. 소라가 한쪽 눈을 찡긋하자 정아가 가방에서 선글라스를 꺼내와 수지에게 건넸다.

"자, 이건 네 것. 이모 선물이다."

"고마워요, 이모."

배는 목포 여객선 터미널 쪽을 돌아 바다로 멀어졌다. 소라가 일부러 그쪽에 들러가자고 했던 것이다.

"수지야. 저기가 삼학도야. 삼학도는 여러 가지 전설이 있는데, 특히 유명한 것이 한 남자를 좋아했던 세 자매 이야기야."

옛날 옛적에로 시작하는 옛날이야기였다. 소라는 이 얘기를 두 사람에게 들었다. 채씨 아저씨와 상섭.

"유달산에서 젊고 잘생긴 장수가 무술을 닦고 있었어. 이 장수를 마을에 사는 세 자매가 동시에 사랑하게 됐고. 장수는 난 감했지. 무술 공부가 끝날 때까지 각기 다른 섬에서 기다려 달라고 자매들에게 부탁했어. 세 자매는 그렇게 했지. 그런데 불행하게도 장수가 돌아오기 전에 세 자매는 그만 죽고 말았어. 세 자매는 죽어서 학이 되었어. 학이 되어서 유달산 주위를 돌며 구슬프게 울어댔대."

"그런데……."

정아가 불쑥 끼어들었다.

"그 세 마리 학이 어떻게 됐는 줄 알아?"

정아가 수지에게 물었다.

"아뇨. 어떻게 됐는데요?"

"그 장수가 세 마리 학을 보고는 화살을 쏘아 죽었어. 화살에 맞은 세 마리 학은 유달산 앞바다에 떨어졌고. 그 자리에 세 개의 섬이 솟아났는데, 바로 삼학도야."

"그럼 저기 저 바위가 엄청 많이 보이는 산이 유달산이겠네요?"

"그래 맞아."

이번에는 소라가 말했다.

"저 유달산 아래로는 목포 시내야. 옛날에 친구들이랑 많이 쏘다녔어."

"목포에 살았었어요?"

수지의 눈동자가 동그랗게 변했다.

"응. 친한 친구가 둘 있었어. 한 사람은 김…… 은하. 또 한 사람은…… 오…… 상…… 섭."

"김은하…… 오상섭……."

수지가 두 이름을 읊조렸다.

"수지야."

소라가 그런 수지를 나직한 목소리로 불렀다.

"네……."

방금 전까지 신나 있던 수지의 얼굴이 시무룩했다.

"뭐 생각나는 거 없니?"

수지는 고개를 좌우로 흔들었다.

"정말로 없어?"

"네. 어릴 적에 기억을 모두 잃었거든요. 보육원에 있던 기억은 나는데 그 이전 기억은 전혀 없어요."

"엄마가 뭐 한 가지 물어봐도 돼?"

"물론이죠."

수지가 밝게 웃으며 대답했다.

"이 목걸이⋯⋯."

수지가 소라에게 준 목걸이였다.

"이 목걸이에 새겨진 알파벳의 의미를 알아?"

"아뇨, 몰라요."

"이 목걸이에 대해 아무것도 몰라?"

"네. 아주 어렸을 적부터 제 목에 걸려 있었다는 것만 알아요. 보육원 원장님이 제가 어른이 되고 나서야 그걸 제 목에 걸어주었는데, 그때 그렇게 말해주셨거든요."

"그렇구나⋯⋯."

"왜요? 그 알파벳 이니셜이 궁금하세요?"

"아니, 궁금하지 않아. 난 혹시나 네가 알고 있나 해서."

"궁금했던 적도 없는걸요. 궁금해봤자 어릴 적 기억이 없으니 소용없고요. 그런데요, 엄마⋯⋯."

"응."

"우리 외달도에는 왜 가는 거예요?"

"그곳에⋯⋯ 친구들 무덤이 있어."

"누구요?"

"아까 말한 두 사람⋯⋯."

"오상섭과 김은하요?"

소라는 조용히 고개를 끄덕였다. 순간 바닷바람에 날린 머리

카락이 그녀의 얼굴을 세게 쳤다.

배는 쉬지 않고 바다 위로 미끄러졌다. 이후로 세 사람은 각자 상념에 빠져 있었다. 그리고 얼마쯤 더 달렸을 때 배는 달리도와 눌도 사이를 통과했다. 멀리 외달도가 보였다.

채현우가 소리쳤다.

"저기, 저깁니다!"

10

루루

외달도에 발을 내려놓는 순간 복잡한 감정이 한꺼번에 소라의 가슴을 치고 지나갔다. 고통과 회한, 후회와 막막함, 그리고 두려움과 기대감이었다.

모든 것이 과거였지만 두려움과 기대감은 현재였다. 그녀는 차라리 수지가 잊었던 기억을 되찾아주기를 기대했고, 한편으론 그것이 두려웠다.

정아가 슬그머니 옆으로 오더니 그녀의 손을 잡아주었다.

"언니……."

소라는 정아를 보면서 가만히 고개를 한 번 끄덕였다.

시간은 정오를 막 지나고 있었다. 이제 공소시효까지는 12시간이 채 남지 않았다.

"언니보다 내가 더 긴장한 거 알지?"

"응, 알아."

"만약에 무슨 일 있으면 무조건 도망가. 어떡하든 내가 막을 테니까."

"그래, 알았어."

소라는 씁쓸하게 웃었다.

수지가 배에서 내리고 채현우는 배에 남았다. 돌아올 때까지 기다릴 테니까 마음 놓고 섬을 둘러보라고 했다. 그러면서 "혹시 모르니까……"하면서 휴대폰 하나를 건네주었다. 아이들 엄마 휴대폰이라고 했다. 무슨 일이 있으면 즉각 전화를 주겠다고 했다. 소라는 고개를 끄덕였다.

배에서 채현우한테 들은 얘기로는 목포는 여객터미널도 생기고 북항이나 삼학도 주변이 모두 개발되어 옛 모습을 찾아보기 어렵지만 외달도는 그다지 변한 것이 없다고 했다. 외달도에 사는 사람들도 예전하고 비교하여 삼분의 일로 줄어들었다고 했다. 사람을 만나도 다 늙은 사람들일 것이라고 했다. 혹시 누구를 만나도 관광객인 것처럼 행동하라고 했다.

소라는 느린 걸음으로 곧장 상섭이 살던 집으로 향했다.

"이상해. 왠지 낯설지가 않네. 꼭 전에 와본 것 같아."

수지는 연신 주변을 둘러보고 있었다. 얼굴에는 조금 당혹해하는 기색도 엿보였다. 그리고 두 사람에 비해 자꾸 걸음이 뒤

처졌다.

그런 수지를 보면서 소라는 아랫입술을 꾹 깨물었다.

"수지야!"

대여섯 걸음쯤 처져 있던 수지를 정아가 소리쳐 불렀다. 사실은 수지의 예사롭지 않은 반응과 소라의 무거워진 표정을 보고 얼른 상황을 파악한 것이다.

"빨리 와!"

정아는 일부러 큰 소리로 수지를 불렀다. 수지는 허둥대는 사람처럼 얼른 두 사람 쪽으로 달려왔다.

"갑자기 왜? 무슨 일 있어?"

정아가 소라를 대신하여 수지의 속내를 살폈다.

"아뇨……."

대답은 그렇게 했지만 수지의 얼굴은 창백하게 변해 있었다. 갑자기 누군가 목이라도 조르는 것처럼 숨쉬기가 불편한 듯 호흡도 가빠졌다.

"어디…… 아프니?"

"그게 아니라요…… 괘, 괜찮아요."

그러면서도 수지는 연신 주위를 둘러보았다. 그러다 문득 한 곳에 시선을 고정시키곤 뚫어져라 바라보았다.

그곳은 상섭과 은하가 살던 곳이었다. 순간 소라는 맥없이 다리에서 힘이 빠져나가는 것을 느꼈다. 갑자기 몸이 허물어질 것

같았다. 실제로 그녀는 자기도 모르게 휘청거렸다. 다행히 옆에
는 정아가 있었다. 정아가 두 손으로 얼른 그녀를 부축했다.

"언니……."

정아는 아랫입술을 깨물고 있었다. 눈에서는 눈물이 그렁그
렁했다.

"괜찮아…… 괜찮아, 정아야."

"힘들면 그만 돌아가자. 이 정도면 됐잖아. 그냥 나중에 오자.
응?"

"안 돼. 저 애를 봐."

소라의 눈길이 수지를 향했다. 수지는 마법사의 주문에라도
걸린 사람처럼 앞만 똑바로 본 채 어딘가를 향해 서슴지 않고
발걸음을 옮겨놓고 있었다. 느리지도 빠르지도 않았지만 수지
는 벌써 열몇 걸음 정도 앞서 걸어가고 있었다.

"수지는…… 이미 기억이 떠오르기 시작했어. 잘된 거야. 차
라리 이참에 모든 것을 아는 게 좋아."

"그래도 지금은……."

"아냐. 이젠 알아야 해. 그리고 결정해야 하고."

"무슨 결정?"

"저 애의 엄마가 될 수 있고 없고는 저 애의 선택이야. 난 기
다려야 하고."

"기억이 돌아오면 대체 어떻게 하겠다는 거야? 그 결과, 너무

뻔하지 않아?"

"그래. 나도 두려워. 하지만 어쩔 수 없어."

소라가 정아를 그윽한 눈길로 바라보더니 가자, 하고 말했다.

두 사람은 적당한 거리를 두고 수지의 뒤를 쫓아갔다.

수지가 도착한 곳은 역시 상섭과 은하의 집이었다. 그리고 수지의 기억이 멈춰버린 바로 그곳이기도 했다.

그날 이후 이 집은 흉가가 된 것 같았다. 사람이 살았다는 흔적조차 없었다. 남아 있는 것은 집의 뼈대뿐이었다. 세월 때문인지 바닷바람 때문인지 문이고 벽이고 마룻바닥이고 성한 곳이라곤 한 군데도 없었다.

"수지야······."

소라는 뒤에서 수지를 불렀다. 그 순간 수지는 털썩 무릎을 꿇었다. 그러면서 어깨를 들썩이며 오열하기 시작했다.

"수지야······."

이번에는 정아가 나섰다. 소라는 얼른 정아를 말렸다. 그냥 내버려두라고 눈짓으로 말했다.

두 사람은 수지가 엉엉거리며 우는 모습을 뒤에서 조용히 지켜보았다. 그러다 어느 순간 수지의 몸이 옆으로 넘어갔다.

"수지야!"

소라가 달려들어 겨우 수지의 몸을 붙잡았다.

"기절했어!"

소라는 수지를 껴안고 가만히 있었다. 그사이 정아는 혹시 몰라 들고 왔던 돗자리를 서둘러 마룻바닥에 깔았다.

"언니, 이쪽으로."

두 사람은 수지를 돗자리가 깔린 마룻바닥으로 옮겼다.

"언니, 이 물 좀 마셔. 언니도 많이 놀란 것 같아."

정아가 빤히 소라를 보았다.

"아니, 괜찮아."

소라는 넋이 나간 얼굴이었다.

"언니……."

"아무래도 수지가…… 기억을 되찾은 것 같지?"

정아는 말없이 고개를 끄덕였다.

"이제 어떻게 될까?"

"이해할 거야. 아이도 아니고 이제 어른인데. 그리고 언니 잘못도 아니잖아. 다 이해할 거야. 그러니까 물 좀 마셔."

정아는 뚜껑을 따서 소라에게 반강제로 건네주었다. 소라는 생수병을 입에 대고 몇 모금 마셨다. 그러나 입에 들어가는 물보다 버리는 물이 더 많았다.

"정아야. 나 바람 좀 쐬고 올게."

"그럼 같이 가."

정아가 소라를 따라 일어섰다.

"아니. 넌 수지를 보살펴 줘. 부탁이야."

소라는 가슴이 답답했다. 무엇인가가 가슴을 꽉 막고 있는 것 같았다. 하지만 그 정도쯤 참을 수 있었다. 정작 그녀가 참지 못하는 것은 울음이었다. 그녀는 수지와 정아가 안 보이는 곳에서 실컷 소리 내어 울고 싶었다.

대체 이게 뭔가 싶었다. 어쩌다 운명이 이렇게 꼬여버린 것일까. 은하를 상섭을 원망하고 자신을 원망해도 소용없는 짓이었다.

이 소용없음을 맘껏 울음으로 토해내고 싶었다.

소라는 집에서 나가 옆길로 난 비탈길 쪽으로 올라갔다. 왼쪽으로는 바다였고, 오른쪽으로는 밭이었다. 밭 끄트머리 쪽으로 두 기의 묘가 보였다.

소라는 그곳으로 가고 싶지 않았다. 그곳으로 가고 싶다는 생각이 전혀 없었다. 그런데 누군가 그녀의 몸을 끈으로 묶어 잡아당기는 것 같았다. 그녀의 발길은 저절로 그곳으로 향했다.

두 기의 무덤 앞에 섰을 때 갑자기 울음이 터졌다.

끄끄끅. 끄끄끅.

상처 입은 짐승의 울음소리 같은 괴상한 울부짖음이 그녀의 입에서 흘러나왔다. 그 소리는 바람을 타고 제멋대로 어딘가로 날아갔다.

얼마나 울었을까. 얼마나 시간이 지났을까.

소라는 문득 고개를 들고 눈물을 닦았다. 그리고 그제야 무덤

앞에 꽂힌 나무 푯말을 보았다. 푯말은 두 개였다. 누구의 무덤인
지 표시하기 위해 누군가 일부러 푯말에 이름을 적어둔 것이었다.

그 이름을 읽는 순간 소라는 소스라치게 놀랐다. 너무 놀라서
입이 다물어지지 않았다.

"오…… 상…… 섭."

소라는 까무러치듯이 그 자리에 쓰러지고 말았다. 그 상태로
또다시 끄억끄억 울음을 터뜨렸다.

울다가 기절했던 모양이었다. 그녀가 눈을 떴을 때는 한 사람
이 그녀의 옆에 있었다. 정아였다. 정아의 어깨너머로 바다처럼
파란 하늘자락이 보였다.

"언니…… 괜찮아?"

"넌 수지 곁에……."

"수지는 괜찮아. 울다가 지쳤는지 잠이 들었어. 언니가 하도
안 와서 찾으러 나왔다가……."

소라는 몸을 일으켰다. 정아가 그녀를 도와주었다.

"수지는 아무 말 안 해?"

"응. 갑자기 말을 잃어버린 사람처럼 한마디도 안 했어."

"충격이 컸겠지."

"근데 좀 눈빛이 이상해졌어."

"눈빛이 어떤데?"

"사나워졌다고 할까?"

"그렇구나…… 수지는…… 내가 생각난 거야. 정민식이었던 내가."

"설마……."

"이제 얼마 안 남은 거네. 이제…… 거의 끝까지 온 거야."

그때였다.

"여기에 있었네요."

소리는 바람을 타고 아래쪽에서 올라왔다. 소라와 정아는 동시에 그쪽으로 고개를 돌렸다.

수지가 두 사람을 노려보며 한 발 한 발 다가서고 있었다. 정아는 심상찮은 수지의 눈빛에 얼른 소라 앞을 막아섰다.

"괜찮아."

소라는 그런 정아를 슬쩍 옆으로 밀어냈다.

"나야. 내가 감당해야 할 일이야."

수지는 소라 앞에 서서 말없이 그녀를 노려보았다. 눈빛은 차갑고 표정은 딱딱했다.

"생각났어요."

"그…… 그랬구나."

소라의 얼굴이 백짓장처럼 하얗게 변했다.

"엄마 손을 잡고 아빠를 마중 나가던 거, 밭을 일구는 엄마 등에 업혀 울다가 엉덩이를 맞았던 거, 맨발로 바닷가에서 놀다가 조개껍데기에 발바닥을 베었던 거…… 그리고 어느 날 집으로 찾아온 아빠의 친구도요."

소라는 누군가에게 세게 맞은 사람처럼 몸을 비틀거렸다. 정아가 얼른 그녀를 부축했으나 소라는 그녀의 도움을 또다시 물리쳤다.

"그래…… 맞아, 나였어. 상섭과 은하의 친구는 나였어."

소라의 목소리는 느릿했지만 차분하고 분명했다.

"당신이…… 내 엄마…… 아빠를 죽였어."

수지의 말은 소라의 가슴에 비수가 되어 박혔다. 소라는 울음을 애써 참으며 시선을 바다 쪽으로 던졌다.

"믿지 않겠지만, 난 아니야. 은하를 그렇게 한 건 상섭이었어. 그리고 상섭이는……."

"거짓말! 말도 안 되는 소리 하지 마! 당신이 죽인 거야! 당신이 엄마 아빠를 죽였다고!"

"내가…… 내가 얘기해줄게. 다 얘기해줄게."

"듣기 싫어! 내 부모를 죽여놓고, 내 엄마가 되겠다고? 내 엄마노릇을 하겠다고!"

수지가 악다구니를 치듯 소리를 질렀다. 하지만 소라도 지지 않고 소리를 질러댔다. 그녀도 모질게 무엇인가를 결심한 것 같았다.

"맞아. 난 네 엄마가 아냐! 난……."

그때였다. 옆에 있던 정아가 소라 앞으로 나서며 사납게 수지

쪽을 노려보았다.

"소라 언니 말이 맞아. 소라 언니는 네 엄마가 아냐. 엄마가
아니라…….."

소라가 정아의 팔을 힘주어 붙잡았다. 정아는 소라를 향해 아
무 염려 말라는 듯 부드럽게 웃어 보이곤 지그시 아랫입술을 깨
물었다. 그런 다음 수지를 향해 더욱 꼿꼿이 고개를 쳐들었다.
더욱 차가워진 그녀의 눈빛이 수지 쪽으로 향했다.

"넌 한쪽 눈만 뜨고 있어. 어쩌면 한쪽 눈만 감고 있는지도 모
르지만."

"그…… 그게 무슨 말이에요?"

수지는 정아의 엉뚱한 말에 다소 혼란스러운 표정을 지었다.

"네가 알고 있는 엄마와 아빠…… 그게 진실일까?"

"도대체 지금 무슨 말을 하는 거예요!"

수지가 두 주먹을 으스러져라 움켜 쥔 채 비명처럼 소리를 질
렀다.

"네 엄마는 네 친엄마가 맞아. 하지만 아빠는…… 네 아빠
는…….."

그때 소라의 손이 정아의 팔을 또다시 움켜잡았다. 거세게 잡
았는지 정아는 자기도 모르게 살짝 이맛살을 찌푸렸다. 그러나
정아의 표정은 금세 원래처럼 부드럽게 변했다.

"언니 괜찮아. 끝이 있어야 시작이 있는 거잖아. 이게 언니가

바라던 거 아니었어?"

"그…… 그렇지만……."

"괜찮아…… 괜찮을 거야."

정아는 핏줄이 퍼렇게 솟아 있는 소라의 손등을 부드럽게 손으로 쓸어주었다. 그제야 딱딱하게 굳어 있던 소라의 손등이 스르륵 조금 느슨하게 풀어졌다.

정아는 다시 수지 쪽으로 고개를 돌렸다. 그녀는 다시 말을 꺼내기 전에 나직하게 숨을 골랐다.

다 왔다. 이제 끝까지 다 온 것이다. 그러니까 이제 새롭게 시작할 일만 남은 것이다. 그녀는 좋게 생각하기로 했다. 그래야만 할 것 같았다. 그래야 마지막 말을 내뱉을 수 있을 것 같았다.

"수지야……."

정아는 평소처럼 부드러운 어조로 수지를 불렀다. 수지의 얼굴에는 불안감이 어른거렸다. 그 모습이 가여웠다. 정아는 결심한 듯 힘주어 어금니를 깨물었다.

"수지야…… 네 아빠는……."

수지가 눈도 깜박이지 않고 정아 쪽을 보았다. 순간 마음이 약해졌으나 정아는 숨을 토해내듯 재빨리 다음 말을 뱉어냈다.

"소라 언니야. 소라 언니가 네 친아빠야."

"……."

수지는 무슨 뜻인지 이해하지 못한 표정이었다.

"수지야, 내 친아빠는……."

정아는 같은 말을 반복하려고 했다. 한데 그때였다. 수지가 갑자기 미친 여자처럼 고개를 쳐들고 깔깔거리며 웃기 시작했다.

웃음 간간이 수지의 말이 흘러나왔다.

"지금…… 그 말을…… 믿으라는 거예요? …… 저 여자가…… 내 엄마가 아닌 아빠라고요? 그게…… 말이 된다고 생각해요? 말이 되냐고요!"

마지막은 고함을 지르는 것 같았다.

정아는 오히려 차분하게 대응했다.

"믿기 힘들겠지만 사실이야. 소라 언니는 여자가 아닌 남자였어. 나도 그랬고. 우린 수술한 거야. 수술하기 전…… 그런 일이 있었어. 이건 정말이야."

정아는 믿어달라는 듯 두 손을 가슴에 모았다. 그녀의 눈빛은 간절함이 가득했다.

"흥. 수술? 이젠 말도 안 되는 억지를 부려 날 어떻게 속여보겠다는 거야? 그런 거야? 그런다고 내가 속을 줄 알아!"

"그게 아니라니까!"

정아가 질끈 두 눈을 감은 채 빽 하고 소리를 질렀다. 그런 다음 정아는 느닷없이 소라의 목에 걸려 있던 목걸이를 손으로 휙 잡아챘다. 그 바람에 줄이 끊어지면서 목걸이의 펜던트가 정아의 손아귀에 잡혔다.

"수지, 네가 소라언니에게 물었지! 여기에 새겨진 이니셜이 누구인지 알고 있느냐고. 이 이니셜…… J. M. S. 이건 바로 정민식이야. 네가 아빠라고 믿고 있는 오상섭의 가장 친한 친구인 정민식이 바로 소라 언니라고! 이 목걸이는 소라 언니가 오상섭이에게 줬던 거야. 소라 언니는 오상섭을 좋아했으니까. 오상섭에게 소라 언니는 마음을 줬던 거라고! 알겠어? 이 바보야!"

정아는 더는 말을 잇지 못했다. 방금 한 말로 몸의 기운이 모두 빠진 사람처럼 지친 표정이 역력했다.

그리고 그때였다.

한 사람이 허물어지듯이 땅바닥에 쓰러졌다. 수지였다.

정아는 얼른 수지를 부둥켜안았다. 얼른 다가온 소라도 수지의 얼굴을 두 손으로 보듬으며 수지를 불렀다.

"수지아! 수지야!"

"괜찮아, 언니. 수지는 기절한 거야. 그냥 단순히 기절한 거라고!"

정아가 소라의 손을 부드럽게 움켜쥐며 말했다.

"정아야……."

"응."

"네 손에 있는 펜던트…… 수지에게 전해줘."

"언니, 갑자기 무슨 말이야?"

"나 먼저 배에 가 있을게. 넌 좀 더 있다가 수지 깨면 와."

"언니. 그러지 말고 같이 있어. 조금 있으면 수지 깨어날 거야. 그러니까……."

소용 없었다.

소라는 아무 말 없이 뒤돌아섰고, 무엇에라도 홀린 사람처럼 느릿하게 그곳을 떠났다.

정아는 느린 걸음으로 비탈길을 내려가는 소라의 뒷모습을 바라보며 소리 없이 눈물을 흘렸다. 그녀의 뒷모습이 완전히 사라질 때까지 정아는 소리 죽여 그렇게 울었다.

*

세 여자를 조용히 지켜보는 두 사람이 있었다.

김형철과 전민준이었다. 전민준은 답답해서 미치겠다는 얼굴이었다. 어제부터 이곳 외달도에 들어와 정민식, 아니, 신소라가 나타나길 기다렸었다. 그리고 이윽고 배 한 척이 들어왔다. 그곳에서 세 사람이 내렸다. 두 사람이 내릴 것이라고 예상했는데, 뜻밖에도 세 사람이 내렸다.

오수지.

오상섭과 김은하의 딸이 함께 있으리라곤 예상하지 못했었다. 그리고 루루인지 뭔지에서 보았던 신소라의 일기에서 읽었던 내용을 신소라의 입으로 고스란히 들을 수 있었다.

그러나 어디까지나 신소라의 주장이었다. 일단 형사는 용의자를 잡고, 그다음에 모든 것을 과학적이고 합리적으로 증명하는 사람이었다. 그런데 일이 꼬였다.

김형철이 체포를 제지했던 것이다.

이유는 간단했다.

"아직 여유 있잖아."

그렇게 세 시간이 넘는 시간을 그냥 보냈다. 그동안 두 사람은 두더지처럼 세 사람을 몰래 쫓아다녔다.

이제 날이 저물었다. 이제 남은 시간은 불과 다섯 시간하고 몇십 분 정도. 외달도가 아무리 좁은 섬이라고 해도 신소라가 어딘가에 숨어버린다면 찾는 게 결코 쉬운 일이 아니었다.

"대체 어쩌시려고요?"

전민준은 김형철의 속내가 궁금했다. 설마 세 여자의 드라마 같은 스토리에 감명이라도 받은 것일까. 그래서 체포를 포기라도 하겠다는 것인가. 물론 말도 안 되는 일이었다. 이건 시말서나 감봉 정도가 아니라 경찰복을 벗어야 할지도 모를 일이었다. 그런데도 김형철은 너무 태연했다. 도대체 무슨 꿍꿍이인지 짐작조차 할 수 없었다.

"가자. 조용히."

김형철은 정말로 조용히 뒤로 몸을 뺐다. 그리 멀지 않은 곳에 소정아와 오수지가 있었다. 어쨌든 두 사람은 사건과 직접적인 연관이 없는 사람이었다.

"정민식, 체포하러 가는 거죠?"

전민준이 속삭이듯이 물었다. 당연히 김형철에게 확답을 듣고 싶었다.

"그럼 내가 여기까지 왜 왔겠냐?"

역시 속삭이듯이 김형철이 대답했다.

"그렇죠? 그런 거죠?"

전민준은 너무 기쁜 나머지 와락 김형철을 껴안을 뻔했다. 하지만 이미 김형철은 몸을 뒤로 빼서 비탈길을 내려가고 있었다.

전민준은 서둘러 김형철의 뒤를 쫓아갔다.

두 사람은 걸음을 서둘렀다. 다행히 얼마쯤 가자 저만치 신소라의 뒷모습이 보였다.

"제가 뛰어가서 체포할까요?"

전민준이 넌지시 말했다. 그만큼 마음이 급했다.

"왜?"

"네? 왜라뇨?"

"만일 신소라가 거짓말을 한 것이고, 그래서 오상섭과 김은하를 죽인 살인범이라면 너 혼자 그 공을 독차지하려고?"

전민준은 솔직히 속으로 찔끔했다. 그런 마음이 전혀 없는 것은 아니었다. 지금 김형철이 한 얘기가 사실로 드러난다면 전민준은 한 계급 특진, 아니 어쩌면 두 계급 특진이 될 수도 있는 일이었다.

"아휴, 저를 어떻게 보고 그런 말씀을 하세요."

전민준은 펄쩍 뛰었다.

"그럼 잠자코 있어. 내가 신호하면 그때 움직여도 충분하니까."

전민준은 입술을 삐죽 내밀었다.

"이렇게 계속 뒤만 쫓을 겁니까?"

"아니."

"그럼 언제 체포하실 건데요?"

"곧."

"정말이죠?"

"내가 너한테 추궁당할 짬밥이냐?"

"물론 아니죠."

전민준이 헤헤거리며 뒷머리를 긁적거렸다.

두 사람은 계속해서 신소라의 뒤를 쫓아갔다.

비탈길을 내려가던 신소라가 갑자기 방향을 바꾼 것은 상섭의 집에 가까이 왔을 때였다.

"어? 어디로 가는 거죠?"

"쫓아가보면 알겠지."

두 사람은 서둘러 신소라를 뒤쫓았다. 한순간 신소라를 시야에서 놓쳤지만 머지않아 다시 그녀를 확인할 수 있었다.

"왜 저곳으로 가죠?"

신소라가 향하는 곳은 절벽 쪽이었다. 그 아래는 까마득한 바다였다.

"죽으려는 건가?"

"에?"

깜짝 놀란 전민준이 김형철을 남겨두고 혼자 뛰어가려고 했다.

"응, 그래라. 너 같은 놈을 부하라고 끌고 다닌 내가 미친놈이지."

전민준은 퍼뜩 걸음을 멈췄다.

"아니, 그런 건 아니고요. 먼저 가서 상황을 살펴보려고요."

"그런데 죽으려고 한다면 어쩔 거야?"

"그럼 당연히 못 죽게 막아야죠."

"체포는 안 하고?"

"당연히 체포도 해야죠."

"역시 네놈은 공을 혼자서 독차지하려는 생각밖에 없었던 거야."

"팀장님, 그건 아니잖아요?"

"어쨌거나 결론은 같아."

"그럼 어쩌시려고요?"

"기다려. 다 생각이 있으니까."

"그러다 진짜로 자살이라도 하면요."

"그럼 사건 종결이지."

"책임 추궁을 당할 텐데요?"

"그거야 정년이 몇 년 안 남은 내가 책임지지 설마 앞날이 구만리 같은 너한테 책임을 미루겠냐? 너라면 혹 몰라도."

"에이, 왜 이러세요."

소라가 다다른 곳은 절벽 위였다. 소라는 그곳에 주저앉아 하염없이 울음을 터뜨렸다. 울음소리가 너무 애달프게 들렸는지 전민준은 가끔 길게 숨을 뱉어냈다.

그렇게 하염없이 바다를 바라보며 시간이 흘렀다.

그리고 한순간 슬그머니 자리에서 일어났다. 신소라를 지켜본 지 한 시간쯤 지난 뒤였다.

"저거……."

전민준이 아연 긴장했다. 김형철도 마찬가지였고, 자기도 모르게 마른침을 삼켰다.

신소라는 백을 바닥에 내려놓더니 구두를 벗었다. 자살하려는 것이 틀림없었다.

"잡아야죠?"

전민준이 이렇게 말했을 때 김형철의 몸은 이미 앞으로 튀어나가고 있었다. 그런데 그때였다.

"안 돼!"

어디선가 고함소리가 들렸다. 모두의 시선이 소리가 들려온 곳을 향해 돌아갔다. 거기에는 오수지와 소정아가 서 있었다.

고함을 지른 사람은 오수지였다.

오수지가 천천히 신소라에게 다가갔다. 김형철은 어정쩡하게 서서 오수지와 신소라를 번갈아 쳐다보았다. 두 사람 사이는 점점 가까워졌다. 이윽고 오수지가 신소라의 손을 덥석 잡고는 주르륵 눈물을 흘렸다.

"이러려고…… 죽으려고 여기에 온 거야? 그러려면 왜 내 아빠인 걸 밝혔어? 그럼 난 어떻게 살라고. 또…… 또 아빠를 잃으라고?"

"수…… 지야. 난 자격이 없어. 나 때문에 두 사람이 죽었어. 나 때문에 너도 고통스럽고 힘들게 살았잖아. 난 아빠 자격이 없어."

"아니. 나한테는 아빠도…… 엄마도 필요해."

"…….'

"그걸 다 해줄 수 있는 사람은…… 이 세상에서 한 사람밖에 없잖아…… 몰라? 정말로 모르는 거야?"

오수지가 아이처럼 엉엉 울며 신소라의 가슴을 파고들었다.

그 모습을 김형철과 전민준은 우두커니 서서 지켜보았다.

"민준아……."

김형철이 잔잔해진 바다 쪽으로 고개를 돌리며 말했다.

"왜요?"

"왠지 난 자신이 없다."

"뭐가요?"

"체포할 자신."

"왜요?"

"오랜 세월 형사생활을 하다 보면 죄가 있는 사람과 없는 사람이 묘하게 구분이 돼. 정민식, 아니 신소라는 죄가 없어. 난 그렇게 생각해. 넌 어떠냐?"

"죄가 있고 없고는 일단 체포한 다음에⋯⋯."

"몰인정한 놈. 알았다. 가서 체포해. 난 도저히 그렇게 못하겠다."

"정말로 체포합니다."

"맘대로 하라니까."

그러나 전민준은 거기서 한 발짝도 떼지 못했다.

"왜 체포 안 해?"

김형철이 물었다.

"아직 시간 여유 있잖아요. 그리고 타이밍이 지금은 아닌 것 같아요. 아빠, 아니 엄마와 딸의 상봉이잖아요. 방해하는 건 좀 그렇죠."

"그럼 어떡할래?"

"글쎄요⋯⋯."

그때 두 사람 곁으로 소정아가 다가왔다.

"목포경찰서에서 오신 분들이죠? 한 분은 낯이 익군요."

전민준과는 구면이었다. 전민준이 헤헤 웃으며 뒷머리를 긁었다.

"소라 언니는 잘못이 없어요. 소라 언니에게 잘못이 있다면 어떻게 수지에게 예전 이름이 정민식이라는 걸 밝힐 수 있었겠어요."

"아가씨, 그건 나중 문제고요."

김형철이 소정아의 말을 끊고 나서 말했다.

"지금 급한 건 장수희 씨한테 되도록 빨리 가보는 겁니다."

"왜…… 왜죠?"

"뇌경색으로 쓰러졌고, 위독하답니다."

"넷?"

소정아는 화들짝 놀라 여전히 서로를 끌어안고 있는 신소라와 오수지 쪽으로 달려갔다.

"언니! 언니!"

그때부터 다섯 사람은 함께 움직였다.

채현우의 배를 타고 목포에 내린 뒤 택시를 타고 곧장 광주로 내달렸다.

광주에서는 KTX를 탔다.

다섯 사람이 분당 서울대학병원 입구에 도착한 것은 밤 11시쯤이었다.

＊

    소라가 병실에 들어섰다. 장수희는 산소호흡기에 의지한 채 힘겹게 숨을 넘기고 있었다. 소라는 가슴이 턱 막혔다. 아무 생각도 나지 않고 하염없이 눈물만 흘러내렸다.

    "엄마……."

    소라의 목소리에 장수희의 내려감은 눈꺼풀이 꿈틀거렸다.

    "할머니……."

    오수지의 목소리에 장수희의 눈꺼풀은 더욱 세게 꿈틀거렸다. 그러다 마침내 눈을 떴다. 주름진 눈가에 금세 이슬이 맺혔다. 그녀의 앙상한 손이 움직이더니 산소마스크를 떼어내려고 했다. 간호사는 말렸지만 소용없었다. 다 죽어가는 노파의 어디에 그런 힘이 남아 있었는지 장수희는 기어코 산소마스크를 얼굴에서 떼어냈다.

    "엄마……."

    "민식아……."

    "엄마, 얘는 내 딸이야. 수지야, 수지."

    수지가 장수희의 마른 손을 부드럽게 잡아주었다.

    "수지…… 예쁘구나."

    "응. 엄마 닮아서 예뻐."

    장수희의 입가에 희미하게 미소가 번졌다.

"다행이다…… 너한테 딸이 있어서…….."

"그래, 그러니까 얼른 일어나야지. 우리끼리 재밌게 살아야 하잖아."

"난…… 엄마 노릇도 못했는데…… 넌…… 잘해줘."

"엄마 잘못이 아니잖아! 다 내 잘못이야. 엄마…… 제발…… 일어나. 응?"

"민식아…….."

겨울 나뭇가지처럼 마르고 앙상해진 손이 소라의 얼굴에 닿았다. 손은 따듯했다. 그 손이 소라의 얼굴을 부드럽게 쓸었다. 그리고 툭 떨어졌다.

"엄마…… 엄마!"

소라는 얼굴을 장수희의 가슴에 묻었다.

"엄마…… 이럴 순 없어. 이럴 순 없다고…… 엄마. 엄마…… 하필이면 왜 오늘이야…… 엄마!"

병실은 울음바다로 변했다. 소라의 절규가 이어졌고, 수지와 정아도 눈물을 흩뿌렸다. 하지만 장수희는 끝내 눈을 뜨지 못했다.

김형철은 한숨만 내쉬었다.

전민준은 한숨을 내쉬면서도 시계를 보았다. 11시 50분이었다. 이제 공소시효 종료까지 10분 남았다.

"어떡하실 거예요?"

전민준이 시계를 김형철의 눈앞으로 내밀었다.

"난 못하겠다. 네가 체포해."

"지금요?"

"10분밖에 안 남았다면서?"

"그래야 되는데 영 분위기가……."

"난 너한테 맡겼으니까. 너 맘대로 해. 난 밖에 나가서 담배나 피워야겠다."

김형철이 홱 돌아섰다. 졸지에 입장이 난감해진 사람은 전민준이었다.

"잠깐만요, 팀장님!"

전민준이 불렀지만 김형철은 듣지 못한 듯 뚜벅뚜벅 계속해서 복도를 걸어갔다. 전민준은 병실과 복도 쪽을 번갈아 보다가 에잇, 하고는 김형철을 뒤쫓아 갔다. 하지만 이미 김형철은 엘리베이터에 탄 다음이었다.

"아, 진짜! 이제 와서 나한테 다 떠넘기고……."

그때 옆의 엘리베이터 문이 열렸다. 전민준은 얼른 올라 탄 뒤 1층 버튼을 눌렀다. 엘리베이터에서 내리자마자 입구로 달려 나가 두리번거리며 김형철을 찾았다.

차도 옆 화단에서 담뱃불이 깜빡였다. 김형철이었다.

"팀장님!"

"정민식은?"

"체포하면 뭐합니까, 이미 공소시효가 종료됐는데……."

"뭔 소리야?"

"제가 깜빡 했지 뭡니까. 원래 제 시계가 십 분 빠르거든요. 팀장님 시계 확인해 보세요. 제가 거짓말하는 거 아니라는 거 알 겁니다."

"내 시계는 고장 난 지 오래됐어."

"휴대폰에도 시계 있잖아요?"

"그래? 난 구닥다리라 휴대폰에 시계가 있는 줄도 몰랐네."

전민준이 씩 웃으며 담배를 입에 물었다.

김형철이 라이터를 철컥 켜며 불을 붙여주었다.

두 사람은 나란히 서서 담배를 피웠다.

그때 어디선가 호루라기 소리가 들렸다.

"거기! 거기 금연구역입니다!"

병원 경비였다. 두 사람은 경비를 피해 서둘러 다른 곳으로 몸을 피했다.

그때 서장으로부터 전화가 왔다.

김형철이 손목에 있는 시계를 확인하곤 전화를 받았다.

"어떻게 됐어? 체포했지? 그렇지?"

서장이 다급한 목소리로 물었다.

"이제 체포하려고요."

"아직도 안 했어? 인마, 아직도 안 하면 어떡해!"

"막 하려고 하는데 형님이 전화한 거잖아요!"

김형철은 오히려 버럭 소리를 질렀다. 그러면서 은근슬쩍 말했다.

"어? 자정이 지났네."

실제로 시간은 이제 자정을 지났다.

"뭐, 뭐야? 자정이 지났다고?"

"이게 다 형님 때문입니다. 막 체포하려는데 쓸데없이 전화하면 어떡합니까! 난 16년 동안 기다렸던 사건이었습니다. 아시겠어요! 무려 16년!"

통화가 끝나고 김형철과 전민준은 다시 새 담배에 불을 붙였다.

담배연기가 어둠 속으로 빨려드는 것을 보며 두 사람의 입가에는 약속이나 한 듯 미소가 떠올랐다.

김형철이 혼잣말처럼 중얼거렸다.

16년 하고도 4개월이었어…… 이제 끝났지만…….

"이번 사건요?"

전민준이 대꾸했다.

아니. 루루. 그들의 눈물.

김형철은 속으로 대답했다.

11

에필로그

일 년 후.

서울 김포공항에서 출발한 비행기가 일본 나리타공항으로 향했다. 두 시간 조금 안 돼서 곧 착륙한다는 안내방송이 흘러나왔다. 소라는 비행기에 탄 이후로 무엇인가를 읽고 또 읽었다.

쪽지였다. 동우가 그녀에게 줬던 쪽지.

시든 꽃은 꽃이
아니다 라고 말했던
당신의 입술을, 꽃 같은 그 말을
꽃이 된 당신을······

비행기가 나리타공항에 도착하고, 세 여자는 게이트를 빠져
나왔다.

그리고 그녀들 앞에 한 남자가 나타났다.